REBECCA RAISIN

Die kleine Parfümerie der Liebe

rütten & loening

REBECCA RAISIN war schon immer verrückt nach Büchern, und aus der Freude am Lesen erwuchs schon bald der Drang, selbst zu schreiben. Ihre Figuren liegen ihr alle am Herzen, doch am liebsten sind ihr jene, die sie die eine, große Liebe erfahren lassen kann.
Bei Rütten & Loening sind bisher zwei ihrer romantischen Paris-Romane erschienen: »Mein zauberhafter Buchladen am Ufer der Seine« und »Mein wundervoller Antikladen im Schatten des Eiffelturms«.

ANNETTE HAHN studierte Englische Literaturwissenschaft und Literarische Übersetzung in München und lebt heute in Münster. Sie übertrug u. a. Graeme Simsion, Anne Fortier und Zoe Fishman ins Deutsche.

REBECCA RAISIN

Die kleine Parfümerie der Liebe

ROMAN

Aus dem Amerikanischen
von Annette Hahn

rütten & loening

Die Originalausgabe unter dem Titel
The Little Perfume Shop off the Champs-Élysées erschien 2018 bei Carina,
an imprint of HarperCollins*Publishers*, London.

MIX
Papier aus verantwortungsvollen Quellen
FSC® C014496
FSC
www.fsc.org

ISBN 978-3-352-00931-0

Rütten & Loening ist eine Marke der Aufbau Verlag GmbH & Co. KG

1. Auflage 2019

Einbandgestaltung und Motive www.buerosued.de, München
Gesetzt aus der Whitman durch Greiner & Reichel, Köln
Druck und Binden GGP Media GmbH, Pößneck
Printed in Germany

www.aufbau-verlag.de

Für Jeff.
Wie Del in diesem Buch werden auch wir uns
immer wieder einen weiteren Tag
mit dir wünschen …

Kapitel 1

Die Sonne glänzte auf den Scheiben und schickte prismabunte Lichtstreifen durch das Wageninnere, während ich versuchte, mich zu dehnen und damit den Jetlag zu vertreiben. Der Chauffeur hielt vor einem Wohnhaus in einer Nebenstraße der Champs-Élysées. Mit vor Übermüdung geröteten Augen betrachtete ich ehrfürchtig das eindrucksvolle Gebäude, in dem ich wohnen würde: Balkone mit schmiedeeisernen Gittern und kunstvoll ummauerte Fenster, deren Läden weit geöffnet waren, um die sommerliche Brise einzulassen. Aus den Blumenkästen reckten Pflanzen ihre üppigen roten Blüten der Sonne entgegen.

Und *hier* sollte ich tatsächlich wohnen? Das Haus unterschied sich so sehr von der Farm meiner Familie in Michigan, dass es auch auf einem anderen Planeten hätte liegen können. Das Schicksal meinte es wirklich gut mit mir.

»Mademoiselle«, sagte der Fahrer in wunderbar weichem Französisch, »Madame Leclère erwartet Sie am Eingang.«

»Vielen Dank, Monsieur.«

Er stieg aus, öffnete mir die Autotür, nahm meine Tasche und begleitete mich zum portalartigen Hauseingang.

»Brauchen Sie sonst noch etwas?«, fragte er mit deutlich französisch gefärbtem Englisch nach.

Lächelnd schüttelte ich den Kopf. »Nein, ich habe alles. Vielen Dank für die Fahrt.« Ich winkte ihm nach, während er mit einem Hupen davonsauste und dabei ein paar überraschte Passanten erschreckte. Nach dem, was ich bisher gesehen hatte, fuhren alle Franzosen, als würden sie für das nächste 24-Stunden-Rennen in Le Mans üben.

Nach einem Blick auf die Uhr schaute ich nach oben. Ein Vorhang im ersten Stock bewegte sich, als würde dahinter jemand stehen. Madame Leclère? Ich griff nach meinem Koffer und wartete, während nun doch ein paar Zweifel in mir aufstiegen.

Was, wenn ich mich mit dieser Sache völlig übernommen hatte? Wenn die anderen Teilnehmer mit ihren offiziellen Ausbildungen und Chemiediplomen allesamt mehr wussten als ich? Was, wenn … Nein, Schluss damit!, wies ich mich selbst zurecht. Ich konnte genauso viel wie jeder andere auch, wenn nicht sogar mehr. Zugegeben, ohne Nan fiel es mir etwas schwerer, neue Duftformeln zu erstellen, aber ich war sicher, dass das nur eine Phase war und ich mit meiner Geheimwaffe – Nans verlässlicher Parfümbibel – bald wieder meine alte Form erreichen würde. Und zwar mit Leidenschaft, Begeisterung und dem Willen, es zu schaffen.

Vor allem war ich von Herzen froh, dem Tratsch und

der Enge meines Heimatortes Whispering Lakes zu entkommen.

Das Auswahlverfahren für den *Leclère*-Parfümwettbewerb war sehr streng gewesen, mit Tests auf jedem Gebiet der Parfümerie. Ich hatte Videos aufgenommen, Duftproben eingeschickt, mich per Skype von der Jury über Parfümregionen und -herstellung, Mischverfahren, Extraktionstechniken, Reifung und Verkaufsstrategien ausfragen lassen. Als ich zu Anfang erklärte, ich würde Parfüms auch als Heilmittel gegen viele Arten von Beschwerden einsetzen, hatten sie etwas irritiert gewirkt, so dass ich lieber dazu übergegangen war, sie mit den geheimen Rezepturen zu umwerben, die ich zusammen mit Nan entwickelt hatte. So dankbar ich auch dafür war, dass Nan sie mir vererbt hatte, wusste ich doch, dass ich bald aus ihrem Schatten treten und meine eigenen Düfte kreieren musste. Aber ohne Nan fühlte sich das alles so falsch an. Als würde ein Teil von mir fehlen.

Das Bewerbungsverfahren hatte einige Monate gedauert, und unzählige Male hatte ich gedacht, dass ich diese oder jene Hürde nicht genommen und versagt hatte. Deshalb war ich unendlich stolz und glücklich, als ich schließlich den Anruf mit der Zusage für den Wettbewerb bekam. Das Timing hätte nicht besser sein können: Dies war meine große Chance, dem Kleinstadtleben zu entfliehen und aus meinem Gespür für Düfte etwas zu machen.

Der große Preis war eine beträchtliche Gewinnsumme und die einmalige Chance, eine Duftlinie zu kreieren, die mir viele Türen öffnen könnte.

Nun war ich also hier, in der romantischsten aller Städte. Die *Parfumerie Leclère* befand sich am Ende genau dieser Straße. Die betörenden Düfte von Jasmin, Zedernholz und Vanille wehten durch die laue Sommerluft verlockend zu mir herüber. Es war eine äußerst verführerische Mischung, die ich gern genauer erforscht hätte.

Während ich noch überlegte, ob ich schnell aus nächster Nähe schnuppern sollte, löste sich mein seidenes Halstuch in einer Windböe und wehte wirbelnd über die Straße. Als ich ihm hinterherlaufen wollte, wurde ich noch vor meinem ersten Schritt auf die Straße beinahe von einem Auto gestreift und fiel, als ich zurückzuckte, rücklings auf den Gehweg – was nicht nur meinem Hintern weh tat, sondern auch meinem Ego. *Quel blamage!*

Beschämt sah ich mich um und bemerkte auf der gegenüberliegenden Straßenseite einen attraktiven Mann, der mich mit aufrichtig besorgtem Blick beobachtete. Mit hochrotem Gesicht stand ich auf und schnitt eine entschuldigende Grimasse. Unsere Blicke trafen sich für eine Sekunde, und die Zeit schien stillzustehen. Doch ich schämte mich zu sehr, als dass ich das prickelnde Gefühl, das sich in mir ausbreiten wollte, zulassen konnte. Als ich wieder aufsah, nickte mir der Mann kurz zu und ging – die Hände in den Jeanstaschen, das dunkle Haar windzerzaust – weiter Richtung Champs-Élysées.

Ich ermahnte mich, dass ich in Paris nicht mehr wie in Whispering Lakes einfach so über die Straße laufen konnte. Trotzdem freute ich mich, dass auch in dieser großen Stadt jemand besorgte Anteilnahme gezeigt hatte. Es war ein tröstliches Gefühl – unter das sich auch eine leise Sehnsucht mischte.

Ich strich meinen Rock glatt, und als ich wieder aufsah, kam Madame Leclère mir schon entgegen. Sofort nahm ich ihren angenehmen Duft nach indischer Rose wahr. Ihr Haar war perfekt frisiert, ihr Make-up tadellos, und trotz der eleganten hohen Absätze bewegte sie sich sicher, gleichzeitig aber auch leichtfüßig und tänzerisch. So stellte ich mir Französinnen vor. Vielleicht kamen sie schon mit diesem besonderen Hauch von Glamour zur Welt? Wie auch immer – ich beneidete sie darum. Selbst in meinen neu gekauften Sachen kam ich mir plötzlich altbacken und gewöhnlich vor.

»Hallo, Del! Herzlich willkommen. Ich bin Aurélie.« Sie strahlte mich an und führte mich in die luxuriöse Eingangshalle des Hauses, verkleidet mit dunklem Holz, dekoriert mit vergoldeten Ornamenten und samtenen Vorhängen. In der Luft hing der Geruch von Möbelpolitur und das Flüstern der Vergangenheit. Ich musste mich zusammenreißen, um vor Staunen nicht mit offenem Mund dazustehen.

Aurélie lächelte, als wüsste sie genau, was ich dachte. »Herzlich willkommen in Paris«, begrüßte sie mich erneut mit ihrem französischen Akzent. »Ich zeige Ihnen jetzt Ihr Zimmer, damit Sie sich ein wenig ausruhen können. Später kommt hoffentlich auch mein Sohn, um Sie ebenfalls zu begrüßen.«

Sébastien Leclère war nach dem Tod seines Vaters zum neuen Leiter der *Parfumerie Leclère* ernannt worden, und bislang hatte ich trotz meiner vielen Telefonate mit dem Management-Team keinen direkten Kontakt zu ihm gehabt. Inzwischen war ich mächtig gespannt auf diesen Mann, über den es nur sehr wenige Informationen gab. Meine Internetrecherchen hatten rein gar nichts ergeben.

»Ich freue mich schon sehr darauf, ihn kennenzulernen«, sagte ich – und musste gleichzeitig gähnen. Oje, das sah nach schlechten Manieren aus, was meine Nan mir sofort unter die Nase gerieben hätte.

»Sie sind bestimmt müde von der Reise«, sagte Aurélie lächelnd.

»Ich habe den ganzen Flug über Filme geguckt, obwohl ich vielleicht besser hätte schlafen sollen.« Ich hätte nie gedacht, dass Fliegen so viel Spaß machte. Von den kleinen Erdnusstütchen bis hin zum Sekt hatte ich alle Angebote probiert und es genossen. Im Moment war ich allerdings zu aufgedreht, um irgendetwas anderes zu fühlen als Aufregung und eine leise Panik.

»Ach, Sie müssen jeden Moment genießen«, sagte Aurélie. »Das Leben will gelebt werden.«

Sie wirkte sehr sympathisch und warmherzig und kein bisschen arrogant, wie ich im Vorfeld befürchtet hatte. Jahrelang hatten die Leclères Kontakt mit der Presse vermieden, weil sie der Meinung waren, ihre Parfüms würden für sich sprechen. Deshalb hatte ich wohl angenommen, sie wären allesamt sehr zurückhaltend, in sich gekehrt und unfreundlich.

Nach dem Tod des Familienoberhaupts Vincent Leclère hatte sich so einiges geändert. Es passte eigentlich nicht zur Familientradition, die Türen zu öffnen und

Fremde einen Blick hinter die Kulissen werfen zu lassen. Wollte der Sohn und Erbe Sébastien in der Welt der Parfümerie eine eigene Duftmarke setzen? Wollten sie ihr Geschäft erweitern? Oder mit diesem Wettbewerb einen neuen Chef-Créateur für ihre Düfte finden? Fragen über Fragen …

Sébastien war offenbar Meister darin, den Paparazzi auszuweichen, und irgendwann hatten diese dann aufgegeben, so dass es keine Fotos gab und niemand wusste, wie der Mann eigentlich aussah. Ich stellte ihn mir wie das Klischee eines Duftmeisters vor: schmales Gesicht mit langer Nase, dünne Lippen und blasse Haut, die nie mit Sonne in Berührung kam. Ich ertappte mich bei dem Gedanken, dass ich selbst auch einen kräftigen Schuss Sonne gebrauchen könnte.

»Kommen Sie, ich möchte Ihnen noch etwas zeigen«, sagte Aurélie und führte mich durch einen Hinterausgang wieder nach draußen, nachdem ich meinen Koffer beim Concierge abgestellt hatte.

Ich folgte ihren flotten Schritten, und kurz darauf standen wir vor der legendären *Parfumerie Leclère*. Beim Anblick des legendären Ladens klopfte mein Herz schneller. Schon seit Jahren träumte ich davon, dieses Duftparadies betreten zu dürfen. Jeder gute Parfümeur schätzte das Haus *Leclère* und seine Kreationen – es war weltberühmt. Der Laden selbst glich allerdings eher einer alten Apotheke und war noch beeindruckender als auf den Fotos, die ich gesehen hatte.

»Aurélie, das ist wunderbar! Ich komme mir vor wie in einem Traum.«

Die dunkle Steinfassade war verwittert und mit dem Alter stumpf geworden. In den Fenstern hingen seitlich geraffte, petrolgrüne Samtvorhänge. Im Ladeninneren konnte ich antike Stühle mit blauen Polstern erkennen, die vor goldenen Schaukästen standen. An den Wänden standen rundum maßgefertigte dunkle Schränke, auf deren Regalen die verschiedensten Tinkturen standen. Mittendrin hing ein Schwarz-Weiß-Porträt des Meisters höchstpersönlich: Vincent Leclère. Der exzentrische Mann mit dem gütigem Blick und seinem geheimnisvollen Lächeln …

Von kleinen Lampen beleuchtet, schienen die Parfümfläschchen zu glühen. Alle waren einzigartig, manche mit perligem Goldrand versehen, andere mit Verschlüssen aus glitzerndem Kristallglas. Welche magischen Düfte sie wohl enthielten? Wie gern wäre ich hineingegangen und hätte sie mir nacheinander auf die zarten Innenseiten meiner Handgelenke getupft. Gerade als ich mich von dem faszinierenden Anblick losreißen wollte, bemerkte ich eine Frau mit rötlichen Haaren, die schallend lachte. Sie sah einer englischen Sängerin zum Verwechseln ähnlich.

Gerüchten zufolge erschuf *Leclère* tatsächlich Düfte für Berühmtheiten, doch sie verloren darüber nie ein Wort.

»Ist das etwa …?«, begann ich. Aber Aurélie lächelte nur verhalten und zog dezent eine Augenbraue hoch.

Dann zeigte sie durch die Fensterscheibe auf das eine oder andere besondere Einrichtungsstück und erzählte mir deren Geschichten – einen hübschen rosafarbenen Ohrensessel, der vor vielen Jahren einer Prinzessin gehört habe und ein Geschenk an Vincent gewesen sei, zusammen mit der antiken Frisierkommode, vor der jetzt Kundinnen sitzen und sich im Spiegel betrachten konnten.

Alles war so *französisch*, dass ich das Gefühl hatte, in eine alte Postkarte eingetaucht zu sein. Plötzlich hatte ich die Stimme meiner Zwillingsschwester Jennifer im Ohr, so deutlich, als würde sie neben mir stehen: *Was bist du nur für ein Glückspilz, dass du in Paris sein darfst*, würde sie sagen. Ich wünschte, Jen könnte diese Parfümerie sehen. Sie würde vor Aufregung meinen Arm umklammern.

Ich spürte einen dumpfen Stich im Herzen, wenn ich daran dachte, dass wir zum ersten Mal in unserem Leben getrennt waren. Wir waren einander so nah, dass sie meine Bewegungen spiegelte, meine Sätze vervollständigte und mir in jeder Hinsicht glich – abgesehen davon, dass sie ohne besonderen Geruchssinn auf die Welt gekommen war. Ein auffälliger Unterschied zwischen uns, wenn man bedachte, wie sehr ich in Düften lebte, atmete und träumte. Trotzdem hatten wir vorgehabt, unser eigenes Geschäft zu eröffnen. Doch der Traum unserer eigenen Parfümerie – unsere große Chance, dem amerikanischen Kleinstadtmief zu entkommen und die große weite Welt zu erschnuppern –, lag auf Eis. Für unbestimmte Zeit. Es tat immer noch weh, dass Jen mich so im Stich gelassen hatte. Das hätte ich mir nie träumen lassen, nicht von meiner Zwillingsschwester.

Doch nun war ich hier, allein … hier konnte ich einen Neuanfang wagen.

»Sie werden noch Zeit haben, die Parfümerie zu erkunden«, holte Aurélie mich wieder in die Gegenwart zurück. »Aber jetzt zeige ich Ihnen endlich Ihr Zuhause für die nächsten Wochen.«

Zurück im Haus, lief sie leichtfüßig die Stufen hinauf, während ich mit meinem Koffer hinterherstampfte und mich bemühte, dabei nicht übermäßig laut zu schnaufen und so meine mangelnde Fitness zur Schau zu stellen. Irgendwo im Haus duftete es nach französischer Küche: Knoblauch in Butter, frischer Thymian, Weißwein und andere köstliche Sachen schmorten irgendwo vor sich hin und durchzogen die Räume mit verführerischem Duft.

»Hinten links in diesem Flur geht es zum Wohnzimmer und gegenüber sind eine Küche, die Sie nutzen können, und das Esszimmer. Sie haben zwar auch eine Kochnische in Ihrem Zimmer, aber wenn Sie richtig kochen wollen, müssen Sie in diese Küche gehen. Ich hoffe, Sie fühlen sich hier wohl.«

»*Merci.*« Ich nickte dankbar.

»Und hier ist Ihr Schlafzimmer, das Sie sich mit unserer Pariser Kandidatin teilen werden, Clémentine. Wenn Sie mich brauchen: Auf dem Nachtschrank liegen ein paar Informationen und meine Kontaktdaten. Den Nachmittag, oder das, was davon übrig ist, haben Sie jetzt zur freien Verfügung. Abendessen gibt es um acht in unserer Wohnung. Dann wird auch Sébastien hier sein, um Sie zu begrüßen.«

»*Merci*, Aurélie«, erwiderte ich lächelnd. Beim Essen wäre sicher genug Zeit, die anderen Teilnehmer kennenzulernen und zu erfahren, wie es um ihre Parfümkunst bestellt war. Ich freute mich darauf, neue Menschen zu treffen, die nicht alles von mir wussten, so wie die Leute in meinem Heimatort.

Hier würde man mich nur als das sehen, was ich war, nicht als Jens Zwillingsschwester, nicht als Tochter umherziehender Hippies. Ich konnte mich neu erfinden. Vielleicht würde ich etwas über mich erfahren, von dem ich noch nichts geahnt hatte. Und das in einer der schönsten Städte der Welt.

Kapitel 2

Ich warf meine Handtasche auf eines der Betten und sah mich in meiner neuen Unterkunft um. Das Zimmer war nicht übermäßig groß, aber sehr hell und sauber und ausgesprochen pariserisch eingerichtet, mit kleinen Details, um es gemütlich zu machen. Die zwei breiten Betten waren weiß bezogen und mit dicken Kissen bestückt. Auf einer antiken Kommode stand eine Vase mit frischen Pfingstrosen, die einen wunderbaren Duft verströmten. Es gab ein kleines Bad mit flauschigen weißen Handtüchern, und neben dem Balkon befand sich die Kochnische, die tatsächlich nur aus einem Schränkchen mit Wasserkocher, Kaffee- und Tee-Utensilien und einem kleinen Kühlschrank bestand. Ich widerstand dem Drang, meine Schwester anzurufen, wie ich es normalerweise getan hätte. Doch nun musste ich zeigen, dass ich auch ohne sie zurechtkam, anstatt mich alle fünf Minuten bei ihr zu melden.

Vom Balkon aus konnte ich den Arc de Triomphe sehen, der majestätisch das Stadtviertel überragte. Auf den Champs-Élysées tummelten sich Touristen mit Kameras um den Hals, aufgeschlagenen Reiseführern und tropfenden Eiswaffeln. Autos brausten auf mehreren Spuren in beide Richtungen, und ein Raunen unterschiedlicher Sprachen und Akzente drang zu mir herauf. Was für eine hektische Stadt!

Plötzlich hörte ich das Geräusch von Kofferrollen und eine laute Stimme aus dem Flur, und ich versuchte, zu verstehen, was gesagt wurde.

»*Excusez-moi*, aus dem Weg, bitte! *Oh là là*, sind die schwer.«

Noch bevor ich die Frau sah, nahm ich ihren Duft wahr. Ihr Parfüm hatte die kräftige Note verführerischer, vor Reife berstender süßer Feigen.

»*Bonjour, bonjour*, darf ich mal durch?« Es klang, als müsste sie jede Menge Leute aus dem Weg scheuchen, während sie durch den Flur polterte und offenbar ihr Zimmer suchte – *unser* Zimmer. Ich hielt einen Augenblick die Luft an. Machte sie immer so viel Lärm?

Kurz darauf flog die Tür auf, und sie stand vor mir.

»Del!«, rief sie, stürzte mir entgegen und umarmte mich wie eine lang vermisste Freundin. »Ich bin Clémentine und habe schon so viel von dir gehört! Die Amerikanerin mit der feinen Nase«, sagte sie mit schwerem französischem Akzent. Sie ließ mich los, und ich rang nach Luft. Meine Zimmergenossin war tatsächlich eine beeindruckende Erscheinung mit ihrer extrem weiblichen Figur, dem enganliegenden Kleid und den Wangen voller Rouge. Neben ihren üppigen Rundungen fühlte ich mich fast jungenhaft flach.

Mit meinem braunen, gewellten Haar und dem schlichten Make-up konnte ich es mit ihren blonden Locken, den blau geschminkten Rehaugen und ihren vollen kirschroten Lippen nicht aufnehmen. In ihrer Extravaganz wirkte sie beinahe burlesk. Was Mode betraf, richtete auch ich mich gern nach den neuen Trends, aber Clémentine war noch mal eine ganz andere Nummer. Man musste schon viel Mut und Selbstbewusstsein haben, um sich derart auffällig zu kleiden.

»*Bonjour!* Dein Kleid gefällt mir, du siehst toll aus«, sagte ich und lächelte sie an.

Doch statt sich für das Kompliment zu bedanken, seufzte sie nur und sagte: »Das hier?« Sie deutete auf ihr rubinrotes Samtkleid. »Dabei bin ich geradezu – wie sagt ihr? – suchtvoll nach *clafoutis*, Kirschauflauf.« Sie schnalzte mit der Zunge, als wollte sie sich selbst tadeln. »Man sagt doch, Französinnen werden nicht dick, oder? Französinnen können tun und lassen, was immer sie wollen. Wie sagt meine *maman* immer?«

Das wusste ich natürlich nicht, aber sie beantwortete ihre Frage ohnehin gleich selbst.

»Sie sagt, wenn ich so weiteresse, werde ich nie einen Mann abkriegen, ich solle mich mehr zurückhalten.« Sie verzog das Gesicht. »Aber warum? Wenn ein Mann der Richtige ist, wird er alles an mir lieben.« Sie legte sich eine Hand auf den Bauch. »Und bis dahin esse ich, was ich will.«

Eine Frau mit glatten, leuchtend roten Haaren lehnte sich in den Türrahmen. »Man soll sich ja auch nicht kasteien, Clémentine. Alles eine Frage der Balance.« Ihr vielsagender Blick verriet, dass sie Clémentine verdächtigte, diese Balance zu verlieren. Offenbar kannten sich die zwei, allerdings sprach die Frau mit britischem Akzent.

»Pah«, meinte Clémentine. »Deswegen geht es solchen Menschen immer *misérable*.« Sie wedelte eine Hand in Richtung der Frau, und ihre roten Fingernägel blitzten auf. »Sie haben ständig Hunger.«

Ich hatte Mühe, Clémentines leidenschaftlichem Monolog zu folgen – und mir das Lachen zu verkneifen. Sie war derart theatralisch und wirkte dabei so aufrichtig und offen, wie ich noch nie jemanden erlebt hatte.

Die Engländerin verdrehte die Augen und streckte mir ihre Hand entgegen. »Ich bin Kathryn, aus London. An Clémentine wirst du dich schon noch gewöhnen. Sie benimmt sich immer, als wäre die Welt ihre Bühne.«

Ich lachte. Beide Frauen mochte ich auf Anhieb. »Woher kennt ihr euch?«

Clémentine zuckte die Schultern. »Kathryn hat vor einer halben Ewigkeit hier in Paris die Parfümschule besucht. Damals hat sie noch *clafoutis* gegessen und sah bedeutend glücklicher aus, das sage ich dir.«

»Ich hab vor ein paar Jahren hier studiert, aber Cléo tut fast so, als wär ich schon uralt.« Sie bedachte Clémentine mit einem eindringlichen Blick.

Man konnte spüren, dass sie einander sehr mochten, auch wenn sie einander aufzogen.

»Ich bin Del, aus Michigan.« Den Namen meiner Schwester nicht im selben Atemzug zu nennen, fühlte sich komisch an.

»Das wissen wir schon«, sagte Kathryn. »Und wenn

man den Gerüchten glauben darf, müssen wir uns vor dir in Acht nehmen.«

Ich legte den Kopf schräg und überlegte, was ich darauf antworten sollte. »Ich wüsste nicht, warum.« Ich hielt es für besser, das besondere Talent, das sie mir andichten wollten, herunterzuspielen. Ich wollte nicht, dass sie sich gegen mich verbündeten, noch ehe die Sache hier richtig losging.

Kathryn verschränkte die Arme. »Keine falsche Bescheidenheit, bitte. Wir wissen alles über dich: Deine Großmutter hat dir alles über Parfüms beigebracht und …« Sie verstummte, und der Satz blieb in der Luft hängen.

Woher wussten sie von mir und Nan?

»Wer hat euch das erzählt?«

»Es ist nicht schwer, an Informationen zu kommen, wenn man weiß, wo man suchen muss«, antwortete Kathryn. »Das Internet ist eine wunderbare Sache.«

»*Oui*«, bestätigte Clémentine. »Und wenn du eine zweite Anaïs Laurent werden willst, bitte sehr.«

Dass sie mich so unverhohlen dazu bringen wollten, mich als ihre gefährlichste Rivalin zu outen, brachte mich wieder zum Lachen. Aber so leicht würde ich nicht darauf hereinfallen.

»Der Vergleich mit Anaïs Laurent ist aber sehr gewagt.« In der lange Zeit von Männern dominierten Welt des Parfüms hatte diese Französin Frauen den Weg geebnet. Ihr Geruchssinn war legendär, und ihre Parfüms verkauften sich immer noch so, als wären sie nicht schon vor über fünfzig Jahren kreiert worden. Es war der Traum eines jeden Parfümeurs, eine so beliebte Duftrezeptur zu kreieren, dass sie auch nach seinem Tod noch weiterlebte.

Clémentine kniff ihre stark geschminkten blauen Augen zusammen. »Bitte lass doch das Understatement, Del. Gib lieber zu, dass du die Favoritin für den ersten Preis bist, dann können wir alle fair miteinander umgehen, *non?*«

Ihre klaren Worte faszinierten mich zwar, doch ich ließ mir nichts anmerken. »Du hast recht. Und ich hoffe, wir können trotzdem Freunde werden.«

»Aber das sind wir doch schon.« Clémentine warf ihre Handtasche auf das Bett neben dem Balkon, das ich eigentlich schon für mich ausgesucht hatte.

»Aber sag mal«, fuhr sie fort, »wie fandest du denn das Auswahlverfahren? Was das nicht *horrible?*«

Ich lachte. »Das kannst du laut sagen! Irgendwann dachte ich, das schaffe ich nie. So viele Tests, und dann noch der Stress mit den Skype-Terminen …«

»Meine Hände haben so stark gezittert, dass ich dachte, ich lasse mein Reagenzglas fallen, und alles zerspringt in tausend Scherben, aber jetzt sind wir tatsächlich hier. Warum hast du dich denn beworben?«, fragte sie mich.

Ich verschränkte die Arme und dachte einen Moment nach.

»Da gibt es viele Gründe. Ich wollte die Leclères kennenlernen, ich hatte Abenteuerlust und Fernweh …« Und natürlich wollte ich gewinnen. »Schöne Düfte machen mich einfach glücklich.« Ohne Nan musste ich allerdings darum kämpfen, wieder dieselbe Freude bei der Herstellung von Düften zu empfinden, die ich einst hatte. Ehrlich gesagt, musste ich darum kämpfen, überhaupt wieder häufiger Freude zu empfinden. Jen war der Meinung gewesen, dieser Wettbewerb könne mir dabei helfen. Oder hatte sie ihn nur vorgeschlagen, um mich aus dem Weg zu haben?

»Verstehe«, sagte Clémentine. »Wir haben gehört, ihr wolltet eine Parfümerie in New York eröffnen, aber deine Schwester hat kalte Füße bekommen. Das muss hart für dich gewesen sein, vor allem, wo ihr euch so nahesteht. Und sie hat das alles wirklich nur für einen Mann aufgegeben?«

Ich erstarrte. Wie konnte sie das wissen? Ich war in persönlichen Dingen eher zurückhaltend und tratschte meine Sorgen und Nöte mit Sicherheit nicht über soziale Netzwerke aus. »Woher weißt du das alles, Clémentine?« Ich versuchte, entspannt zu wirken, aber meine Worte klangen vielleicht doch etwas schroff.

»Zufällig kenne ich ein paar Leute in Manhattan, und sie haben erzählt, dass du den kleinen Laden aufgegeben hast, bevor du auch nur einmal in New York warst. *C'est tragique!*«

Plötzlich kamen mir die Tränen. Ich schluckte hart und wandte mich ab, tat so, als würde ich etwas in meiner Tasche suchen. Was für ein blöder Zufall, dass sie ausgerechnet dieses dunkle Kapitel meiner Vergangenheit kannte. Die Entscheidung, diesen Pop-up-Store aufzugeben, war mir schwergefallen und hatte mich zutiefst erschüttert, aber ich hätte es einfach nicht allein in New York schaffen können. Wieder einmal hing alles vom Geld ab – ohne Jen und ihre Hälfte des Startkapitals konnte ich mir meinen Traum einfach nicht leisten. Und es tat weh zu wissen, dass dieser Laden wahrscheinlich nie wieder zur Verfügung stehen würde, zumindest nicht für mein Budget. Jen hatte mir zwar ihre Ersparnisse leihen wollen, aber ohne sie an meiner Seite wollte ich sie nicht mehr darum bitten.

»Habe ich dich traurig gemacht?«, erkundigte sich Clémentine.

Ich setzte ein Lächeln auf. »Nein, gar nicht. Ich werde trotzdem nach New York gehen, aber zuerst wollte ich nach Paris.« *Und hier das Geld für New York gewinnen …* War die Verzweiflung in meinen Augen zu lesen?

»Dann ist ja alles gut«, sagte Kathryn und wechselte das Thema. »Wir müssen unbedingt auf diese Anastasia aufpassen, die soll bei Düften auch eine Menge Tricks auf Lager haben und schrecklich egoistisch sein, wie ich gehört habe.«

In diesem Moment spürte ich schlagartig meine große Erschöpfung. Lag es daran, dass Clémentine in meiner Vergangenheit gebohrt und all diese Erinnerungen heraufbeschworen hatte? Ich straffte die Schultern. Ich war in Paris, um zu gewinnen, verdammt noch mal! Und das würde ich auch.

Kapitel 3

Ich habe vor dem Essen noch eine Verabredung«, verkündete Clémentine und zwinkerte vielsagend, so dass klar war, dass es sich dabei um einen Mann handelte. »Bis bald!« Sie warf einen Kuss in die Luft und verließ mit schwingenden Hüften den Raum.

Mein Handy vibrierte, und Jens Name erschien auf dem Display. »*Bonjour*, Mademoiselle«, sagte ich mit schlechtem französischen Akzent, um zu überspielen, dass mir die Natürlichkeit im Umgang mit meiner Schwester abhandengekommen war. Irgendwie kam sie mir fremd vor, aber ich hoffte, das Gefühl würde bald wieder vergehen.

»Na, sieh mal einer an, du bist ja schon ganz franzosifiziert«, meinte sie. Ich war vorher noch nie von Jen getrennt, und nun befanden wir uns sogar auf verschiedenen Kontinenten. »Dann erzähl mal. Wie war die Reise? Ist Paris so schön, wie alle sagen?«

Ich ließ mich aufs Bett fallen und erzählte, als hätte sich zwischen uns nichts geändert ... als hätte sie mich nicht maßlos enttäuscht. Ich erzählte ihr alles, außer von meinem Sturz und dem Blickkontakt mit einem attraktiven Fremden. Sie sollte sich um mich keine Sorgen machen.

»Und noch keine heißen Männer? Der Pilot, der Chauffeur, jemand von *Leclère*? Ich wette, die sind alle verführerisch französisch ...«

Ich schnalzte abfällig mit der Zunge. »Ich bin nicht hier, um mich zu verlieben, Jen. Wie du ja eigentlich auch weißt ...«

Sie schnaubte leise. »Na, in der Stadt der Liebe wird doch bestimmt ein *bisschen* Zeit für Romantik sein, oder etwa nicht?«

»In der Stadt des Lichts«, korrigierte ich. Sie wusste genau, wie wichtig dieser Wettbewerb für mich war. Ich hatte meinen langweiligen Job und finanzielle Sicherheit aufgegeben, um daran teilnehmen zu können. Wenn ich nicht gewann, würde ich nach Hause in die Arbeitslosigkeit zurückkehren, und das wollte ich auf keinen Fall. Vor allem jetzt nicht.

»Aber die Franzosen sind doch alle heiß, oder etwa nicht?« Jens neuestes Projekt lautete, einen Seelenverwandten für mich zu finden, weil sie selbst bis über beide Ohren verliebt war. Plötzlich hieß es andauernd: *Oh, là, là, guck dir den doch mal an, der sieht aus wie einer für immer, frag doch mal nach seiner Nummer.* Als wäre ich völlig verzweifelt und könnte es gar nicht erwarten zu heiraten, obwohl im Moment doch das genaue Gegenteil der Fall war.

In ihrer Rolle als verträumte Romantikerin zeigte sie mir eine ganz neue Seite von sich, und ich wünschte, ich würde bald meine Schwester zurückbekommen. Natürlich wollte auch ich irgendwann heiraten und Kinder kriegen, aber erst würde ich als Parfümeurin Karriere machen. Außerdem war ich in Sachen Liebe schrecklich unbegabt. Meine letzten Beziehungen waren alle früher oder später im Sand verlaufen, weil ich zwischen meinen Düften alles andere vergaß. Außerdem hatte bisher auch kein Mann mein Herz wirklich berührt – was mich schon ein wenig nachdenklich machte, da ich bald dreißig würde.

Ein Mann müsste in meinen Augen genauso interessant sein wie meine Parfüms, wenn er meine volle Aufmerksamkeit wollte, und dass ich so jemanden in Whispering Lakes noch nicht kennengelernt hatte, war nicht weiter verwunderlich.

Düfte zu kreieren, war meine Zukunft. So sehr ich meine Eltern auch liebte, wollte ich auf keinen Fall so enden wie sie: ohne Arbeit, ohne festes Zuhause, ohne den Ehrgeiz, etwas daran zu ändern, und mit dem Vertrauen, dass ihre Töchter sich schon um sie kümmern würden.

»Und?«, unterbrach Jen meine Gedanken. »Du hast jemanden kennengelernt, stimmt's?«

»Was? Nein. Ich bin doch gerade mal fünf Minuten hier«, antwortete ich genervt. »Hör zu, ich bin sicher, unter all den Fröschen gibt es auch ein paar Prinzen, aber das ist mir im Moment egal. Ich habe hier Wichtigeres zu tun.« Sollte ich in Paris versagen, würde meine Vorstellung einer Zukunft als Parfümeurin verpuffen. Mein Plan war es, irgendwann doch noch nach New York zu gehen, aber erst musste ich das Geld dafür zusammenbekommen, und dafür galt es noch einige Hindernisse zu bewältigen.

»Es wäre wirklich eine Verschwendung, bis nach Paris zu reisen und dann keinen Franzosen zu küssen«, sagte Jen verträumt, als hätte sie mir gar nicht zugehört.

»Und nebenbei den Wettbewerb zu verlieren und in Whispering Lakes um meinen alten Job betteln zu müssen? Einen Job, in dem ich Düfte *verkaufe* anstatt sie zu erschaffen? Auf gar keinen Fall.« Die Vergangenheit konnte ich nicht mehr ändern, aber das Gefühl des Verlusts brodelte noch immer unter der Oberfläche und kam hin und wieder zum Vorschein.

Wir schwiegen, was in unseren Gesprächen immer häufiger passierte. Und ich hatte keine Ahnung, wie ich das ändern sollte. Früher konnten wir ohne Pause miteinander reden, waren von einem Thema zum nächsten gedriftet. Nun aber hatten wir unterschiedliche Wege eingeschlagen und schienen uns in entgegengesetzte Richtungen zu bewegen.

Schließlich seufzte sie und murmelte: »Nan wäre auf jeden Fall stolz auf dich, dass du jetzt in Paris bist und deinen Traum verwirklichst.«

Es war einmal *unser* Traum gewesen. Wie hatte sie das alles nur wegen eines Mannes aufgeben können?

Ich legte eine Hand an meine Brust, weil ich wieder den inzwischen vertrauten Schmerz spürte, als ich an meine Großmutter dachte. »So verrückt das auch klingen mag«, sagte ich, »aber manchmal habe ich das Gefühl, Nan hätte dieses Abenteuer für mich eingefädelt.«

Schon in meiner Kindheit liebte ich Parfüms und Düfte, und meine Großmutter bemerkte schnell, dass ich einen besonderen Sinn dafür hatte. Solange sie lebte, stellten wir zusammen Düfte her, und ich vermisste sie immer noch so sehr, dass es wehtat. Sie war mehr gewesen als nur meine Großmutter, sie war meine beste Freundin, meine Vertraute und meine Ersatzmutter, wenn meine richtige Mutter gerade mal wieder zu einem ihrer Abenteuer unterwegs war.

»Wenn irgendjemand aus dem Jenseits noch etwas einfädeln könnte, dann wäre es Nan – aber das hier hast du allein geschafft, Del. Das ist deine Chance, von den großen Meistern zu lernen, und ich hoffe, dass du sie nutzt. Vergiss mich und Whispering Lakes und konzentrier dich ganz auf die Parfümerie.«

Es klang, als wollte sie mir die Erlaubnis geben, sie loszulassen. Wir hatten immer alles geteilt, und ich verstand nicht, warum sich das plötzlich ändern sollte, bloß weil sie über beide Ohren verliebt war. Aber die Tage, in denen wir uns einander so nah fühlten, wie nur Zwillinge es vermögen, waren wohl vorbei.

»Als ob ich dich je vergessen könnte.«

»Del, du musst im Jetzt leben, genieße Paris, such dir neue Freunde. Sei tapfer, sei stark, und vergiss nicht zu flirten!«

»Ja, Ma'am«, antwortete ich in gespieltem Gehorsam.

Jen lachte. »Du salutierst gerade, oder?«

Ich ließ die Hand sinken. »Kann sein.«

»Wie sind denn die anderen Teilnehmer so?«

Ich erzählte ihr von der exaltierten Clémentine aus Paris und der eher sanften Kathryn aus London. »Sébastien Leclère wird nachher auch dabei sein, dann werde ich den großen Unbekannten endlich zu Gesicht bekommen. Wir sind bei den Leclères zum Abendessen eingeladen, eine Art Willkommensfeier, denke ich. Dort sehe ich dann auch, mit wem ich es noch alles aufnehmen muss.«

Sie merkte mir meine Nervosität an. »Die mögen vielleicht eine richtige Parfümeur-Ausbildung absolviert haben«, sagte sie in verschwörerischem Tonfall, »aber sie haben nicht von Nan gelernt. Mit ihrem Wissen kann es kein Lehrbuch und kein Chemielehrer aufnehmen, hörst du?«

Ich hatte viele Jahre an Nans »Parfümorgel« verbracht, einem halbrunden Tisch mit abgestuften Regalen, auf denen sauber aufgereiht alle möglichen Duftöle standen, eingeteilt in Kopf-, Herz- und Basisnoten. Konzentriert schlichen Nan und ich umeinander, wenn wir die Essenzen so gewissenhaft mischten, als wollten wir einen Liebestrank zaubern. Wir erschufen maßgefertigte Düfte für Kunden, die eine einzigartige Komposition für sich allein besitzen wollten. Wir verbrachten Stunden in unserer Welt der Düfte und tauchten nur daraus auf, wenn Großvater mit schiefem Grinsen nachfragte, ob er sich zum Abendessen wieder einen Toast schmieren solle.

Vor ein paar Jahren war Nan plötzlich gestorben, und seither war nichts mehr wie zuvor.

»Danke, Jen. Ich werde daran denken.«

Aus liebgewonnener Gewohnheit tätschelte ich beim Gedanken an Nan meine Handtasche, in der sich ihr dickes Notizbuch befand, voll mit Parfümrezepten und komplexen Formeln samt Notizen und Zeichnungen. Es war für mich zu einer Bibel geworden.

»Du schaffst das. Schick mir zwischendurch eine Nachricht, dann kann ich auch Grandpa auf dem Laufenden halten. Ach ja, und viele Grüße von Mom und Dad.«

»Drück sie von mir, okay?«

Als ich auflegte, hatte ich fast ein schlechtes Gewissen wegen meiner Erleichterung darüber, dass das Gespräch vorbei war. Im selben Augenblick kam Clémentine zurück, ihr Lippenstift war verdächtig verschmiert.

»Jetzt brauch ich aber ein Schläfchen«, murmelte sie bloß und warf sich aufs Bett.

Kapitel 4

Nachdem ich ausgepackt und eine schläfrige Clémentine mit einigen Mühen davon überzeugt hatte, dass die Hälfte des Kleiderschranks tatsächlich für meine Sachen gedacht war, kehrte ich in die *Parfumerie Leclère* zurück, weil ich hoffte, sie vor Ladenschluss noch besichtigen zu können. Aber ich hatte kein Glück und konnte nur erneut durch die Schaufenster auf die hübschen, geschliffenen Glasfläschchen spähen, die unter ihrer Beleuchtung wie Edelsteine funkelten. Ich meinte, ihre Düfte wahrzunehmen: Lilie, Amber, Rose, Vanille …

Mir blieb noch eine Stunde, bis ich mich für das Abendessen zurechtmachen musste, also schlenderte ich weiter und war beeindruckt von der ungewohnten Umgebung. Im Vergleich hierzu war mein Heimatort nur ein kleiner Ort an einem See irgendwo in Michigan, wo jeder jeden kannte und sich niemals etwas änderte. Ich empfand die Vorstellung mittlerweile als erdrückend. Hier in Paris standen die Menschen in den Geschäften Schlange, drängten sich haufenweise vor den Auslagen, fuhren in unüberschaubarer Zahl Fahrrad und schlängelten sich durch den dichten Verkehr. Es war, als hätte jemand den Lautstärkeregler des Lebens voll aufgedreht.

Daran würde ich mich wohl erst gewöhnen müssen. Alles hier war laut, trotzdem fühlte ich mich sofort von der Energie der Stadt durchdrungen. Paris pulsierte. Und genau das war es, was ich wollte – in einer großen Stadt unter vielen Menschen leben und überall neue Möglichkeiten entdecken.

Ich spazierte weiter und genoss die laue Abendluft. Hinter der nächsten Straßenecke entdeckte ich ein Café mit leuchtend roten Markisen, setzte mich dort ganz vorn an einen Tisch und versuchte, die Speisekarte zu entziffern. Da ich mir den Appetit für das Abendessen nicht verderben wollte, entschied ich mich nur für einen *Café au lait*, nahm mir jedoch vor, bald wieder herzukommen und die verlockenden Leckereien zu probieren. *Croque monsieur, Soufflé fromage, Chouquettes, …* Trotz meines Magenknurrens klappte ich die Karte entschieden wieder zu.

Im trubeligen Café gelang es mir nicht, die Aufmerksamkeit eines Kellners auf mich zu ziehen, also ging ich hinein, wartete in der Schlange, bis ich an der Reihe war, und bestellte meinen Kaffee an der Theke.

Eine sehr reserviert wirkende Bedienung sagte kühl: »Wird an den Tisch gebracht.« Ihre Art war so ganz anders, als ich es von zu Hause kannte. Dort hätte man eine Fremde sofort ausgefragt, woher sie komme, warum sie hier sei, wie lange sie bleiben wolle, und binnen weniger Minuten hätte man seine Lebensgeschichten ausgetauscht.

Hier war ich eine namenlose Unbekannte. Aber war es nicht genau das, was ich wollte?

Ganz in Gedanken versunken, legte ich das Geld für den Kaffee auf die Theke, kehrte an meinen Tisch zurück und stolperte dabei über etwas. Ich schrie erschrocken auf und taumelte gegen den Rücken eines Mannes. Instinktiv griff ich nach seinem Arm, um nicht zu fallen. Gemeinsam stürzten wir zu Boden.

Es dauerte eine Weile, bis es uns gelang, Arme und Beine einigermaßen zu entwirren. Mit lautem Stöhnen drehte sich der Mann zu mir, wobei er allerdings meinen Fuß einklemmte, so dass mir nichts anderes übrig blieb, als mich über ihn zu knien. *Na, das wird ja immer besser!*

Tiefste Schamesröte im Gesicht, stammelte ich: »Tut mir furchtbar leid«, und versuchte, mich aufzurichten. Mein eingeklemmter Fuß war so verdreht, dass ich befürchtete, er könnte verrenkt sein. Während ich noch in mich hineinhorchte, ob mir etwas weh tat, sah ich dem Fremden zum ersten Mal ins Gesicht – und erkannte ihn wieder! Mir stockte der Atem. Ausgerechnet der Mann, der schon meinen Beinahe-Unfall beobachtet hatte, lag in einem eleganten Café vor mir auf dem Boden. Die meisten der Gäste um uns herum lachten unverblümt, manche runzelten wegen der Störung verärgert die Stirn. Aber alle sahen uns an.

»Das war nicht meine Schuld«, erklärte ich steif in dem Bemühen, wieder Fassung zu gewinnen. »Ich bin gestolpert.« Ich deutete auf den Gast am Tisch über uns, dessen gefühlt zwei Meter langes Baguette in den Weg ragte. »Über das Baguette hier, das nicht ordentlich verstaut war.«

Der Mann sagte kein Wort, sondern starrte mich nur mit seinen intensiv grünen Augen an. Ich starrte zurück.

Dann räusperte ich mich. »Tja, also würden Sie bitte meinen Fuß freigeben? Sonst kann ich nämlich nicht aufstehen …«

Immer noch passierte nichts. Vielleicht verstand er kein Englisch? Mit einiger Anstrengung gelang es mir, mein Bein unter ihm hervorzuziehen, und ich hoffte, dass das Taubheitsgefühl kein Anzeichen für irgendetwas Schlimmes war.

Als ich endlich stand, reichte ich ihm die Hand. Und erst jetzt schien er mich zu erkennen. »Ach, Sie sind das!« Er bekam große Augen. »Die Frau, die sich fast vor ein Auto geworfen hätte.«

»Na ja, aber ich …«

»Sie sind ja eine wandelnde Katastrophe.«

Ich reckte das Kinn. »Der Unfall an der Straße war ein Versehen. Und das hier hätte jedem passieren können.«

»Haben Sie sich verletzt?«

»Nein.« Außer meinen Stolz.

»Sind Sie sicher?«

»Ja«, erwiderte ich kurzangebunden. Auch wenn mein Bein gebrochen wäre, würde ich es ihm nicht sagen. Trotzdem fand ich sein Mitgefühl tröstlich. Unser Publikum wandte sich wieder seinen Gesprächen und Tellern zu.

Um seine Mundwinkel zuckte es, als fände er mich höchst amüsant. Es gab Millionen von Parisern – warum musste ich mich ausgerechnet vor diesem attraktiven Mann zum Affen machen? Und das gleich zweimal?

»Ich bin sicher, wir sehen uns wieder«, sagte er und sah mich mit seinen unergründlich grünen Augen eindringlich an.

»Wohl kaum«, erwiderte ich und verließ mit heftig pochendem Herzen das Café.

Nach dem Duschen las ich die Textnachrichten, die Jen mir in der Zwischenzeit geschickt hatte, obwohl wir doch erst vor einer Stunde telefoniert hatten. Ich wollte nicht das Gefühl haben, sie hier zu brauchen. Wenn sie dieses tolle neue Leben führen konnte, dann konnte ich das doch wohl auch, oder?

In meiner Antwort schrieb ich nichts von meinem Unfall mit dem hübschen Franzosen, sonst hätte sie umgehend die Hochzeit geplant. Stattdessen erzählte ich von Clémentine und Kathryn, die bei meiner Ankunft ausgesehen hatten, als würden sie irgendetwas aushecken.

Sofort bekam ich ihre Antwort.

Die klingen ja echt lustig! Und ein gesunder Wettstreit unter Freunden ist ja auch nichts Schlechtes, oder?

Ich schüttelte den Kopf. Nan hätte mir geraten, wachsam zu bleiben und dennoch allen Möglichkeiten gegenüber offen, also hielt ich mich lieber daran.

Lustig vielleicht, aber Freundinnen würde ich sie noch nicht nennen, schrieb ich zurück. *Und wie geht's dir?*

Tatsächlich wollte ich fragen: Vermisst du mich? Hast du dir das mit New York noch mal überlegt? Kommst du doch nach Paris? Irgendetwas in der Art … aber das verkniff ich mir.

Sie antwortete: *Moms Mantra-Chanting-Gruppe ist hier (wie lange wird das wohl noch gehen?), Dad schnitzt irgendwas im Schuppen, und Pops und ich machen Popcorn und wollen dir zu Ehren gleich einen französischen Film gucken. Liebe Grüße von ihm, und du sollst das elende Tippding weglegen und dich amüsieren. Das Übliche also ;-) LG xxx*

Ich musste schmunzeln, als ich mir meinen Großvater vorstellte, wie er mich über die Distanz hinweg ermahnte. Immer wieder lästerte er über »das elende Tippding«, mit dem wir kommunizierten. Für ihn waren Smartphones Teufelszeug, egal, wie sehr sie uns das Leben erleichterten, vor allem jetzt, wo ich so weit weg war. Als ich ihm einmal gezeigt hatte, dass ich auf dem Handy sogar Bücher lesen konnte, wäre er fast umgefallen.

Sag ihm ganz liebe Grüße, und ich leg das Tippding für den Abend beiseite. xxx

Wir schickten noch ein paar Nachrichten hin und her, bevor ich das Handy endgültig ausstellte. Kopfschüttelnd dachte ich an meine Mutter, die mit der Realität nicht allzu viel anfangen konnte und sich lieber in ihrer eigenen Welt tummelte. Dad war da ähnlich, und ich wunderte mich oft, wie Jen und ich es geschafft hatten, zu relativ normalen Menschen heranzuwachsen. Würde ich verkünden, ab jetzt nackt in einer Kommune leben zu wollen, die Sonnenblumen anbetete, hätte unsere Mutter mir begeistert dazu gratuliert, dass ich meinen Träumen folge. Sie waren beide liebevolle Eltern, verhielten sich für meinen Geschmack aber ein wenig zu verpeilt.

In unserer Kindheit war es oft schwierig gewesen, weil sie zu Schulveranstaltungen nicht auftauchten oder uns in Prüfungszeiten nicht unterstützen konnten. Sie waren immer wieder Gegenstand absurdester Gerüchte – auch heute noch. Dabei lebten sie ihr Leben eben auf ihre Weise, und es war ihnen vollkommen egal, was andere von ihnen dachten – und das bedeutete eine große Freiheit.

Allerdings hatte die auch ihren Preis. Großgezogen hatten uns Nan und Pops. Nan … Erneut überrollte mich die Trauer über den Verlust dieses für mich so wichtigen Menschen.

Trauer war etwas Seltsames. Noch nach Jahren konnte sie einen überfallen, wenn man am wenigsten damit rechnete.

Doch dann hörte ich innerlich Nans Stimme: *Komm schon, Del. Kopf hoch, und zeig den Leuten, was du drauf hast!*

Während ich überlegte, welches Parfüm ich auftragen sollte, konnte ich schon wieder schmunzeln. Die Auswahl war ungemein wichtig, weil dieser Duft bestimmen würde, wie die anderen mich wahrnahmen. *Madagaskar-Rose* war zu weich, zu verträumt für ein Gruppentreffen. *Zitrus-Hauch* war eindeutig ein Duft für tagsüber. *Orientalisches Feuer* vielleicht? Das war würzig und sinnlich, ein milder Abendduft, aber besonders genug, um in einer vermutlich reich mit Düften versehenen Gruppe aufzufallen. Ich sprühte mir etwas Parfüm auf die Innenseiten meiner Handgelenke und schnappte mir meine Handtasche. Clémentine war schon vor mir gegangen, also schloss ich das Zimmer ab und ging den Flur hinunter. Ein paar Schritte weiter stand ein auffallend schlanker Mann in einem schlecht sitzenden Anzug vor einer Tür und fluchte, weil offenbar das Schloss nicht funktionierte.

»Kann ich helfen?«, bot ich an.

Seine Hände zitterten stark, und als er sich zu mir umdrehte, nahm ich deutlich den Geruch von Alkohol in seinem Atem wahr. Seine Augen waren stark gerötet, aber er lächelte und strahlte trotz des ungepflegten Äußeren etwas Spitzbübisches aus.

»Der blöde Schlüssel will nicht passen.«

Noch ein Wettbewerbsteilnehmer, aber woher kam er? Sein Englisch klang amerikanisch mit britischem Einschlag.

»Lass mich mal versuchen«, sagte ich, nahm ihm den Schlüssel ab und schob ihn mühelos ins Schloss.

»Da fehlte wohl weibliches Einfühlungsvermögen.« Er lachte. »Ich bin Lex.«

»Aus …?«, fragte ich nach, während ich ihm meine Hand reichte.

»Weltbürger«, antwortete er und schwankte leicht. »Aber zuletzt war ich in Thailand. Und du?«

Trotz seines schrägen Outfits und der ungesund wirkenden Magerkeit fand ich den Typen irgendwie sympathisch. Ich schätzte ihn auf gute fünfzig Jahre. Sein Parfüm wurde durch den schalen Geruch von billigem Wein überdeckt, unter den sich etwas Minze mischte, als hätte er versucht, den Alkohol zu verbergen.

»Ich bin Del aus Amerika.«

»Gehen wir, Amerika?« Er hielt mir den Ellbogen hin, damit ich mich unterhaken könnte, was ich mit einem Lächeln tat. Er strahlte eine lässige Lockerheit aus, mit der ich mich wohl fühlte – wie bei einem Onkel oder einem netten Bekannten.

»Erzähl mal«, sagte er, »wie sind die anderen so? Hoffentlich nicht nur Chemie-Nerds, oder?« Obwohl er ein klein wenig lallte, sah er mich mit blitzenden, wachen Augen an, als würde der Alkohol sein Denken in keiner Weise beeinträchtigen. Vielleicht hatte er mit einem Gläschen Wein ja nur seine Flugangst bekämpfen wollen? Wer war ich schon, um über ihn zu urteilen?

»Ich habe bisher nur Clémentine und Kathryn kennengelernt, und sie schienen mir …«, ich suchte nach passenden Worten für dieses unvergleichliche Duo, »… gut über ihre Konkurrenz unterrichtet.«

»Du meinst, sie sind Internet-Stalker?«

Ich musste lachen. Es gefiel mir, wie er es herunterspielte, als müsse man sich keine Sorgen darüber machen. »Ja, so ähnlich. Sie sind auf jeden Fall der Meinung, man müsse sich vor Anastasia in Acht nehmen.«

»Klar, als die Bösen werden ja meistens Russinnen gecastet. Und wie schätzen sie dich ein?«

Ich zuckte die Achseln. Natürlich würde ich ihm ihre Analyse nicht unter die Nase reiben, weil ich nicht wollte, dass er mich als scharfe Konkurrentin betrachtete.

»Ach, zu mir haben sie nicht viel gesagt«, schwindelte ich lächelnd. »Jedenfalls habe ich kein renommiertes Chemie-Diplom oder so etwas. Alles, was ich über Düfte weiß, habe ich von meiner Großmutter …« Dass meine Nan eine der besten Nasen in diesem Geschäft hatte, brauchte ich ihm ja nicht zu verraten.

»Ah«, meinte er, »die Hausgemachten sind die Schlimmsten. Ihr seid heiß aufs Gewinnen, weil ihr den anderen was beweisen wollt.«

Anscheinend hatte Lex die Gabe, zwischen den Zeilen zu lesen. Vielleicht war *er* derjenige, vor dem ich mich am meisten in Acht nehmen musste. »Ach was«, meinte ich leichthin. »Ich war noch nie in Paris und wollte einfach etwas Erfahrung gewinnen.«

Er grinste, wie um zu zeigen, dass er mir das nicht abnahm. »Die Welt der Parfümerie ist viel kleiner, als du denkst. Alle haben Geheimnisse, die nicht allzu tief unter der Oberfläche lauern, also pass auf, und traue niemandem.«

»Auch dir nicht?«

Er legte den Kopf zurück und lachte. »Besonders mir nicht.«

Ich lächelte zurück, glaubte ihm aber kein Wort. Was wäre denn das Schlimmste, was irgendwer mir hier antun könnte? Mir eine meiner Rezepturen abjagen? Gerüchte über mich verbreiten? Am Ende ginge es doch nur um unsere Fähigkeit, Düfte herzustellen.

Im Allgemeinen hatte ich Parfümeure als in sich gekehrte, ehrgeizige Menschen kennengelernt, die sich mit Zahlen, Formeln und der Magie von Chemie wohl fühlten. Dass sie hinterhältig oder unfair waren, konnte ich mir nicht vorstellen. Trotzdem würde ich mich vorsehen, bis ich die anderen Teilnehmer besser kannte.

Wir traten in den Pariser Abend hinaus. Am Himmel schimmerten schon die ersten Sterne. »Lass mich raten: Deine Großmutter war ein einsames Genie, das ihre Gabe an dich weitergegeben hat?«

Ich lachte. »Ja, so ähnlich. Aber ihr lag vor allem daran, Düfte gegen bestimmte Beschwerden einzusetzen.«

»Als Heilmittel? Klar, warum nicht.«

Die meisten Menschen hatten das nie verstanden. Nan war überzeugt, der richtige Duft könne alles heilen – vom gewöhnlichen Schnupfen bis hin zum gebrochenen Herzen. Sie war ihrer Zeit weit voraus gewesen. Heutzutage war Aromatherapie weit verbreitet, aber Nan war noch darüber hinausgegangen, und das Jahrzehnte, bevor diese Methode in Mode kam. Genau dort sah ich auch meine eigene Nische in dieser Welt: Ich wollte nicht nur schöne Düfte erschaffen, sondern Parfüms, die sich auf die Stimmung auswirkten.

»Hat sie dich denn nach Paris begleitet?«

»Das wäre schön«, sagte ich. »Aber sie ist vor ein paar Jahren gestorben.«

»Das tut mir leid.«

»Ist schon gut. Im Geiste ist sie immer bei mir.«

Zumindest redete ich mir das ein. Trotzdem würde ich den Tag, an dem sie starb, nie vergessen. Er war aus mehreren Gründen unvergesslich geworden. Wir hatten an einem Parfüm mit Heritage-Rosenduft gearbeitet, das junge, aufkeimende Liebe wiedergeben sollte. Irgendeine wichtige Zutat fehlte noch, um das Ganze auszubalancieren, aber wir kamen nicht darauf.

Nan hatte gewitzelt, das komme daher, dass ich noch nie verliebt gewesen sei. Ich hätte noch nichts von der Welt gesehen und noch nie in drei verschiedenen Sprachen jemandem meine Liebe gestanden. Immer wieder hatte sie darauf bestanden: Ich müsse mich verlieben und dem Mann in unterschiedlichen Sprachen und in der Sprache der Liebe selbst meine Gefühle gestehen – was auch immer das bedeuten mochte. An jenem Tag hatte ich dabei wieder einmal die Augen verdreht und mich den Düften zugewandt, um die fehlende Zutat zu finden.

Trotzdem waren wir dem Duft von Liebe, wie ich ihn mir vorstellte, so nahe gekommen wie nie zuvor. Es war eine Mischung aus Rose, Kaschmirholz, Himbeerblättern, Patschuli, Freesie und schwarzer Johannisbeere – aber irgendetwas fehlte noch.

Ich hatte dieses Parfüm noch immer, unvollendet. Ohne Nan brachte ich es nicht übers Herz, daran weiterzuarbeiten.

Nach ihrem Tod waren die Tage zuerst einfach nur grau und eintönig gewesen.

Ich verscheuchte meine wehmütigen Erinnerungen und konzentrierte mich auf die Gegenwart. »Dann wollen wir uns die anderen mal ganz genau ansehen.«

Kapitel 5

Bei den Leclères angekommen, wurden wir von einem älteren Mann, dessen Anzug deutlich besser saß als der von Lex, in einen beeindruckend riesigen und eleganten Salon geführt. Augenblicklich wurde es still, und alle Augen richteten sich auf uns. Ein paar der Anwesenden musterten uns kritisch von oben bis unten, einige neigten den Kopf zur Seite und lächelten, und manche beäugten uns mit kritischem, fast feindseligem Blick. Die Wettbewerber und die Mitglieder des Management-Teams von *Leclère* standen gemischt zusammen, und ich versuchte, mich an die Skype-Gespräche zu erinnern und den Gesichtern die passenden Namen zuzuordnen.

Drei der Gäste verließen kurz ihre Gesprächsrunden und kamen zu uns, um sich vorzustellen. Jemand reichte mir ein Glas Champagner, das ich, um meine Nerven zu beruhigen, in einem Zug leerte. Clémentine schlenderte auf mich zu. Trotz des warmen Wetters trug sie eine falsche Fuchsstola um die Schultern.

»Clémentine«, sagte ich, erleichtert über ein bekanntes Gesicht. »Das hier ist Lex. Lex, meine Zimmerkollegin Clémentine.«

Nach und nach stellten sich alle einander vor. Clémentine ließ kaum jemanden zu Wort kommen, daher entschuldigten sich die meisten schnell wieder und gesellten sich zu anderen Grüppchen, in denen höflich und etwas steif Konversation betrieben wurde. Kathryn rief mich zu sich, und ich entschuldigte mich bei Lex.

»Wo ist denn nun eigentlich Sébastien?«, wollte sie wissen und ließ ihren Blick durch den Raum schweifen.

Die Gesichter der Männer kamen mir aus den Videochats bekannt vor, also war der große Meister offenbar noch nicht dabei.

»Wenn er hier wäre, hätte er sich doch bestimmt vorgestellt, oder?«, meinte ich.

»So langsam fragt man sich, ob es ihn überhaupt gibt«, murmelte Kathryn. »Aurélie ist auch nicht da. Schöne Willkommensparty!« Sie rollte ihre Serviette zu und wieder auf. »Dieser ganze Wettbewerb ist sowieso ein bisschen komisch. Warum geben sie sich plötzlich so offen, wo sie doch sonst zurückgezogen gelebt und gearbeitet haben?«

Dasselbe hatte ich mich auch schon gefragt.

»Wahrscheinlich kommen sie nur später, um einen großen Auftritt hinzulegen, nachdem wir das Eis schon gebrochen und uns ein bisschen kennengelernt haben.«

»Ja, vielleicht … Dann sollten wir uns wohl wieder unters Volk mischen.«

Normalerweise hätte ich lieber abgewartet, bis jemand auf mich zukam, da ich nur ungern im Mittelpunkt stand, aber da mich hier niemand kannte, konnte ich sein, wer ich sein wollte. Ich ging also auf eine große schlanke junge Frau zu, die auf ihr Handy starrte, und stellte mich vor. Sie nickte nur kurz, als würde mein bloßer Anblick genügen, um mich als Gesprächspartnerin auszumustern. Das hatte ich nun von meiner Courage.

»Und du bist …?«, fragte ich trotzdem, weil mein Stolz es mir verbat, klein beizugeben.

»Anastasia.«

»Woher kommst du?«

»Moskau.«

Als würde ich mit einem Stein sprechen. Und sie sollte unsere härteste Konkurrentin sein? Die Langeweile war ihr an den halb geöffneten Augen abzulesen, als könnte sie es nicht erwarten, endlich wieder gehen zu dürfen.

Einerseits hätte ich sie gern stehen lassen, andererseits dachte ich, dass sie sich vielleicht fehl am Platz fühlte und ihre Schweigsamkeit nur Fassade war.

»Ich komme aus Michigan«, sagte ich also.

Wieder folgte nur ein kurzes Nicken.

In diesem Moment kam Clémentine dazu – vielleicht hatte sie mein Unwohlsein gespürt. »Del, komm doch mit und probier mal die Canapés, die sind göttlich.«

Als sie Clémentines Stimme hörte, schnellte Anastasias Kopf hoch, und beide Frauen musterten einander feindselig. Ich bekam den Eindruck, dass Clémentine insgeheim eifersüchtig auf Anastasia war oder sich von ihr eingeschüchtert fühlte und vielleicht deshalb jedem erzählte, man müsse sich vor ihr in Acht nehmen.

Nach einer Weile packte Clémentine entschlossen meinen Ellbogen und schob mich weiter. »Ist die nicht eiskalt?«, raunte sie mir in gut hörbarem Bühnenflüstern zu.

»Wahrscheinlich fühlt sie sich hier nur fremd und unwohl«, erwiderte ich.

»Ach was, lass dich nicht täuschen. Denk immer daran, dass das hier ein Wettstreit ist.«

Ich zuckte mit den Schultern. Clémentine tat ja fast so, als wären wir Kandidatinnen bei einer Überlebensshow auf einer einsamen Insel. Ich begriff allmählich, dass ich mich bei ihr vorsehen musste, damit die Stimmung zwischen uns gut bliebe.

Irgendwann standen wir wieder beim Management-Team, das uns erneut über alles Mögliche ausfragte. Sollten nicht endlich einmal unsere Parfüms für uns sprechen? Einer von ihnen, ein großgewachsener blonder Mann namens Luc, nahm mich kurz beiseite. Mit angenehmer Stimme fragte er: »Werden Sie hier, so weit von zu Hause entfernt, zurechtkommen?«

»Natürlich«, erwiderte ich so überzeugend wie möglich. »Ich bin bereit, meinen Weg zu gehen und etwas Neues zu wagen.« Um ehrlich zu sein, hatte ich größere Angst, als ich mir eingestehen wollte. Angst, alles zu vergessen, was Nan mir beigebracht hatte. Aber jetzt musste ich mein Pokerface behalten und hoffen, dass alles schon irgendwie gutgehen würde.

»Dann sind Sie also bereit, mit den gewohnten Regeln zu brechen?«

»Meine Großmutter hat nie irgendwelche Regeln befolgt. Sie hat ihre eigenen gemacht, und das habe ich von ihr gelernt.« Ich reckte das Kinn.

Luc lächelte. »Gut, sehr gut. Sie sind nämlich unsere Wildcard. Die Teilnehmerin, die sich in die eine oder die andere Richtung entwickeln könnte.« Damit ließ er mich stehen, und ich war froh, dass er mein Gesicht nicht mehr sehen konnte.

Ich war die *Wildcard*? Bedeutete das, dass ich nicht so begabt war wie die anderen, dass Leclère aber bereit gewesen war, ein Risiko mit mir einzugehen? Nun schwand auch noch der letzte Rest meines Selbstvertrauens, und mir wurde fast ein bisschen schwindelig. Trotz meiner vorgetäuschten Selbstsicherheit mussten sie gemerkt haben, dass ich seit dem Tod meiner Nan mit der Parfümerie Probleme hatte. Ich konnte noch immer Duftöle und einfache Heilmittel kreieren, aber bei komplexen Parfüms verließ mich meine Eingebung. War das meiner Schwester auch aufgefallen? Hatte sie deswegen nicht mehr das Geld riskieren wollen, das sie über Jahre hinweg angespart hatte? Auf einmal fühlte ich mich schrecklich allein und war den Tränen nahe.

Je länger der Abend dauerte, desto müder wurden meine Beine, desto schwerer meine Augenlider. Ich wollte nur noch hier raus. Als wir mit dem Büfett fertig waren, verabschiedete ich mich und ließ die anderen allein weiterspekulieren, warum unsere Gastgeber noch immer nicht aufgetaucht waren. Es war ohne Zweifel äußerst seltsam, wenn nicht gar unhöflich, aber Klatsch und Tratsch lagen mir nicht. Sicher würden wir auch so irgendwann erfahren, was los war.

Meine Füße schmerzten beim Gehen, und mein angeschlagener Knöchel pochte, so dass ich kurzentschlossen vor einer einladend beleuchteten Weinbar stehen blieb. Es saßen nur eine Handvoll Gäste darin, also wagte ich mich hinein und setzte mich an das hintere Ende der Theke. Normalerweise ertränkte ich meine Sorgen nicht im Alkohol, aber heute schien mir diese Aussicht tröstlich. Ein Glas noch, dann würde ich ins Bett gehen, denn ich wollte am ersten Tag ausgeruht sein.

Der Wirt schenkte mir ein Glas Weißwein ein und stellte ein Glas mit Grissini daneben. Während ich davon naschte, kreisten meine Gedanken um den zurückliegenden Tag, und ich war froh, ein wenig Abstand von meinen Mitbewerbern zu haben.

Wie gern würde ich diese neue Seite an mir – die Frau, die in Paris nachts noch in Weinbars ging – einfach nur genießen. Allein das melodiöse Französisch um mich herum zu hören, war betörend und lenkte mich von all meinen Sorgen ab.

»Verfolgen Sie mich etwa?«

Verblüfft drehte ich mich zu der vollen und dennoch samtweichen Stimme um. Dass ich diesem Mann an einem Tag nun schon zum dritten Mal über den Weg lief, wäre für Jen wohl Schicksal. »Ich war zuerst hier, also verfolgen Sie ja eher mich, oder?«

Er schmunzelte, und diesmal erreichte das Lächeln auch seine Augen, als hätte er den Stress des Tages abgeschüttelt und könnte sich nun entspannen. »Das tue ich ganz bestimmt nicht«, versicherte er. »Ich wohne hier gleich um die Ecke.«

»Oh, ich wohne auch ganz in der Nähe«, sagte ich und fühlte mich dabei sehr weltgewandt. »Kommen Sie gerade von der Arbeit?« Trotz der späten Stunde trug er noch den dunklen Anzug und hatte nur die Krawatte ein wenig gelockert.

»Eigentlich nicht.« Er seufzte und rieb sich über das Gesicht. Sein Handy vibrierte, doch er ignorierte es. »Ich habe immer noch ein paar Sachen zu erledigen, aber ich brauchte zwischendurch mal eine Pause.«

»Das Gefühl kenne ich. Ich war gerade bei einem Geschäftsessen, aber plötzlich wurde mir alles zu viel.«

»Warum?« Er nippte an seinem Rotwein. Sein Handy vibrierte erneut, und er stellte es aus.

Wie sollte ich es ihm erklären? Zu den Regeln des Wettbewerbs gehörte es, dass wir nicht nach außen tragen durften, dass wir mit der *Parfumerie Leclère* zusammenarbeiteten. Das Team wollte auf keinen Fall, dass Reporter Wind davon bekämen und Insider-Informationen erhielten. »Ach, es war einfach anstrengend. Den Umgang mit so vielen konkurrenzgetriebenen Menschen bin ich nicht gewohnt, daran muss ich noch arbeiten.« Herrje, ich klang wie die letzte Hinterwälderin.

»Paris ist ein hervorragender Ort, um herauszufinden, wer man eigentlich ist. Und konkurrenzbetonte Menschen zeigen ihr Blatt in der Regel sehr früh und haben dann nichts mehr in der Hand.«

»Das klingt tröstlich«, sagte ich, »denn eigentlich müsste ich ihnen einen Schritt voraus sein. Meine ganze Zukunft hängt davon ab.«

»Wieso das?« Er strich mit den Fingern am Stiel seines Weinglases entlang.

Ich erzählte ihm alles über meine Schwester und unsere gescheiterten Pläne, ohne auf das Thema Parfüm zu kommen. Als ich mir selbst zuhörte, klang ich ein wenig kläglich, und ich lachte, um nicht wehleidig zu wirken.

»Warum können Sie nicht allein nach New York gehen, wenn das Ihr Traum ist?«

Sofort dachte ich daran, dass man in mir eine Wildcard sah. Vielleicht war ich doch nicht so talentiert, wie ich angenommen hatte, und alle außer mir wussten das. Doch ich verdrängte diesen Gedanken ein weiteres Mal. Wenn ich nur mittelmäßig wäre, wäre ich doch nicht hier, oder?

Ich merkte, dass ich ihm nicht geantwortet hatte. »Es ist kompliziert.«

»Ich verstehe«, erwiderte er, obwohl er das offensichtlich nicht tat. Trotzdem war es schön, mit jemandem zu reden, der mich nicht kannte und mir dennoch zuhörte, als würde ihn mein Leben wirklich interessieren.

Normalerweise vertraute ich mich irgendwelchen Fremden nicht so leicht an, aber Paris hatte mich mutig gemacht. Oder der viele Alkohol heute Abend … Außerdem gab er mir auf seltsame Weise das Gefühl, als könnte ich ihm das alles erzählen, es war fast eine Erleichterung.

»Was ist mit Ihnen? Sie sagten, Sie müssten heute Nacht noch arbeiten?«

Er nickte und starrte in sein Weinglas. Seine Haltung wirkte mit einem Mal deutlich verkrampfter. Bestimmt könnte eine stimmungshebende Mischung aus Basilikum, Limette und Mandarine ausgleichend wirken, aber ich hütete mich auch weiterhin, das Thema Düfte anzusprechen.

»Ich hätte heute eine Menge Dinge erledigen sollen, aber es war mir aus verschiedenen Gründen nicht möglich, und das wird den morgigen Tag umso schwerer machen.«

»Was ist passiert?«

Er seufzte. »An manchen Tagen ist es mir einfach unmöglich, das zu tun, was von mir erwartet wird, und heute war einer von diesen Tagen. Ich habe dann das Gefühl, wie durch Schlamm zu waten, und frage mich, weshalb ich mir überhaupt die Mühe mache.«

Ich nickte, während sich das Grün seiner Augen trübte und ich das Gefühl bekam, dass es um mehr ging als nur einen hektischen Arbeitstag. Auch er gab keine Einzelheiten preis, und das respektierte ich.

»Vielleicht wird es morgen für uns beide ja viel besser, als wir erwarten. Und ist es nicht ein Jammer, dass wir in einer Bar Trübsal blasen, obwohl wir doch in Paris sind?« Als ich darüber nachdachte, fühlte ich mich allerdings nicht besonders trübsinnig. Im Gegenteil – ich kam mir so lebendig vor wie schon seit Jahren nicht mehr. Vielleicht lag es daran, dass ich einen guten Zuhörer hatte oder dass wir beide nach einem anstrengenden Tag eine Gemeinsamkeit entdeckt hatten.

»Das bleibt zu hoffen.«

Ich trank aus und erschrak, als ich auf die Uhr sah. Schon nach Mitternacht! Als Wettbewerbsteilnehmer sollten wir eigentlich spätestens um zwölf Uhr auf den

Zimmern sein, damit wir am nächsten Tag fit wären, und nun hatte ich diese Regel schon am ersten Abend gebrochen.

»Danke für das überaus nette Gespräch«, sagte ich und gab ihm die Hand. Als er sie sanft drückte, spürte ich ein angenehmes Kribbeln.

»Ich danke Ihnen, Del. Es war schön, Sie diesmal zu treffen, ohne dass jemand dabei stürzt.« In seinen Augen blitzte es schelmisch.

»Au revoir«, sagte ich lächelnd und trat in die laue Nacht hinaus. Erst jetzt fiel mir auf, dass ich ihm anscheinend meinen Namen genannt hatte, ohne seinen zu erfahren. Zu viel Champagner und Wein, und schon wurde ich zur leichtsinnigen Plaudertasche …

Kapitel 6

Leuchtende Sonnenstrahlen brachen durch bauschige Wolken. Endlich konnte es losgehen, und ich war nur allzu bereit für die Herausforderungen, die dieser erste Tag mit sich bringen würde – wenn auch von leichtem Kopfschmerz geplagt. Zum Glück schien aber niemand bemerkt zu haben, dass ich mich erst nach der offiziellen Sperrstunde zurück in mein Zimmer geschlichen hatte. Ich schwor mir selbst, dass es nie wieder vorkommen würde.

Ich machte mich so leise wie möglich fertig, weil ich Clémentine nicht wecken wollte, die genauso schlief, wie sie lebte: laut. Die ganze Nacht über hatte sie geschnarcht und gelegentliche Ausrufe im Traum von sich gegeben.

»Del, hör auf damit, was auch immer du tust. Das macht mich wahnsinnig!«, brummte sie und drückte sich ein Kissen aufs Gesicht.

»Was denn?«, wollte ich wissen, während ich ruhig auf meinem Bett saß und darauf wartete, dass es Zeit fürs Frühstück wäre. Ich hatte ein wenig in meiner Parfümbibel geblättert und mich noch einmal neu geschminkt – von mattrotem Lippenstift zu nudefarbenem, weil ich möglichst natürlich wirken wollte.

Dann hatte ich gegoogelt, wie man ein Halstuch richtig band – Französinnen schienen mit diesem Wissen zur Welt zu kommen, und ich wollte keine Verkehrsunfälle mehr riskieren, weil ich meinen Tüchern hinterherjagen musste. Etwa drei Minuten lang hatte ich in Erwägung gezogen, eine Baskenmütze zu tragen, bis es mir doch etwas übertrieben schien. Ein Frühaufsteher zu sein, hatte auch seine Schattenseiten. Das Einzige, worüber ich mir nachzudenken verbot, war der attraktive Mann, dem ich am Tag zuvor begegnet war, denn ich war nun mal nicht wegen der Liebe hier. Diese grünen Augen allerdings …

»Hör mit diesem Geklimper auf!«

»Welchem Geklimper?«

»Mit deinen Armreifen.«

Oh! »Tut mir leid. Nervöse Angewohnheit. Na ja, aber jetzt bist du ja wach … Einen wunderschönen guten Morgen, Cléo, und du solltest jetzt aufstehen.«

»Ich bin überhaupt nicht wach!«, grollte sie.

»Wir müssen aber gleich los.« Es war nun wirklich nicht meine Aufgabe, ihr Kindermädchen zu spielen, aber ich wollte nicht, dass sie ihren ersten Tag verpasste.

Ich zog die Vorhänge ganz zurück und ließ die Sonne herein. Clémentine vergrub sich unter ihrer Decke und fluchte irgendetwas auf Französisch.

»*Non, non, non*. Mach die wieder zu.«

»Na, schön«, meinte ich leichthin. »Dann bin ich eben die Erste beim Frühstück und werde auch als Erste wissen, welche Aufgaben wir heute bewältigen müssen. Mit diesem Vorsprung werde ich vielleicht die ganze Woche für mich entscheiden …« Meine Worte hingen noch in der Luft, als Clémentine sich ruckartig aufrichtete. Ihre erschlafften Locken hingen ihr wirr um den Kopf, und ihre Augen umgaben dunkle Pandaringe.

Sie fuhr sich mit den Fingern durchs Haar und stöhnte. »Uh, du hast recht. Gib mir eine Stunde …«

»Eine Stunde? Es ist schon halb acht. Wir sollen ab acht beim Frühstück sein und uns spätestens um neun vor der *Parfumerie* treffen.«

»*Mon Dieu*, also gut, dreißig Minuten.« Mit lautem Ächzen hievte sie sich aus dem Bett, begutachtete ihr Spiegelbild und stöhnte erneut. Ich überlegte, wie lange sie wohl normalerweise brauchte, um ihre Locken einzudrehen, perfektes Make-up aufzutragen, falsche Wimpern anzukleben und die Nägel passend zu lackieren.

Ich stieß einen übertrieben tiefen Seufzer aus. »Halt dich nicht zu lang mit den Haaren auf – bind dir doch einfach einen Pferdeschwanz.«

Sie schrak zusammen, als hätte ich ihr vorgeschlagen, nackt durch die Straßen zu laufen. »Auf keinen Fall, *ma chérie*. Würdest du mal eben kurz mein rosa Kleid bügeln?« Sie verschwand im Bad und stellte die Dusche an, so dass heißer Wasserdampf ins Zimmer waberte.

»Nein, Clémentine!«, rief ich über das Rauschen hinweg. »Ich bin nicht dein Dienstmädchen. Zieh doch einfach was anderes an.« Aus reiner Neugier ging ich trotzdem ihre Kleider durch. Eines war ausgefallener als das andere, extravagant und modern. Ich beneidete sie um ihr Selbstbewusstsein.

»Wie soll ich denn herumlaufen! Hast du etwa Jeans und Pullover zwischen meinen Sachen entdeckt? *Non*, denn ich bin nun mal Französin und …«

Bevor sie wieder in einen ihrer Monologe verfallen konnte, zog ich das rosa Kleid vom Bügel und legte es ihr aufs Bett. »Schon gut, entspann dich, es muss nicht gebügelt werden. Beeil dich einfach.« Sie benahm sich fast, als hätte sie zu Hause tatsächlich Bedienstete, die ihr jederzeit jeden ihrer Wünsche erfüllten.

Überraschenderweise schaffte sie es aber, in weniger als fünf Minuten zu duschen, und kehrte, in ein Handtuch gehüllt, ins Zimmer zurück – ungeschminkt und schön. Ohne ihr Make-up und die auffälligen falschen Wimpern sah sie aus wie aus einem Botticelli-Gemälde.

»*Merci*, Del«, sagte sie und lächelte dankbar. »Ohne dich hätte ich den ersten Morgen vielleicht verpasst.«

Während sie den Lockenstab durch die Haare drehte, sang sie leise vor sich hin, ohne irgendwelche Anzeichen von Kater und einer kurzen Nacht – das Leben war ungerecht. Wenn ich nicht ausreichend schlief, sah ich am nächsten Tag wie ein Zombie aus, und das konnte kein Make-up übertünchen. Heute war da keine Ausnahme: meine Tränensäcke wirkten wie Kugelfische im Verteidigungsmodus.

Ich merkte, dass Clémentine, sobald sie ihr Show-Gehabe ablegte, viel ruhiger und authentischer wirkte.

Draußen zwitscherten die Vögel, als würden sie sich gegenseitig den neuesten Tratsch erzählen. Clémentine beschrieb mir die zwei anderen Teilnehmerinnen und unseren einzigen männlichen Mitbewerber auf gewohnt überzogene Weise. Sie fand Lex zu alt, um eine echte Bedrohung darzustellen, und Lila zu schüchtern. Anastasia dagegen habe bei berühmten Parfümeuren studiert und rein gar nichts über ihre Techniken oder besonderen Vorlieben erzählt, deshalb fand Cléo, wir sollten uns besser von ihr fernhalten.

»Uns von ihr fernhalten? Das ist ja ein Verhalten wie auf dem Schulhof!«

»Ach, Del, mit dieser Einstellung wirst du es nicht weit bringen. Komm bloß nicht heulend angerannt, wenn sie gewinnt.«

Sie schien ehrlich beleidigt, dass ich ihr kindisches Verhalten nicht unterstützte. »Das werde ich ganz bestimmt nicht.«

Das Frühstück verlief gemütlicher, als ich es erwartet hatte. Wir hatten genug Zeit, um ein paar außen krosse und innen butterweiche, blättrige Croissants zu essen und mehrere Tassen starken schwarzen Kaffee zu trinken, bevor wir uns vor der Parfümerie versammelten. Alle wirkten aufgedreht und waren ständig in Bewegung.

Lex kam zu mir. Sein Gesicht war aschfahl, als hätte er nicht gut geschlafen, aber er lächelte mich freundlich an. Sofort dachte ich an Lavendel und Bergamotte, die Schlaflosigkeit lindern konnten.

»Na, Amerika, bist du bereit?«

»Bereiter geht's nicht.«

Bei Lex hatte ich das Gefühl, mich nicht verstellen zu müssen, als könnte er ein echter Freund werden.

»Und was ist mit dir?«, fragte ich zurück.

»Ich bin schon bereit auf die Welt gekommen«, meinte er lachend, und um seine Augen bildeten sich tiefe Fältchen.

Gespannt erwarteten wir die Leclères. Ob sie sich für ihr Fehlen am vorigen Abend wohl entschuldigen würden?

Als Aurélie erschien, wurde es schlagartig ruhig. Sie lächelte leicht verkniffen, und hinter ihr stand ein Mann mit dem Rücken zu uns und sprach in schnellem Französisch in sein Handy. War das nun endlich der mysteriöse Sébastien?

Gespannt wartete ich darauf, dass er sich umdrehte. Er war nicht so groß, wie ich ihn mir vorgestellt hatte, aber am Sitz seines Anzugs war zu erkennen, dass er eine sportliche Figur hatte. Endlich wandte er sich zu uns um, die Hand an die Nasenwurzel gelegt, so dass zunächst nur seine schwarzen, geschwungenen Augenbrauen sichtbar waren. Über grünen Augen ... Er nahm die Hand vom Gesicht.

Nein, das war nicht möglich ... *Das* war Sébastien Leclère? Mir stockte der Atem.

Kapitel 7

»Oh, hallo. So sieht man sich wieder«, sagte er, an mich gewandt, mit unergründlichem Gesichtsausdruck.

Hatte er etwa die ganze Zeit gewusst, wer ich war? Mein Lächeln kam mir versteinert vor, dennoch zwang ich mich, die Mundwinkel nach oben zu ziehen. Er stand so nah bei mir, dass ich den Geruch von Tee mit Passionsfrucht in seinem Atem wahrnehmen, die Pfefferminznote seines Haarshampoos und sein Parfüm riechen konnte, bei dem ich auf *Oceana Blue* tippte: zitrisch, holzig, würzig. Ich war so wütend, dass ich gerade nicht klar denken konnte. Wenn er gewusst hatte, wer ich bin, hätte er mir das sagen müssen! Und nicht einfach dasitzen und meinen Klagen lauschen.

»Tja, offensichtlich«, erwiderte ich leicht unterkühlt, obwohl ich versuchte, meine Feindseligkeit zu unterdrücken. Kathryn musste aufgefallen sein, dass Sébastien mir seine volle Aufmerksamkeit schenkte, also kam sie zu mir, stellte sich direkt vor mich und blockierte damit meine Sicht. Was unter den Umständen vermutlich besser war. Fieberhaft überlegte ich, was ich ihm am Vorabend alles anvertraut hatte. Hatte ich irgendetwas über die Leclères verraten? Ich war zwar vorsichtig gewesen, aber ich hatte auch eine Menge Wein getrunken. Das war nicht gerade der perfekte Start, den ich hatte hinlegen wollen.

»Es ist ja so schön, Sie endlich kennenzulernen«, flötete Kathryn und hielt Sébastien die Hand hin. Ich zwang mich, über ihre veränderte Stimmlage nicht die Augen zu verdrehen. Sie war schamhaft errötet und sprach mit honigsüßer Stimme. War das ihr Ernst? So sah meine Konkurrenz aus? Würden in Sébastiens Gegenwart alle so dahinschmelzen? Ich wollte mich gerade zurückziehen, als er mich am Ellbogen fasste und festhielt. O je!

Ich zwang mich, ihm wieder direkt ins Gesicht zu sehen. Aus dieser Nähe konnte ich erkennen, dass er dieselben gütigen Augen hatte, die mir auf Fotos an seinem Vater aufgefallen waren. Dasselbe hintergründige Lächeln. Wieso war mir diese Ähnlichkeit vorher nicht aufgefallen?

Plötzlich war ich mir nicht mehr sicher, ob ich ihm vertrauen konnte. Vielleicht hatten sie das alles mit Absicht arrangiert, um zu sehen, wie ich reagiere? Nein, das konnte nicht sein ... Dass er die Willkommensfeier verpasst hatte, war sicher das, worauf er am Abend angespielt hatte. Allerdings hatte er meinen Namen gewusst, obwohl ich mich nicht erinnern konnte, ihn gesagt zu haben. Er sah mir aufmerksam ins Gesicht und runzelte die Stirn. »Ist alles in Ordnung?«, erkundigte er sich.

»Ja.« Nun betrachtete auch Kathryn mich eingehend.

»Du siehst ein bisschen kränklich aus, Del«, sagte sie mit übertriebener Besorgnis.

Ich kniff die Augen zusammen. Kränklich? »Alles in Ordnung, danke«, sagte ich mit gezwungenem Lächeln.

Als Sébastien mich erneut am Arm berührte, spürte ich augenblicklich ein starkes Verlangen in mir aufkeimen. Was war denn nur los mit mir? Noch nie hatte ich einen Mann getroffen, der mich auf derart widersprüchliche Weise faszinierte. Es musste sein Duft sein, entschied ich, der mich so durcheinanderbrachte.

»Ich brauche nur ein Glas Wasser.« Sagten Frauen das nicht immer in den Filmen? Tatsächlich wusste ich nicht, wie mir Wasser helfen sollte, aber es würde mir etwas Zeit verschaffen, um meine Gedanken zu ordnen und mich wieder zu sammeln.

Einen Moment lang dachte ich wieder an den Rat meiner Großmutter, dass ich mich in einer fremden Sprache verlieben sollte. Wie sagte man auf Französisch »Ich liebe dich«? *Je t'aime.*

Sébastien legte eine Hand an mein Gesicht und riss mich aus meinen Gedanken. Ich spürte, wie mein Gesicht unter seiner Berührung zu glühen anfing.

»Sie sind *sehr* heiß, Del.« Das überraschte mich.

»Danke, aber … besteht da nicht irgendein Interessenskonflikt?«

Er runzelte die Stirn. »*Pardon?*«

»Na ja, Sie sind der Parfümeriebesitzer, und ich will Ihren Wettbewerb gewinnen – «

Mit immer noch verständnislosem Blick unterbrach er mich: »Und was hat das mit Ihrem Fieber zu tun?«

Ich wäre in diesem Moment am liebsten im Boden versunken. Wie kam ich jetzt schnell wieder aus der Nummer raus?

»Mein Fehler«, sagte ich erhaben. »Da spricht wohl das Fieber aus mir, und ich rede dummes Zeug.«

Sein verhaltenes Schmunzeln verriet, dass er sehr wohl wusste, wie ich seine Worte verstanden hatte. Ich hätte mich ohrfeigen mögen.

»Kathryn, würden Sie Del bitte ein Glas Wasser bringen?« Sein französisch angehauchtes Englisch glitt ihm mühelos von der Zunge, und es klang wundervoll.

»Natürlich«, sagte Kathryn, sah mich jedoch säuerlich an. Freunde machte ich mir auf diese Weise nicht gerade, so viel stand fest.

Sébastien wirkte so entspannt, als wäre es völlig normal, dass wir uns schon getroffen hatten. Ich dagegen fühlte mich ganz und gar unwohl und traute mich kaum, etwas zu sagen. Was, wenn ich wieder in ein Fettnäpfchen trat? Plötzlich war er nicht mehr nur der attraktive Fremde, dem ich über – und in – den Weg gelaufen war, er war Sébastien Leclère, und das änderte so manches.

»Soll ich für alle Fälle einen Arzt rufen? Für Ihr Fieber?«

Das hintergründige Lächeln war wieder da, und er legte seine Hand auf meine Stirn, um die Temperatur zu überprüfen. Ich zuckte unter seiner Berührung zusammen, meine Gedanken rasten und landeten schließlich wieder bei … ihm. Verdammt.

»Nein, danke.«

»Sie sind aber immer noch sehr heiß.« Er zwinkerte mir zu.

Ich verschränkte die Arme und trat einen Schritt zurück. Machte er sich etwa über mich lustig? Ich versuchte, das Blitzen in seinen Augen zu ignorieren, und sagte: »Nichts, wogegen eine Schmerztablette und ein wenig … Abstand nicht helfen könnten.«

Er zog die Augenbrauen hoch. »Wenn Sie meinen …«

Ich hob das Kinn. »Ja, das meine ich.«

Mit einem Nicken trat Sébastien vor die Gruppe und hinterließ nur noch einen leisen Hauch seines Parfüms. Die Sillage war so etwas wie das »Kielwasser« eines Duftes, die Duftwolke, die ein Parfüm hinterließ, und damit eines der vielen magischen Elemente im Leben eines Parfümeurs. War der Duft ausgewogen, war die Sillage ein aromatisches Wispern, eine gerade noch spürbare Verabschiedung, die die Sehnsucht nach mehr weckte …

Alle Gespräche endeten, als Sébastien um Aufmerksamkeit bat. Sein Gesicht bekam eine plötzliche Strenge, als würde er die Kiefermuskeln anspannen. Sprach er nicht gern vor Publikum? Es war alles sehr mysteriös, aber das passte wohl zu diesen zurückgezogenen, geheimnisumwitterten Leclères.

Vielleicht dachte er bei unserem Anblick – nun, da der Wettbewerb tatsächlich begann – an seinen verstorbenen Vater. Wenn das so war, dann verstand ich Sébastiens Melancholie voll und ganz. Er hatte ihn erst vor einem Jahr verloren, und ich war mir sicher, Schmerz in seinem Gesicht zu lesen, was mich ihm gegenüber wieder etwas versöhnlicher stimmte – auch wenn es gestern völlig daneben gewesen war, vor mir den Ahnungslosen zu spielen.

In diesem Moment schien ihm die Sonne direkt ins Gesicht, und er lächelte. Wir sahen ihn erwartungsvoll an. Sein Lächeln kam mir nicht ganz echt vor, es wirkte vorgetäuscht. Ich erkannte es daran, weil ich dasselbe tat, wenn jemand mich fragte, wie es meinen Eltern ging. *Habe gehört, deine Eltern haben wieder was ausgeheckt, alle reden darüber.* Und während ich dann am liebsten im Erdboden versinken würde, lachte ich stattdessen. *Ach, ihr kennt doch meine Eltern, total verrückt, aber das Herz am rechten Fleck!*

Dennoch strahlte Sébastien etwas Besonderes aus, und das merkte nicht nur ich, denn auch die anderen erwarteten aufmerksam in gespannter Stille seine Ansprache.

Dann schob Aurélie einen Arm unter den ihres Sohnes und nickte uns zu.

»*Bonjour*, liebe Kandidaten. Wir bitten um Entschuldigung, dass wir gestern das Abendessen verpasst haben.« Sie warf Sébastien einen kurzen Blick zu. »Uns ist leider etwas Unvorhergesehenes dazwischengekommen, aber wir versprechen, dass so etwas nicht wieder passieren wird.« Auf dem Gehweg blieben ein paar Passanten auf Höhe der Parfümerie stehen und lauschten, einige fotografierten mit ihren Handys. Doch Sébastien hob sofort eine Hand und wandte sich ab. »*Non*«, rief er scharf, »keine Fotos!«

Warum nur scheute er öffentliche Aufmerksamkeit so sehr? Und was genau hatte es mit ihrem Fernbleiben vom Willkommensdinner wirklich auf sich, was meinten sie damit: etwas Unvorhergesehenes? Ich hatte den Eindruck, dass Madame Leclère einen geheimen Kampf mit ihrem Sohn ausfocht.

Nun ergriff Sébastien das Wort. »Heute ist ein bedeutender Tag für die *Parfumerie Leclère*. Ich hoffe, der Aufenthalt in Paris wird Sie und Ihre Parfümkreationen zu neuen Höhen treiben.« Ich fand, es klang ein wenig steif und auswendig gelernt, aber außer mir schien das keinen zu stören. Alle außer mir wirkten gut gelaunt. Dieser Mann hatte schon erfahren, was mir der Wettbewerb bedeutete und dass ich bereits einige Probleme hatte. Was für ein blöder Start! Ob er den anderen wohl verraten hatte, dass ihre »Wildcard« jetzt schon weiche Knie bekam?

»Wahrscheinlich wundern Sie sich – so wie die gesamte Parfümwelt –, warum wir uns entschlossen haben, Sie hierher einzuladen und Ihnen einen solchen Preis anzubieten.« Er hielt inne und senkte den Blick.

»*Oui*, wir alle wollen es wissen«, rief Clémentine mit rauchiger Stimme. Offenbar war auch sie ihm verfallen.

Er bedeutete uns, näher zu kommen, und jeder trat einen Schritt vor. Die Nähe zu ihm machte mich ganz kribbelig, was ich, so gut es ging, zu ignorieren versuchte.

Sébastien fuhr fort: »Dieser Wettbewerb war die Idee meines Vaters, deren Umsetzung er nun leider nicht mehr erleben kann.« Seine Stimme klang belegt, und seine Miene war angespannt – ihm war nun deutlich anzumerken, dass ihn der Tod seines Vaters sehr mitgenommen hatte. Jen fand immer, dass ich zu viel in alles hineininterpretierte, aber ich konnte einfach nicht anders. So war ich schon immer gewesen.

»Um sein Vermächtnis zu ehren, haben wir uns entschieden, den Wettbewerb dennoch durchzuführen, denn es war nun mal sein Wunsch. Er wollte jemandem die Chance geben, sich in der Welt der Parfümerie einen Namen zu machen. Jemandem mit ausreichend Mut zu Abenteuer und Wagnis, der neue Wege betritt und auch mal aus den klassischen Parametern der Parfümkunst ausbricht. Der Gewinner – oder die Gewinnerin – dieses Wettbewerbs darf neben der Kreation einer Duftserie für unser Haus auch die Aufzeichnungen meines Vaters lesen.«

Was? Mein Herz begann so laut zu klopfen, dass es mit Sicherheit alle hören konnten. Der Gewinner durfte Vincent Leclères Aufzeichnungen lesen? Allein der Gedanke verursachte mir Schwindel. Davon war bislang nie die Rede gewesen.

Mein Ehrgeiz, zu gewinnen, steigerte sich in diesem Moment um ein Vielfaches. Vincent Leclère hatte in seinem ganzen Leben nur ein einziges offizielles Interview gegeben, in dem er seine tiefe Hingabe an die Parfümerie beschrieb und den Wunsch, einen Duft herzustellen, der einen davonträgt, nicht nur in eine Erinnerung, sondern in die Vorstellung eines realen Ortes in einer realen Zeit. Es hatte so gewagt geklungen, dass ich an einer Umsetzung zweifelte, aber wie lehrreich wäre es gewesen, ihm dabei über die Schulter schauen zu dürfen. Die Vorstellung, in seinen Aufzeichnungen zu lesen und einen ganz intimen Blick auf seine Vision zu erhalten, war geradezu berauschend.

Ich warf einen kurzen Seitenblick in die Gesichter der anderen, aber das hätte ich mir auch sparen können. Natürlich wollten auch sie diese große Ehre erlangen.

Aber schwang in der sommerlichen Brise nicht auch etwas Bedauern mit? War er vielleicht dagegen gewesen, die Arbeit seines Vaters zu teilen? Ich an seiner Stelle hätte es vermutlich nicht gerade begrüßt, einem Fremden solch tiefe Einblicke in die Gedanken meines Vaters zu gewähren.

Es war mir bereits gelungen, Parfüms zu mischen, die wie Heilmittel wirkten und meinen Kunden halfen, sich mit sich selbst wohler, besser, gesünder zu fühlen. Aber ein reines Gefühl einzufangen, das hatte ich bisher nicht geschafft.

War es möglich? Vincent Leclère war davon überzeugt gewesen.

»Gibt es noch Fragen, bevor wir anfangen?«, wollte Aurélie nun wissen.

Mehrere Hände schossen in die Höhe.

Sie zeigte auf mich. »*Oui?*«

»Wie werden die einzelnen Tage ablaufen?« Worauf mussten wir uns vorbereiten? Es stand nun so viel mehr auf dem Spiel, und ich war furchtbar nervös. Hätte ich mich besser vorbereiten sollen? Chemiebücher lesen? Parfümrezepturen auswendig lernen? Mein Ärger über Sébastien verebbte, während sich all meine Gedanken auf den Wettbewerb und diese einmalige Chance konzentrierten.

Aurélie faltete die Hände. »Jeder Tag, jede Woche wird anders. Mal werden Sie Aufgaben erhalten wie heute, wo Sie einfach schnell und spontan reagieren müssen. Mal werden Sie an eigenen Parfümkreationen arbeiten, und die Jury wird Originalität, Mut und Risiko bewerten. Sie werden Unterricht bei Meisterparfümeuren erhalten. Jeder von Ihnen bekommt einen Mentor aus unseren eigenen Reihen zugewiesen. Aber Ihre Zeit in Paris soll sich nicht ausschließlich um Parfüms drehen, schließlich sind wir Franzosen, wir haben ausgiebige Mittagspausen und Champagner erfunden. Genau wie beim Parfüm geht es auch im Leben um Balance. Solange Sie hier sind, gilt also unsere typisch französische Lebensweisheit: *hâtez-vous lentement* – Eile mit Weile.«

Die Gruppe applaudierte. Zu wissen, dass wir die Stadt auch besichtigen könnten, war definitiv ein Bonuspunkt. Ich dachte über den Ausspruch »Eile mit Weile« nach – er passte zu den Franzosen, wie ich sie mir vorstellte, und zu ihrer Art, die Zeit so für sich zu nutzen, dass sie ihrem entspannten Lebensstil frönen konnten.

Als seine Mutter ihn sanft in die Seite stieß, sagte Sébastien: »Und an den Wochenenden haben Sie frei. Wir hoffen, dass Sie auch da die Zeit nutzen, um unsere wunderschöne Stadt zu erkunden.« Dabei sah er geradewegs zu mir, und ich zwang mich, seinem Blick tapfer standzuhalten, während ich ein sehnsüchtiges Ziehen im Herzen spürte.

»Eine unglaubliche Chance«, brachte ich mühsam und mit dünner Stimme hervor. Ich hustete ein paarmal kräftig, damit allen klar wäre, dass mein vermeintlicher fieberhafter Infekt mir zu schaffen machte und nicht Sébastiens intensiver Blick, der mir bis in die Seele zu dringen schien.

»Leider müssen wir am Ende jeder Woche den Teilnehmer mit der niedrigsten Punktzahl nach Hause schicken.«

Bitte, lass es nicht mich sein.

»Wer ist mein Mentor?«, wollte Clémentine wissen.

Aurélie zog einen Zettel aus der Tasche und teilte jedem von uns einen Betreuer zu. Zu mir sagte sie: »Del, Sie werden mit Sébastien zusammenarbeiten. Die Unterstützung wird allerdings erst beginnen, nachdem Sie alle Ihr erstes Parfüm eingereicht haben. Dann können Ihre Mentoren sehen, was Sie allein und unter Druck zu leisten imstande sind, und Sie viel besser betreuen. Sie dürfen allerdings jederzeit um Rat und Hilfestellung bitten.«

Clémentine warf einen bösen Blick in meine Richtung. »Sieh mal an, was bist du doch für ein Glückspilz.«

Ich straffte die Schultern. »Er wird nicht mein Parfüm kreieren, Cléo, sondern nur meine Arbeit begleiten. Es ist also nicht automatisch das goldene Ticket.« Trotzdem bekam ich Herzklopfen. War es ein Vorteil, mit Sébastien arbeiten zu dürfen? Was, wenn er zu beschäftigt wäre, um sich überhaupt um mich zu kümmern? Ich hatte den Eindruck, dass er nicht mit vollem Herzen dabei war. Dennoch verzog ich keine Miene und würde mich auch nicht von Clémentine schikanieren lassen.

»Wir werden ja sehen«, meinte sie. »Ich finde es auf jeden Fall nicht fair, dass du einen Betreuer aus der Leclère-Familie hast und wir nur die Angestellten. Ehe wirs uns versehen, hast du gewonnen, weil du ihm schöne Augen machst.«

»Sei nicht albern, Clémentine. Ich bin hier, weil ich an mein Talent glaube. Im Gegensatz zu manchen anderen, wie es scheint.« Wenn sie es unbedingt darauf anlegte, konnte ich dieses Spiel ebenfalls spielen.

Ich spürte, dass sich zwischen uns etwas verändert hatte. Mit einem letzten giftigen Blick drehte sie sich um und flüsterte Kathryn etwas zu.

Plötzlich kam mir ein anderer Gedanke. Hatten sie mir Sébastien gegeben, weil ich die Wildcard war und deshalb mehr Hilfe brauchte? Ich wünschte, diese Selbstzweifel würden endlich nachlassen …

Aurélie klatschte in die Hände, um erneut unsere Aufmerksamkeit zu bekommen. »So, und nun zur heutigen Aufgabe. Hinter sich finden Sie Rucksäcke mit einer Reihe Utensilien, die Sie vielleicht brauchen können – Métro-Tickets, Stadtpläne, etwas Bargeld, ein kleiner Imbiss, eine Flasche Wasser. Sie können selbst entscheiden, was davon Sie einsetzen.«

Lex zwinkerte mir zu. »Ob da wohl auch Weißwein drin ist?«

»Immerhin sind wir in Paris.« Ich zwinkerte zurück.

»Ihre erste Aufgabe klingt erst mal wie ein Spiel und soll dazu dienen, dass Sie sich in unserer schönen Stadt ein wenig umsehen können«, sagte Sébastien. »An einer Sehenswürdigkeit oder einem besonderen Ort von Paris ist ein Umschlag mit einem Schlüssel versteckt. Dieser Schlüssel gewährt Zugang zum privaten Labor meines Vaters, und wer ihn findet, darf es eine Woche lang nutzen. Alle anderen erhalten Zugang zum Labor von *Leclère*, um ein Parfüm zu kreieren, das uns zeigt, wer Sie sind, was Ihr Stil ist. Die Jury erwartet Originalität, etwas Unerwartetes. Überraschen Sie uns. Danach werden Sie für den Rest des Wettbewerbs eng mit Ihren Mentoren zusammenarbeiten.«

Ich musste diesen Schlüssel finden. Wie gern würde ich Vincent Leclères Arbeitsbereich sehen und dort sitzen, wo er gesessen hatte, um meinen Duft zu kreieren.

Ich hatte den Stadtplan von Paris bereits studiert und kannte die meisten bedeutenden Orte, aber so spontan fielen mir nur die offensichtlichen ein: Eiffelturm, Arc de Triomphe, Notre-Dame … Bestimmt hatten sie etwas Ausgefalleneres gewählt. Oder erwarteten sie diese Gedanken und hatten den Umschlag deshalb an einem bekannten Ort deponiert?

Bevor ich weiter grübeln konnte, sagte Aurélie: »In Ihren Rucksäcken finden Sie eine Wegbeschreibung zum Labor von *Leclère*, das sich ganz in der Nähe der *Parfumerie* befindet. Im Labor selbst steht Ihnen ein Arbeitsbereich mit Ihrem Namen und allem, was Sie zur Herstellung eines Parfüms brauchen, zur Verfügung. Natürlich ist uns bewusst, dass Ihr Parfüm nicht reifen kann, aber wir werden Ihre persönliche Note trotzdem erkennen.«

Ich kreuzte die Finger und betete ein weiteres Mal zu den Parfümgöttern, dass ich nicht schon nach der ersten Aufgabe nach Hause geschickt werden würde.

Wiederum wurde Aurélie mit Fragen bombardiert. Ich hörte mit einem Ohr hin, während ich mir meinen Stadtführer ins Gedächtnis rief und überlegte, wo der Schlüssel deponiert sein könnte. In irgendeinem Garten voller Rosen, Lavendel, Lilien? Sollte ich ein blumiges Parfüm kreieren?

Wäre ein blumiger Duft nicht zu brav? Ich wollte nicht auf Sicherheit spielen, aber auch keine so wilde Mischung herstellen, dass sie die Nase rümpften. Es müsste genau die richtige Balance zwischen gewagt und sinnlich sein.

Als alle Fragen beantwortet waren, hob Aurélie eine Hand. »Los geht's zur ersten Aufgabe.«

Sofort begann ein Gewusel um die Rucksäcke. Nur Lex blieb entspannt stehen, eine Zigarette im Mundwinkel. Er schmunzelte und schien es in keiner Weise eilig zu haben.

Während die Teilnehmer auseinandereilten, als hinge ihr Leben davon ab, stand ich noch wie erstarrt und hatte jetzt schon das Gefühl, nicht mithalten zu können. Dann wollte auch ich lossprinten, aber Lex hielt mich am Ellbogen fest.

»Langsam, Amerika, nichts überstürzen. Du willst doch nicht den ganzen Tag planlos durch Paris laufen, oder? Das ist eine große Stadt. Riesengroß. Überleg dir eine Route, bevor du dich verläufst.«

Er hatte recht. Ich musste jetzt entscheiden, wohin ich wollte, und die Zeit nicht damit verschwenden, alle Straßen doppelt abzulaufen. Logistik war nicht gerade meine Stärke.

»Danke, Lex.« Ich drückte ihm ein schwesterliches Küsschen auf die Wange und lief los. Aus dem Augenwinkel nahm ich Sébastiens überraschten Blick wahr, doch ich hatte keine Zeit, seine Miene zu deuten.

Im nächstgelegenen Park setzte ich mich auf eine Bank, um mein weiteres Vorgehen zu planen.

Kapitel 8

Wenn ich in ungewöhnlichen Bahnen denken sollte, waren »Sehenswürdigkeiten« oder »besonderer Ort« kein Anhaltspunkt – es konnte sich auch um ein berühmtes Café handeln oder um eine Straßenecke, an der Edith Piaf gesungen hatte. Wer hatte Paris sonst noch berühmt gemacht? Gab es eine Verbindung zu einem Parfüm?

Mütter schoben Buggys durch den Park, während ihre Kinder Tauben hinterherjagten, und ein älteres Pärchen näherte sich mit Kaffeebechern und blätterte in Reiseführern. Es war warm geworden, und ich beeilte mich, meinen Rucksack zu durchsuchen, damit ich schnell in den Schatten gehen könnte.

Mit dem Stadtplan in der einen und dem Handy in der anderen Hand suchte ich im Internet nach Touristenattraktionen, aber ich fand wieder nur das Übliche. *Denk nach, denk nach!* Es musste doch irgendeine Verbindung zu Parfüm geben …

Doch ich hatte schnell das Gefühl, dass das hier die Suche nach der berühmten Stecknadel im Heuhaufen werden könnte. Ich beschloss, eine Liste von möglichen

Orten zu erstellen und sie auf dem Stadtplan zu markieren, in der Hoffnung, dass mir unterwegs noch eine bessere Idee käme.

Das *Ritz*, eines der berühmtesten und luxuriösesten Hotels von Paris. Dort hatten bekannte Leute ihre Champagnergläser klingen lassen und Geschichten zum Besten gegeben, von Hemingway über F. Scott Fitzgerald mit seiner Zelda bis hin zu Anaïs Nin, vor allem aber verband man das Hotel mit Coco Chanel, die über dreißig Jahre lang dort gewohnt hatte. Damit stand es ganz oben auf der Liste möglicher Verstecke. Ich hatte gehört, Coco Chanel habe die Form ihres berühmten No. 5-Flakons in Anlehnung an die davorliegende Place Vendôme erschaffen. Und Gerüchten zufolge hatte Sébastiens Vater einst für sie gearbeitet.

In der Nähe lag außerdem der Jardin des Tuileries, das Musée de l'Orangerie oder die Place de la Concorde mit ihrem ägyptischen Obelisken aus dem achtzehnten Jahrhundert. Ich könnte über die älteste Brücke der Stadt, den Pont Neuf, zur Île de la Cité gehen, einer der zwei kleinen Inseln mitten in der Seine, auf der die Notre-Dame stand. Ich könnte alle Schlupfwinkel dieses ersten Arrondissements erkunden.

Am linken Seine-Ufer stand die berühmte Buchhandlung *Once Upon A Time*, die unter Buchliebhabern – Lesern, Schriftstellern und allen, die sich in einer fremden Stadt ein wenig heimischer fühlen wollten – bestens bekannt und sehr beliebt war. Könnte ich wohl einen Duft kreieren, bei dem man spürte, dass gedruckte Wörter mehr waren als nur Papier, Brücken in andere Welten?

Der Wettbewerb würde mir hoffentlich dabei helfen, irgendwann einmal ein echtes Gefühl einzufangen. Oder sollte ich mich auf das Wesen von Paris konzentrieren und versuchen, romantische Liebe in eine Flasche zu füllen? Rose, Bergamotte, roter Pfeffer, Moschus, Wisteria. Genau damit hatten Nan und ich es bereits versucht, aber nicht geschafft – in unserem Parfüm der ersten Liebe fehlte immer noch eine Zutat, auf die ich bisher nicht gekommen war. Nan würde mich sicher ermutigen, in der Stadt des Lichts zu versuchen, den Duft fertigzustellen.

Stadt der Liebe, hörte ich korrigierend die Stimme meiner Schwester im Ohr.

Nun, zuerst einmal musste ich den Schlüssel finden. Die Zeit lief, also schob ich alle Sachen in den Rucksack zurück und machte mich auf den Weg zum *Ritz Paris*.

Während ich zur Place Vendôme ging, bewunderte ich die majestätische Schönheit der Stadt. Noch nie hatte ich solche imposanten, geschichtsträchtigen Gebäude gesehen, noch nie so hübsche gusseiserne Straßenlaternen.

Als ich um die letzte Ecke bog, bemerkte ich Anastasia, die in gebückter Haltung den Bürgersteig entlangschlich. War das ihr Versuch, unauffällig zu sein? Auf diese Weise erreichte sie wohl eher das Gegenteil … Ich hielt die Luft an und hoffte, sie würde am *Ritz* vorbeigehen, aber nein – sie blieb direkt davor stehen und redete dann mit gewinnendem Lächeln auf einen der mit Frack und Zylinder ausgestatteten Wagenmeister ein, der sie einließ.

Mist!

Ich beschleunigte meine Schritte, bemühte mich um eine selbstsichere Ausstrahlung, als würde ich jeden Tag im *Ritz* verkehren, und nickte den Männern kurz zu. Sie grüßten freundlich und fragten, ob sie mir den Weg weisen könnten, aber ich verneinte und erklärte in gebrochenem Schulfranzösisch, ich wolle meinen Liebhaber treffen, woraufhin mich der eine kritisch ansah. Benutzte man dieses Wort heutzutage nicht mehr? Was Romantik betraf, war ich nicht mehr auf dem neuesten Stand … Aber jetzt war nicht die Zeit, meine mangelnden Sprachkenntnisse zu beklagen. Ich verfolgte aus der Ferne, wie Anastasia jemanden nach der *Hemingway Bar* fragte, die tagsüber jedoch geschlossen war. Sie wollte den Mann überreden, trotzdem einen Blick hineinwerfen zu dürfen, und klimperte dabei mit den Wimpern, berührte ihn verschwörerisch am Arm und sprach mit einem Raunen in der Stimme. Der Mann ließ sich jedoch nicht beeindrucken, und ich spürte ein wenig Schadenfreude in mir aufkeimen. Ich hielt den Kopf gesenkt, um nicht entdeckt zu werden, und hastete den Gang entlang. Auf meiner Liste standen der *Salon Marcel Proust* und das *Spa Chanel*. Die *Hemingway Bar* wäre eine weitere Möglichkeit, aber da sie erst später öffnete, konnte ich dort im Moment ohnehin nicht suchen. Offenbar hatten Anastasia und ich dieselbe Idee gehabt, nach Berühmtheiten zu suchen, die eine Verbindung zu Parfümherstellern hatten.

Als Erstes fand ich das *Spa Chanel*, in dem mich eine wunderschöne Französin mit der reinsten und strahlendsten Haut, die ich je gesehen hatte, begrüßte.

Doch ehe ich etwas erwidern konnte, stand plötzlich Anastasia hinter mir, grinste verschlagen und redete in fließendem Französisch auf die Frau ein. Ich verstand kaum ein Wort. Irgendetwas mit einem Termin. Die Frau nickte, nahm einen flauschigen Bademantel mit goldenem Monogramm von einem Haken und bedeutete mir, ich solle mich ausziehen. Anastasia schubste mich leicht von hinten an und sagte: »Verschwende lieber keine Zeit – vielleicht liegt der Schlüssel ja in der Bademanteltasche …«

Ich fühlte mich völlig überrumpelt und nahm den intensiven Duft nach Orange und Patchouli wahr, der aus dem Spa herausdrang.

»*Au revoir*«, sagte Anastasia noch, drehte sich um und ging.

»Anastasia, warte! Sag ihr …« Aber sie war schon verschwunden.

Von irgendwo über mir ertönte Entspannungsmusik mit Regen- oder Wasserfallgeräuschen. Ich war viel zu verkrampft und stand unter Zeitdruck, als dass ich mich hier entspannen könnte.

»Bitte ziehen Sie sich aus.« Die Frau ließ mich allein, und ich nutzte die Zeit, um im Raum nach dem Umschlag mit dem Schlüssel zu suchen. In den Schubladen fand ich jedoch nur Laken, Waschlappen und Handtücher. Auf den Regalen standen verschiedene Tiegel und Fläschchen mit Pflegeprodukten für Haut und Haare, die klimperten und schwankten wie Bowling Pins, als ich die Fläche hinter ihnen abtastete. Auch dort war nichts zu finden, und ich arrangierte die Behälter, so gut ich konnte, in ihre ursprüngliche Position zurück.

Dann hörte ich Schritte, warf mir den Bademantel über und hechtete auf die Liege, um nicht beim Stöbern erwischt zu werden. Etwa eine Sekunde lang nahm ich das betörende Gefühl von Luxus wahr, das dieses Spa ausstrahlte. Ich fühlte mich wie eine Prinzessin, die sich gründlich verwöhnen lassen durfte – bis mich die Realität wieder einholte. Hier konnte ich auf keinen Fall bleiben. Ich war weder Gast dieses Hotels, noch hatte ich Zeit für ein Verwöhnprogramm.

Doch bevor ich die Chance bekam, mich zu verdrücken, brachte die Frau die Champagner-Karte.

»Ich muss jetzt …«

»Schsch«, meinte sie freundlich, drückte meine Schultern sanft auf die Liege und band mir mit einem Frotteeband die Haare aus der Stirn. Verdammt, ich hätte mich nicht hinlegen sollen.

Bevor ich protestieren konnte, war sie schon dabei, mein Gesicht zu waschen, abzutupfen und mit irgendeiner nach Minze duftenden Feuchtigkeitscreme einzureiben. Das Gefühl war grandios.

»Konzentrieren Sie sich nun auf Ihren Atem, ich bin gleich wieder da.« Sie bedachte mich mit einem Blick, der besagte, dass ich mich entspannen sollte, aber viel interessanter fand ich den schmalen Ordner, den sie auf dem Tisch hatte liegen lassen.

Gerade, als ich von der Liege aufgestanden war und ihn in die Hand nahm, zischte eine mir vertraute Stimme: »Was zum Teufel treibst du hier, Amerika?«

Lex! »Das weiß ich selbst nicht so genau, aber wie bist du hier bloß reingekommen?«

»Ich hab den Sicherheitsmann bestochen. Und du musst jetzt schleunigst verschwinden. Ich habe gesehen, wie Anastasia dir gefolgt ist.«

Ich stöhnte. »Ich weiß. Ich bin zum Spa gegangen, um nach dem Schlüssel zu suchen, aber dann kam sie plötzlich hinterher und hat in rasend schnellem Französisch auf die Frau hier eingeredet.« Hektisch sah ich mich um und klappte den Ordner auf, doch statt eines Schlüssels sah ich nur eine immens hohe Rechnung. Du meine Güte – berechneten sie etwa schon alle Anwendungen, noch bevor die Behandlung überhaupt abgeschlossen war? Wie sollte ich das bloß bezahlen?

»Warum sollte der Schlüssel denn ausgerechnet hier sein?«

»Weil es das *Chanel Spa* ist? Coco Chanel!«, zischte ich. »Vincent Leclère hat für sie gearbeitet …«

Lex schüttelte den Kopf. »Du musst hier raus, Amerika. Für so etwas …«, er deutete auf mein Gesicht, »ist nun wirklich keine Zeit, was auch immer das genau sein soll.«

»Ich weiß, ich weiß. Ich hatte nicht erwartet, dass …« In diesem Moment war das laute Klacken von Absätzen zu hören.

»Raus mit dir!«, scheuchte Lex mich erneut auf und schlüpfte selbst wieder durch die Tür.

»Es tut mir unsäglich leid«, sagte ich, als die Frau zurückkehrte, »aber mir ist ein dringender Geschäftstermin dazwischengekommen.« Mit entschuldigendem

Lächeln zog ich den Bademantel aus und wurde rot, als ich an die unbezahlte Rechnung dachte. So viel Bargeld trug ich nicht bei mir, und ich hatte auch keine Kreditkarte mit entsprechendem Volumen. Diese Anastasia würde ich mir vorknöpfen!

Die Frau zog ihre perfekt geschwungenen Augenbrauen zusammen und runzelte die Stirn. »Sie müssen *jetzt* gehen?«

»*Oui.*«

»Aber Sie haben noch …« Sie deutete auf mein Gesicht.

»Das ist schon in Ordnung«, unterbrach ich sie. »Das lasse ich als Maske noch eine Weile einwirken. Ich werde bestimmt noch mal zurückkommen.« Nie im Leben!

»Aber … Wie lautet denn die Nummer Ihrer Suite?«

Suite? Ach, du meine Güte. »Äh … vier, sieben, eins, vier.«

Sie kniff die Augen zusammen.

»*Au revoir!*«

Ich ging, so schnell ich konnte, ohne tatsächlich zu rennen. Die Leute starrten mich seltsam an, und ich fragte mich, woran sie wohl erkannten, dass ich hier nicht hingehörte. Spürten sie, dass ich Ausländerin war?

Draußen stemmte ich die Hände in die Hüften, beugte mich vor und atmete einige Male tief durch. Was für eine verrückte Geschichte. Ich hatte mich kindisch verhalten, aber ich hatte auch nicht damit gerechnet, von einer Mitbewerberin so hinterhältig in eine Falle gelockt zu werden.

»Was ist denn mit dir passiert?«

Vor mir stand Lila, die etwas schüchterne Kandidatin, mit der ich bisher noch nicht gesprochen hatte. Sie starrte mich mit großen Augen an.

»Was meinst du?«

»Dein Gesicht.«

Verunsicherung machte sich in mir breit. Erst all die komischen Blicke der Leute, und jetzt das … »Ich bin bloß ein bisschen außer Atem und kriege immer rote Backen, wenn ich renne.«

»Sie sind aber grün.«

»Grün?« Vorsichtig berührte ich mein Gesicht und betrachtete meine Finger: Ihre Kuppen waren mit minzgrüner Creme bedeckt.

»Du siehst aus wie Hulk«, fügte Lila unnötigerweise hinzu.

Dann hatte mir die Französin im Spa also eine Gesichtsmaske verpasst und keine Feuchtigkeitscreme.

»Hast du Taschentücher dabei?«, fragte ich bemüht gelassen. Immerhin war ich nur Lila begegnet, niemand sonst brauchte davon zu erfahren – abgesehen natürlich von allen Passanten, die am *Ritz* vorbeiliefen. Und von allen Touristen in den Sightseeing-Bussen, mit Zoomlinsen auf ihren Fotoapparaten. Himmel!

Während ich gedanklich noch an einer Erklärung bastelte, hielt vor uns ein Auto, und niemand anders als Sébastien Leclère stieg aus. Warum musste er ausgerechnet jetzt hier auftauchen? Ich überlegte, ob ich einfach weglaufen sollte, aber da hatte er mich schon entdeckt – und bemühte sich nicht gerade, ein amüsiertes Schmunzeln zu unterdrücken.

Komm nach Paris, sagen die Leute, da lernst du, warum Französinnen so anmutig und souverän sind.

»Hey«, grüßte ich betont lässig, als wäre mein Gesicht nicht komplett mit grüner Schmiere bedeckt. Als wäre ich eine ganz normale amerikanische Touristin an einem wunderschönen Sommertag.

»*Bonjour*, Del und Lila. Äh, Sie haben da was ... und da ... und da ...« Er berührte seine Wange, seine Nase, seine Stirn, sein Kinn.

Ich verschränkte die Arme und lächelte. »Ich weiß. Sonnenschutz. Und es ist mir egal, wie ich aussehe, ob ich nun in Paris bin oder in der Hölle. Hautpflege nehme ich außerordentlich ernst.«

»Ich verstehe«, sagte er und kratzte sich am Kinn. »Und normale Sonnencreme reicht Ihnen da nicht? Die, die man nicht sehen kann?«

»Nein, die reicht bei weitem nicht. UV-Strahlen sind überall«, erwiderte ich ernst. »Und das hier ist ein ganz besonderes Zeug, wahnsinnig teuer.«

Lila sah mich verständnislos an, aber ich warf ihr einen mahnenden Blick zu. Was machte Paris nur aus mir? Ich merkte, wie sich dieser Tag zusehends meiner Kontrolle entzog.

»Sind Sie aus einem bestimmten Grund hier?«, fragte ich kühl.

Sébastien schüttelte den Kopf. »Nein. Ich bin sowieso schon zu spät für meinen Termin und muss weiter.«

Ich schluckte. »Ein Termin? Hier?«

Er verzog den Mund zu einem halben Lächeln. »*Oui*. Hier.«

Etwa im *Chanel Spa?* Ich wurde rot. Ich hätte nicht gedacht, dass er zu Gesichtsbehandlungen oder zur Maniküre ging, aber was wusste ich schon? Vielleicht traf er sich mit einem Geschäftsfreund in einem der edlen Restaurants. Oder mit einer Freundin zum *tête-à-tête?* Oder wollte er eine Runde Racquetball spielen?

»Wie ich höre, ist das Essen hier exzellent?«

»Natürlich, das ist ja auch das *Ritz*. Aber ich bin nicht zum Essen hier, ich bekomme meine wöchentliche Krankenmassage.«

»Etwa im *Chanel Spa?*«

»*Oui*. Ich leide immer noch ein wenig unter einer alten Tennisverletzung.«

Nur keine Panik, befahl ich mir innerlich, während gleichzeitig Panik einsetzte. Würde man ihm dort von einer Frau mit giftgrünem Gesicht erzählen, die einfach kommentarlos weggelaufen war und die Rechnung geprellt hatte?

»Viel Spaß noch«, sagte ich betont munter und machte auf dem Absatz kehrt. Ich musste, so schnell es ging, von hier verschwinden, auch wenn Sébastien eher amüsiert gewirkt hatte als entsetzt. Schlimm genug.

Mit schnellen Schritten machte ich mich auf die Suche nach einer öffentlichen Toilette, während mir alle Leute erschrocken auswichen. Als ich eine fand, war die Schlange davor lang genug, dass ich meiner Schwester einen exklusiven Sensationsbericht texten konnte.

Ihre Antwort kam postwendend. Nachdem ich mich durch Reihen Tränen lachender Emojis gescrollt hatte, las ich: *OMG, Del! Schick mir auf jeden Fall noch ein Foto, bevor du das Zeug wieder abwäschst! Ich lach mich tot. Du scheinst ja eine tolle Zeit zu haben! xxx*

Eine tolle Zeit? Hatte sie meine Nachricht nicht richtig gelesen? Fassungslos schüttelte ich den Kopf.

Da ich in meiner blinden Verzweiflung in Richtung Seine davongestürzt war, beschloss ich, auf der Suche nach dem Schlüssel als Nächstes die berühmte Buchhandlung *Once Upon a Time* aufzusuchen.

Kapitel 9

Mit frisch gewaschenem Gesicht betrachtete ich die Fassade der berühmten Buchhandlung. Über meinen peinlichen Auftritt von vorhin und darüber, was Sébastien wohl von mir dachte, würde ich mir später den Kopf zerbrechen, jetzt hatte mich jedoch wieder das Jagdfieber gepackt. Mit leisem Knarzen schwankte ein verwittertes Ladenschild in der Brise hin und her, als wollte es mich hineinwinken. In der Luft lag der erdig-ölige Geruch der Seine, und die Kirschbäume standen in stolzer Reihe. Die hölzerne, durch Tausende von Schritten abgetretene Schwelle knackte leise, als ich den Laden betrat.

Im Innern des Geschäfts hatte ich das Gefühl, eine andere Welt zu betreten. Sofort umgab mich der Duft frisch gedruckter und antiquarischer Bücher mitsamt den Duftspuren der Menschen, die sie berührt hatten.

Der schummrige Buchladen wirkte wie ein Wunderland, und ich sehnte mich danach, jede Nische der dunklen Holzregale zu erkunden, die bis unter die Decke reichten und doppelreihig mit Büchern gefüllt waren. Einige davon ragten in den Raum hinein, als wollten sie gleich in meine ausgebreiteten Arme fallen. Das Duftgemisch aus alt und neu war geradezu betörend, doch ich machte mich schnell auf die Suche nach dem Schlüssel. Ich würde später noch einmal zurückkehren, versprach ich mir, und das Aroma der Bücher eingehender studieren. Bestimmt würden sie mich zu neuen Duftkreationen inspirieren.

Zwischen aufgetürmten Bücherstapeln hindurch folgte ich einem Weg, dessen Holzdielen abgetreten waren, und kam in ein Zimmer mit einem Stutzflügel. Ich konnte nicht widerstehen, eine der Elfenbeintasten anzuschlagen, und ein weiches C erfüllte den Raum.

»Es ist überwältigend, nicht wahr?« Im Türrahmen lehnte eine junge Frau mit kurzem blondem Haar.

»Der ganze Laden ist atemberaubend. Es muss wundervoll sein, hier zu arbeiten.« Ich wagte nicht, vom Geruch zu sprechen, damit sie mich nicht für verrückt hielte. Selbst das Klavier hatte den Duft der Erinnerungen in seinem Holz, seinem Elfenbein und seinem Metall aufgenommen und noch dazu all die Wünsche und Träume, die die Spielenden in ihre Musik hatten einfließen lassen. Genau wie Parfüm, lösten auch Töne Gefühle aus, mit denen jeder von uns etwas Einzigartiges verband und gleichzeitig etwas, das universell zu sein schien.

»Ja, es ist mein Traumberuf, trotz der vielen Touristen.« Sie lachte, und ihre chinablauen Augen strahlten. Wie der Großteil der Französinnen wirkte sie außergewöhnlich chic und mühelos elegant. Erst nach einer Weile erkannte ich unter ihrer Kleidung, dass sie schwanger war.

»Ich bin Del«, stellte ich mich vor.

»Freut mich, Sie kennenzulernen, Del. Ich bin Océane. Und Sie sind heute schon die dritte Kandidatin.«

»Oh.« Ich machte ein enttäuschtes Gesicht. »Woher wussten Sie, dass ich zu dem Wettbewerb gehöre?«

»Sie sind sofort auf diesen Raum zugesteuert, in dem wir unsere Bücher über Parfümerie verwahren. Ohne das zu wissen, haben es wohl alle gerochen.«

Ich blickte zum Eingangsbereich zurück und erkannte, dass sie recht hatte. Ich hätte auch über andere Wege zu einer verwitterten hölzernen Wendeltreppe gelangen können.

»Parfümeure!«, sagte sie und schmunzelte. »Man kann nichts vor ihnen geheim halten.«

Ich lächelte. »Dann ist der Schlüssel also nicht hier.«

»*Non. Je suis désolée.* Nachdem die zweite Teilnehmerin hier war, wurde ich neugierig und habe Sébastien angerufen. Aber natürlich hat er nichts verraten, der alte Geheimniskrämer.«

»Sie kennen ihn?«

»Natürlich. Die Leclères sind so etwas wie eine Berühmtheit. Und alle Pariser sind froh, dass Sébastien das Erbe seines Vaters angetreten hat. Allerdings bleibt er in vielem ein Rätsel – ein Buch mit sieben Siegeln. Erst hatte ich befürchtet, er würde ganz aus Paris verschwinden, und wir würden ihn nie wiedersehen … Aber plötzlich ist er wieder da und hat auch noch das Geschäft seines Vaters übernommen.«

Also empfand nicht nur ich diesen Mann als undurchschaubar und geheimnisvoll. Er konnte nicht davonlaufen, wenn es galt, das *Leclère*-Imperium weiterzuführen. Er musste vor Ort sein und sich um alles kümmern. Ich hatte schon ein paarmal bemerkt, dass sein Handy ständig klingelte, dass permanent jemand etwas von ihm wollte.

»Es ist noch kein Jahr her, dass er seinen Vater verloren hat.« Ich erinnerte mich an meine eigene Trauer, die auch nach zwölf Monaten kaum nachgelassen hatte. Aber die Arbeit hatte mir definitiv geholfen, und vielleicht könnte sie auch Sébastien ablenken, ihn aus dem Schatten seines berühmten Vaters treten und ihn seinen eigenen Platz in der Welt der Düfte einnehmen lassen. »Vielleicht braucht er nur noch etwas Zeit und Raum für sich?«

»Er hat schon immer ein ruhiges, zurückgezogenes Leben bevorzugt. Als Vincent starb, war das für die Pariser, als würden sie eine Berühmtheit wie die Piaf verlieren oder Coco Chanel oder Voltaire. Aber die Welt dreht sich weiter, die Menschen heiraten und bekommen Kinder.« Sie lachte und streichelte ihren runden Bauch. »Na gut, vielleicht bin ich gerade ein wenig voreingenommen, aber die Zeit bleibt nun mal nicht stehen, und ich kann nur hoffen, dass Sébastien sich bald mit seinem neuen Leben arrangiert. Er ist so ein lieber Mensch mit vielen Bewunderern und geht doch nicht gern unter Leute.«

Ich redete mir ein, dass es mich eigentlich nicht besonders interessierte, aber aus reiner Höflichkeit fragte ich beiläufig: »Hat er eine Freundin?«

Sie schüttelte vehement den Kopf. »O nein! Nicht

seit Giselle. Sie war eine eiskalte Anwältin, und eigentlich passten sie nie richtig zusammen. Können Sie sich das vorstellen? Eine nüchterne, kühle Finanzanwältin und ein sensibler Parfümeur? Das hätte niemals funktioniert.«

»Was ist passiert?«

Océane schnalzte missbilligend mit der Zunge. »Sébastien ist mit ihr in ein kleines Dorf in der Provence gezogen, aber schon bald ist sie hierher zurückgekehrt, allein. Sie waren wirklich zu verschieden, sie der analytische Typ und er eher ein Träumer. Seit sie sich getrennt haben, weiß ich von keiner neuen Freundin. Er scheint sich mit seinem Leben als Single gut arrangiert zu haben. Eine schöne Verschwendung, was?« Sie zwinkerte mir zu.

»Sie hat ihm wohl das Herz gebrochen?«

Océane legte den Kopf schief. »Bei Männern weiß man nie …«

Ich nickte, als würde ich ihr zustimmen, aber im Grunde verstand ich von Männern nicht viel. In Whispering Lakes hatte ich so gut wie keine Erfahrungen sammeln können. Mir war einfach noch niemand begegnet, für den mein Herz so heftig geschlagen hatte, dass ich bereit gewesen wäre, meine Zukunftsträume einzuschränken. Denn nur so funktionierte das meiner Ansicht nach. Für die Liebe musste man immer irgendetwas aufgeben. Ich dachte an meine Schwester. In dem Moment, als ein Mann ihr seine Liebe gestand, gab sie unsere Träume auf.

»Wohnt Sébastien denn nun in Paris oder nicht?«

Sie zuckte die Schultern. »Mal so, mal so. Ich glaube, er würde sich am liebsten dauerhaft zurückziehen, aber seine *maman* kann ganz schön nachdrücklich werden, wenn sie will. Und ohne ihn würde das Geschäft nicht laufen, mehr muss man wohl nicht sagen.«

»Es muss schwer für ihn sein, wenn er nicht aus ganzem Herzen hier sein will.«

»Und Sie?« Océane wechselte das Thema und sah mich fragend an.

»Was ist mit mir?«

»Single?«

»Haben Sie alle Teilnehmer so ausgefragt?« Ich schmunzelte.

»Von den anderen habe ich nicht solche Signale empfangen, also *non*.«

»Was für Signale?«

»Einsamkeit.«

War es so offensichtlich? »Na ja, ich vermisse meine Zwillingsschwester, wir stehen uns … sehr nahe.« Ich stammelte ein wenig. »Und dies ist das erste Mal, dass ich so weit von ihr entfernt bin.«

»Ist sie denn genauso traurig?«

Jens fröhlichen Textnachrichten nach zu urteilen, wohl kaum. »Nein, wahrscheinlich nicht. Sie ist verliebt, müssen Sie wissen, also ist für sie gerade alles ganz toll.«

»Ah, eine neue Liebe, die beste Droge der Welt – abgesehen von einem neuen Buch, natürlich.«

»Das stimmt.« Ich lachte. In diesem Moment läutete die Ladenglocke.

»Ich lasse Sie mal wieder arbeiten«, sagte ich mit Blick auf die Gruppe von Touristen, die aussahen, als hätten sie gerade Narnia entdeckt.

»Gut, aber kommen Sie bald wieder!«

»Danke, das werde ich.«

Mit einem Winken verließ ich die wunderschöne Buchhandlung und machte mich wieder auf die Suche nach dem Schlüssel. Dabei ging ich in Gedanken mein Gespräch mit Sébastien noch einmal durch. Er war tatsächlich ein widersprüchlicher Charakter. Aber was wusste ich schon? Er war mir gegenüber ja nicht gerade offen und ehrlich gewesen.

Mit ausgebreitetem Stadtplan marschierte ich weiter. Als ich zur berühmten Sonnenuhr von Salvador Dalí kam, schmerzten meine Füße schon, aber auch dort fand ich keinen Umschlag. Bevor ich weiterging, schoss ich schnell noch ein Foto für Jen, weil ich wusste, dass ihr dieses kleine surrealistische Kunstwerk gefallen würde. Ich hatte gehofft, dass ich hier fündig werden würde, weil auch Vincent ein Exzentriker gewesen sein musste – ein phantasievoller Mann mit besonderen Ideen, der die Welt auf ganz eigene Art bereichert hatte. Immerhin fand ich ein paar Thymianzweige, die ich für spätere Inspiration in den Rucksack schob.

Als Nächstes wanderte ich zur Sainte-Chapelle, einer beeindruckenden ehemaligen Palastkapelle aus dem dreizehnten Jahrhundert mit wunderschönen Glasfenstern, die das Licht kaleidoskopartig brachen. Es vermittelte eine so eigentümliche Stimmung, dass es auch Ungläubige tief beeindrucken musste. Ich hüstelte und ging in die Hocke, um möglichst unauffällig nach dem Umschlag mit dem Schlüssel zu suchen, was offenbar nicht ganz gelang, denn die Leute, die mir ausweichen mussten, bedachten mich mit bösen Blicken. Kein Umschlag unter den Bänken und auch nicht beim Sicherheitsmann, der sich streng erkundigte, was um alles in der Welt ich hier denn mache.

»Ich habe meinen Ohrring verloren«, murmelte ich schließlich verlegen und ergriff die Flucht.

Da ich nun schon in der Nähe und außerdem ein großer Fan von Gertrude Stein und Alice Toklas war, ging ich zur Rue de Fleurus 27, wo das Paar bis 1946 gewohnt hatte, aber auch dort erwartete mich kein Umschlag. Trotzdem blieb ich eine Weile stehen und versuchte, mir diesen Ort an einem längst vergangenen Abend und mit all den Gästen vorzustellen, die Gertrude Steins Salon besucht hatten, von Picasso über James Joyce und Ezra Pound bis hin zu F. Scott Fitzgerald. Ich fragte mich, wie ich ein Parfüm kreieren könnte, das den Geist und das Flair großartiger Künstler, berühmter und berüchtigter Maler und Schriftsteller, einfangen könne.

Doch die Zeit drängte, also machte ich noch schnell ein Foto von der Gedenktafel und der Wohnung und eilte weiter zum Jardin du Luxembourg, einem wunderschönen Park. In einer schattigen Ecke stand ein Imker, der mich zu sich winkte, als er meine Blicke bemerkte. Ich erzählte ihm von meiner Suche, worauf er freundlich lächelte und dabei nikotingelbe Zähne entblößte. Er schenkte mir eine Honigwabe und betonte, wie gesund sie sei, während ihm die ganze Zeit eine selbstgedrehte

Zigarette aus dem Mundwinkel hing. Ein weiteres Beispiel für die Widersprüchlichkeiten von Paris.

Auch wenn ich den Schlüssel immer noch nicht gefunden hatte, so hatte ich doch meinen Rucksack mit vielen spannenden Dingen gefüllt, die meinen Geruchssinn anregen würden, wenn ich Inspiration für ein Parfüm benötigte. Außerdem war ich auf weitere Pariser Sehenswürdigkeiten gestoßen, zum Beispiel das Kino *La Pagode*, ein Ende des neunzehnten Jahrhunderts errichtetes Gebäude im Stil eines japanischen Tempels, das mit echten japanischen Fresken und Skulpturen ausgestattet war.

Erschöpft begab ich mich zum Pariser Rathaus, dem Hôtel de Ville, vor dem Robert Doisneau sein berühmtes Kuss-Foto geschossen hatte. Es war schwer, sich das Paar vom alten Schwarz-Weiß-Foto inmitten dieser kunterbunten modernen Welt vorzustellen, aber trotzdem spürte ich noch immer die Magie dieses Ortes. Paris war von Geschichte durchdrungen, und es war berauschend, auf den Wegen zu wandeln, auf denen so viele Berühmtheiten ihre Spuren hinterlassen hatten. Überall hielt ich Ausschau nach dem Umschlag, stellte mich auf Zehenspitzen und ließ mich unter den misstrauischen Blicken von Passanten auf die Knie sinken, jedoch ohne Erfolg. Ich machte mir auch nicht mehr die Mühe, Ausreden zu erfinden, sondern lachte einfach nur, zuckte die Achseln und hoffte, sie würden mich bei einer eventuellen weiteren Begegnung nicht wiedererkennen.

Mit müden Beinen erreichte ich das staatliche Kunst- und Kulturzentrum Centre Georges-Pompidou, das eine

Bibliothek und ein Museum beherbergte und in postmodernem Stil errichtet war. Mit außen liegenden Rohren und Tragwerk sah es für mich allerdings aus, als wäre es noch nicht ganz fertiggebaut. Irgendwie schien es nicht zur übrigen Schönheit von Paris zu passen. Aber dann fiel mir ein, dass ich irgendwo gelesen hatte, dass auch der Eiffelturm nach seiner Fertigstellung von den Parisern als hässlicher Schandfleck empfunden worden war und man ihn zwanzig Jahre nach seiner Errichtung für die Weltausstellung beinahe wieder abgerissen hätte.

Ich brauchte dringend eine große Dosis Koffein, also suchte ich das nächste hübsche Bistro auf. Von dieser ersten Aufgabe hing so wahnsinnig viel ab, und ich hatte keine Ahnung, wo ich jetzt noch suchen sollte. Immerhin hatte ich ein paar Anregungen für den Duft gesammelt, den ich mit meinem neuen Parfüm kreieren wollte.

Gerade, als ich einen schwarzen Kaffee bestellte, kam Kathryn angelaufen.

Kapitel 10

Del«, rief sie atemlos und hob einen Arm in Richtung Kellner. »Hast du es schon gehört?«

»Nein, aber ich habe so eine gewisse Ahnung, was du gleich sagen wirst.«

»Anastasia hat den Schlüssel gefunden«, verkündete sie keuchend.

Anastasia? Hatte ich mit dem *Ritz* etwa richtiggelegen? Ich schalt mich selbst, dass ich mich von ihr hatte hereinlegen lassen und dann aus lauter Scham vor Sébastien geflohen war. Hätte ich mich dort gründlicher umgesehen, hätte ich den Umschlag vielleicht vor Anastasia entdeckt …

»Wo?«

Kathryn warf sich ihre rote Mähne über die Schulter, und ich roch ihr Parfüm, das eigenwillig würzig duftete. Es passte gut zu ihr. »Kilomètre zéro«, antwortete sie.

»Irgendein Nullpunkt? Was soll das sein?«

Sie drehte den Korbstuhl neben mir um, so dass sie sich mir gegenüber setzen konnte, aber sofort kam ein Kellner und beschwerte sich brüsk, sie solle den Stuhl wieder zurückdrehen, so dass er Richtung Straße stand. Kathryn verdrehte die Augen, gehorchte jedoch sichtlich widerwillig.

»Und die Ellbogen anlegen, Mesdemoiselles«, brummte er noch, ehe er davoneilte. Die anderen Gäste musterten uns kritisch, und ich musste sehr an mich halten, um nicht laut loszuprusten. Gnädigerweise lenkte mich das zumindest kurz von den dramatischen Ereignissen um Leclères Schlüssel ab.

»Und die Knie anwinkeln«, befahl Kathryn mit gespielter Strenge.

»Was?«

»Es gibt hier offenbar ungeschriebene Gesetze, wie man sitzen muss. Wenn die Stühle in Richtung Straße stehen, muss man seine Ellbogen am Körper halten und darf die Beine nicht ausstrecken. Außerdem hast du dich an einen Tisch mit Besteck und Servietten gesetzt, willst aber nur einen Kaffee trinken – das ist eigentlich auch nicht richtig.«

»Das wusste ich nicht.« Wie viele andere Regeln hatte ich unwissentlich wohl schon gebrochen? »Und warum sitzt man hier in Richtung Straße?«

»Warum nicht? Ist es nicht interessanter, die Welt vorbeiziehen zu sehen? Das ist in Frankreich eben so.« Sie seufzte, zündete sich eine Zigarette an, nahm einen tiefen Zug und blies Rauchringe in die Luft. Überrascht sah ich sie an. Rauchen war ein ungewöhnliches Laster für Parfümeure. In Paris schien ohnehin jeder Zweite zu rauchen. Ohne Rücksicht auf andere Gäste zogen sie an ihren Zigaretten und bliesen den Rauch überallhin.

Aber mir war das gleich, irgendwie gehörte es zum Duft von Paris dazu.

Schließlich drückte Kathryn die Zigarette aus und schürzte kritisch die Lippen. Als hätte sie meine Gedanken gelesen, sagte sie schuldbewusst: »Ich sollte überhaupt nicht rauchen, ich weiß. Halt mich in Zukunft bloß davon ab. Es schmeckt ekelhaft, und ich verstehe selbst nicht, warum ich mir immer wieder eine anzünde. Das kommt wohl von all dem Druck hier.«

»Versuch's mal mit einer Mischung aus schwarzem Pfeffer, Zeder und Patschuli und tupfe es dir auf den Puls. Das bremst das Verlangen nach Nikotin«, riet ich ihr. Auf diese Weise hatte ich schon vielen Leuten geholfen, mit dem Rauchen aufzuhören, und die Mischung war einfach herzustellen, wenn man auf die richtigen Mengenverhältnisse achtete.

»Ach, wirklich?«

»Wirklich. Aber jetzt erzähl, der Schlüssel. Wo und was ist dieser komische Nullpunkt?«

»Ach so, ja. Kilomètre zéro ist das exakte Zentrum von Paris, der Fundamentalpunkt, von dem aus alle Entfernungen in Frankreich gemessen werden. Vor der Notre-Dame ist so eine kleine achteckige Metallplatte in den Boden eingelassen. Wahrscheinlich bist du sogar schon drübergelaufen …«

Ich schlug mir mit der flachen Hand gegen die Stirn. Ich musste dieses Spiel mit mehr Ernsthaftigkeit betreiben. Mittlerweile hatte ich gemerkt, wozu andere bereit waren, um den Wettbewerb zu gewinnen, und ich würde meine Strategie anpassen müssen, sonst hätte ich keine Chance. Verdammt, ich war so nah dran gewesen!

»Hm, dort hätte ich den Umschlag nicht vermutet.« Ich nippte an meinem Kaffee und versuchte, die Schmerzen in meinen Beinen zu ignorieren.

»Dir ist die Bedeutung des Punktes nicht klar, oder?«

»Nein«, gab ich zu. Landvermessung hatte für mich nicht viel mit Düften zu tun.

»Für manche ist es nur ein Punkt, von dem aus Entfernungen gemessen werden, für andere aber ist es ein Ort für Wünsche.«

»Und was wünschen sie sich?«

»Wahre Liebe. Man soll sich auf einem Bein herumdrehen und sich dabei jemanden wünschen. Und schon geht dieser Wunsch in Erfüllung. Dann kommt der perfekte Mann, groß, dunkel, gutaussehend ... natürlich nur, wenn man auf so was steht.«

Ich lachte nervös, als mir spontan Sébastiens meergrüne Augen in den Sinn kamen, und ermahnte mich selbst. Hatte ich mir nicht gerade vorgenommen, konzentrierter zu arbeiten? Manchmal hatte ich den Eindruck, dass meine Schwester sich irgendwie in meinen Körper eingenistet hatte und alles steuerte. Es sah mir so gar nicht ähnlich, an andere Dinge als an Parfüm zu denken, aber das Thema Liebe ging mir ungewollt immer wieder durch den Kopf. Eigentlich hatte ich einen klaren Plan für die nächsten fünf Jahre (den ich nach Jens Ausstieg natürlich hatte neu anpassen müssen), und darin hatten Männer vorerst keinen Platz. Vor allem keine launischen Franzosen, die einem verheimlichten, wer sie waren …

Ich räusperte mich. »Eigentlich will ich mit Männern gar nichts zu tun haben.«

Sie zog einen Kussmund und blinzelte mir zu. »Na, dann eben weiblich, zierlich, blond und hübsch.«

»Bitte? Ach so, nein, ich meinte, ich will *im Moment* nichts mit Männern zu tun haben. Im Moment denke ich nur an meine Zukunft. Wo ich doch bald dreißig bin und so … du weißt schon.«

Sie sah mich skeptisch an. »Vor mir brauchst du dich nicht zu rechtfertigen.«

Offenbar glaubte sie mir nicht. Aber egal, wir waren schon wieder vom Thema abgekommen.

»Also gut, dieser Fundamentalpunkt ist anscheinend auch ein romantischer Ort, wie seltsam das auch klingen mag. Was uns zeigt, dass wir überhaupt nicht wissen, worauf wir uns hier einstellen sollen. Wir müssen auf alles gefasst bleiben.«

Sie verschränkte die Arme. »Trotzdem frage ich mich, was dieser Nullpunkt ausgerechnet mit Parfüm zu tun hat?«

Darüber hatte ich auch schon nachgedacht. Mit Sicherheit hatten sie das Versteck nicht zufällig gewählt.

»Ah, ich weiß!«, sagte ich, als mir eine Idee kam. »Vielleicht ist es ein Symbol dafür, dass unsere Reise genau im Mittelpunkt von Paris beginnt, außerdem scheint der Punkt ein sehr romantischer Ort zu sein. Das wäre doch plausibel. Immerhin hat Parfüm viel mit Romantik zu tun.« Mir fiel wieder Nans Ausspruch über die Sprachen der Liebe ein. Parfüm war Liebe, Liebe war Parfüm – es kam nur darauf an, dass man es übersetzte.

»Wahrscheinlich hast du recht.« Sie seufzte. »Im Nachhinein verstehe ich es, aber ich bin geradewegs ins Parfüm-Museum gegangen. Aber da war natürlich kein Umschlag – zu offensichtlich, oder? Wie Sébastien vorhin gesagt hat: Wir müssen abseits der üblichen Bahnen denken.«

Ich nickte und war dankbar, dass ich nach dem anstrengenden Tag jemanden zum Reden hatte.

»Ich muss einfach schneller kombinieren«, fuhr sie fort. »Den heutigen Tag kann ich komplett abschreiben. Im Moment kann ich mich zu gar nichts mehr aufraffen, aber ich fürchte, wir müssen weitermachen.« Sie schnitt eine Grimasse, und ihre Sorgen wehten als zitroniger Duft zu mir herüber.

Jetzt seufzte auch ich, denn ich fühlte mich wie sie, kraftlos und enttäuscht, weil ich den Schlüssel nicht gefunden hatte.

Eine frische kühle Brise wehte heran, und mir fiel auf, dass die Sonne merklich gesunken war.

»Es wird Abend«, stellte auch Kathryn lustlos fest.

Ich erkannte sie kaum wieder. Dies sollte die Frau sein, die gestern noch über Clémentine gelacht und sie zurechtgewiesen, die die Profile aller Wettbewerbsteilnehmer eingehend studiert und Informationen über alle eingeholt hatte?

Ich winkte dem Kellner und zahlte für Kathryn mit.

»Na, komm schon«, versuchte ich sie aufzumuntern. »Es ist nicht das Ende der Welt. Wir reißen uns jetzt noch mal zusammen und spazieren zurück. Wir beeindrucken sie mit unseren Parfüms und vergessen den blöden Schlüssel. Der Punkt ist jetzt abgehakt, wir müssen nach vorn denken.« Wenn irgendjemand sich Sorgen machen musste, dann ja wohl ich, die Wildcard unter den Teilnehmern.

»Du hast ja recht«, erwiderte sie mit halb geschlossenen Lidern. »Ich bleib noch eine Weile hier und lasse mir Kaffee intravenös verabreichen.«

Als ich ging, hielt sie den Kopf in die Hände gestützt und starrte in die aufziehende Dämmerung.

Stunden später, als das Mondlicht sich schon silbrig über die Champs-Élysées gelegt hatte, bog ich in unsere kleine Seitenstraße ab und schleppte mich benommen vor Müdigkeit die Treppe zu unserem Zimmer hoch. Jeder Muskel tat mir weh, und ich wollte nur noch schlafen. Das Einzige, woran ich dachte, war, dass ich mir gleich die Schuhe ausziehen und meine Blasen verarzten könnte.

Als ich mich gerade auf mein Bett fallen lassen wollte, kam Clémentine laut hörbar den Flur entlanggepoltert. Mit der Ruhe wäre es nun erst einmal vorbei.

»Del, da bist du ja! Was für ein aufregender Tag, *n'est-ce pas?*« Irgendwie hatte sie es geschafft, dass ihr Make-up noch genauso makellos aussah wie am Morgen. Hatten wir tatsächlich erst vor einigen Stunden mit unserer Aufgabe begonnen? Es fühlte sich an, als wären seither Äonen vergangen. Doch Clémentine lächelte unbeschwert. Wie konnte sie nur so frisch aussehen? Vielleicht lag es daran, dass sie Pariserin war. Sie hatte immerhin keine Reiseführer oder Stadtpläne konsultieren müssen – und dennoch war es nicht sie gewesen, die den Schlüssel gefunden hatte.

»Ja, sehr aufregend«, meinte ich müde, allerdings nicht ohne zu registrieren, dass Clémentine nun offenbar wieder meine Freundin sein wollte.

»Oh là là, da ist aber jemand erschlagen. Du siehst ganz schön fertig aus mit deinen zerzausten Haaren und …« Sie beugte sich vor, um mich genauer zu betrachten. »Bist du schwimmen gewesen?«

»Wo, um alles in der Welt, sollte ich den geschwommen sein?« In der Seine?

»Man kann hier auf einem Boot schwimmen, auf der *Piscine Joséphine Baker*, hast du das nicht gesehen?«

»Nein …« Es gab hier ein schwimmendes Schwimmbad? In Paris war offenbar alles möglich.

»Aber was hast du sonst gemacht? Du siehst auf jeden Fall aus, als wärst du irgendwo schwimmen gewesen.«

Wie lang würde es wohl dauern, all die besonderen Orte dieser Stadt zu entdecken?

»Meine *maman* findet, wegen der *clafoutis* sollte man dort öfter Bahnen ziehen, aber ich gehe eher wegen der Männer hin. Die tragen da alle diese winzig kleinen …«

Ich unterbrach sie, damit ich die nächste Stunde keinen Vortrag über männliche Badebekleidung und möglicherweise auch alles darunter anhören müsste. »Ich verstehe schon«, sagte ich. »Und nein, ich bin nicht schwimmen gewesen, ich bin den ganzen Tag durch die Stadt gelaufen.«

Sie rümpfte die Nase. »Du siehst so – wie sagt man? – farblos aus. Ohne Make-up. Um ehrlich zu sein, wirkst du ein bisschen krank.«

Ich begriff erst jetzt, was sie meinte. »Anastasia hat versucht, mich zu sabotieren, und plötzlich lag ich mit grünem Gesicht auf einer Liege im *Chanel Spa* im *Ritz* und musste dann überstürzt und ohne zu zahlen davonlaufen. Und mit meinem Hulk-Gesicht bin ich natürlich geradewegs Sébastien in die Arme gerannt, und dann musste ich erfahren, dass ausgerechnet Anastasia den Schlüssel gefunden hat. Also, wenn ich eine Voodoo-Puppe hätte …«

»Ich weiß, wo man so eine Puppe kriegen kann.« Sie legte einen Finger an die Lippen, als wäre es ein Geheimnis. »Sag einfach Bescheid, okay?«

»Äh, danke, Cléo, das werde ich mir merken.«

Sie zog die Augenbrauen hoch. »Du denkst, ich mache Witze, oder? Nein, nein. Vielleicht musst du tatsächlich etwas unternehmen, sonst lässt sie dich nicht in Ruhe. So gebissen, wie sie ist.«

»Du meinst gerissen?« Ich zuckte die Schultern. »Ich vertraue hier ohnehin niemandem mehr.« Wer wusste schon, was die anderen tatsächlich im Schilde führten. Dass Kathryn plötzlich in dem Café aufgetaucht war, war vielleicht auch kein Zufall gewesen. Selbst Sébastien hatte mir seine Identität verschwiegen, obwohl er mehrfach Gelegenheit gehabt hätte, die Wahrheit zu sagen.

»*Oui,* du hast recht«, sagte sie und nahm ihre Ohrringe ab. »Aber du spielst das Spiel immer noch nicht richtig, Del. Genauso gut könntest du ein Schild hochhalten, auf dem BRAVES MÄDCHEN steht. Du magst eine phantastische Parfümeurin sein, aber du bist zu nett. Und nett gewinnt nicht. Du musst anfangen, so zu denken wie die, die alles tun würden, um zu gewinnen.«

Ich sank auf mein Bett. »Ja, aber das ist leichter gesagt als getan.«

»Eigentlich nicht. Sei ihnen einen Schritt voraus. Oder halt dich einfach von ihnen fern.«

»Hm, ich dachte, wir würden alle Freunde werden, in Kontakt bleiben und uns gegenseitig besuchen, wenn wir mal in der Heimatstadt der anderen sind. Mit Sabotage hatte ich eigentlich nicht gerechnet.«

Sie schnaubte. »Da liegst du falsch. So etwas gibt es nur im Märchen oder im Fernsehen.« Sie zuckte die Achseln. »Wer weiß schon, was passieren wird? Kümmere dich nur um deine Düfte. Wir sind nicht hier, um Freundschaften zu schließen.«

»Aber du hast doch gesagt, wir wären Freundinnen«, erinnerte ich sie, obwohl ich mittlerweile den Eindruck hatte, dass Clémentine ihre Freundinnen ganz nach Lust und Laune wählte und auch wieder fallen ließ.

Jetzt lächelte sie. »Aber natürlich sind wir Freundinnen! Was kann mir ein braves Mädchen wie du denn schon tun? Nichts, sie ist viel zu nett.«

Ich packte mein Kissen und warf es nach ihr, aber sie duckte sich, so dass es über sie hinwegsegelte. »So ist es schon besser, Del!« Sie lachte, und ich konnte nur den Kopf schütteln. Sie hatte keine Ahnung, wer ich wirklich war, und hielt mich für ein kleines Dummchen. Aber so fühlte sie sich immerhin nicht von mir bedroht.

Sie schob sich die Stilettos von den Füßen (wie konnte man nur den ganzen Tag darin herumlaufen?) und setzte sich auf mein Bettende. »Ich habe Lila heute ein wenig geholfen, aber das arme Mädchen muss mich wohl falsch verstanden haben, denn sie ist in Versailles gelandet.« Sie zwinkerte mir verschlagen zu. »Ups.«

Fassungslos sah ich sie an. »Du hast doch nicht …«

»O doch. Eine Person weniger, um die man sich Sorgen machen musste. Aber jetzt hat diese Anastasia den Vorteil.«

Arme Lila. Ich hatte den Eindruck gehabt, dass sie die Jüngste und Unsicherste von uns war. Sie so hereinzulegen, war einfach nur gemein. »Cléo, das war abscheulich. Lila ist wahrscheinlich das erste Mal von zu Hause fort.« So wie ich, aber das verkniff ich mir. »Wie konntest du ihr das antun?«

Sie zuckte wieder mit den Schultern, ging zum Balkon und riss die Türen auf, um die milde Abendluft hereinzulassen. »Das gehört zum Spiel. Du solltest lieber von mir lernen.«

Vor lauter Entrüstung konnte ich nichts erwidern.

Unbeirrt fuhr sie fort: »Und um Anastasia mache ich mir eigentlich auch keine Sorgen, selbst wenn sie jetzt den Schlüssel hat und Vincents Labor benutzen darf. Sie ist als Parfümeurin nämlich nicht besonders inspiriert.«

»Wie kommst du darauf?« Schließlich war Anastasia eine Kandidatin, und das bedeutete, dass sie die Jury überzeugt hatte.

Clémentine löste ihr buntes Tuch, musterte sich im Spiegel und schürzte die Lippen, bevor sie sich wieder zu mir umdrehte. »Ich habe ein bisschen über sie nachgeforscht, und ihr Stil ist … nun ja, sehr minimalistisch. Sie ist der Meinung, ein Duft dürfe nicht allzu kompliziert sein. Eine Handvoll Aromen, und das war's, sie schafft keine Kopf- und Herznoten oder sonstige Lagen. Ganz schön einfältig, was?«

Ich kämpfte mich wieder in die Vertikale, zog endlich meine Schuhe aus und wackelte mit den Zehen. Es machte den Eindruck, als hätte Clémentine viel Zeit mit der Recherche der anderen Teilnehmer verbracht, statt ihren eigenen Stil zu perfektionieren. Ich fragte mich, ob ihrer Parfümeriekunst vielleicht auch das gewisse Etwas fehlte.

»Wir wissen nicht, ob Anastasias Stil simpel oder genial ist, Cléo. Vielleicht verfolgt sie einfach ein ganz bestimmtes Ziel, während wir unsere Parfüms eher mit zu viel Ingredienzen vermurksen.«

Wie Maler oder Schriftsteller hatten auch Parfümeure jeweils ihren eigenen Stil, ihre eigene Stimme. Anastasias Stil war offenbar eher nüchtern, ein Understatement, und ich war gespannt darauf, wie sich das in ihren Kreationen zeigte. *Weniger ist mehr* – dieser Regel folgte auch ich. Meine Tinkturen mischte ich oft mit nur einer Handvoll Zutaten, und meist gelangen sie mir wunderbar. Parfüm war natürlich komplexer, aber auch dort konnte ich mir eine einfache Rezeptur vorstellen, solange die Inhaltsstoffe gut ausbalanciert waren. Anastasia hatte meine Neugier geweckt und mich wieder daran erinnert, warum ich hier war: um zu lernen und so viel Neues zu erfahren, wie ich nur konnte.

»Pah!«, meinte Clémentine erneut, womit sie wohl jedes Gegenargument abschmetterte. »Dann kann ich mir ja auch einen Rosmarinzweig über das Handgelenk reiben und fertig. Warum verteidigst du sie überhaupt? Hat sie dich heute nicht reingelegt? Du solltest lieber planen, wie du es ihr heimzahlen kannst, anstatt mit Rehaugen ihren Stil zu verteidigen.«

Ich musste lachen. »Ach, Cléo, du tust ja gerade so, als wäre ich ein kleines scheues Vögelchen. Ich habe tatsächlich eine Weile an Rache gedacht, während ich kilometerweit durch Paris gelaufen bin, aber weißt du was? Es hat mich nur abgelenkt, denn eigentlich soll es in diesem Wettbewerb doch um Düfte gehen. Ihr anderen könnt euch gern gegenseitig sabotieren – ich arbeite lieber an meinen Parfüms und überlege schon mal, was ich mit dem Gewinn machen werde.«

Clémentines Parfüm duftete nach Wind und Regen und hatte eine provozierende Note. Diese Frau ließ sich von niemandem beeindrucken, und ich konnte mir vorstellen, dass ihr das auch zum Verhängnis werden könnte. Aber was wusste ich schon, abgesehen davon, dass in Paris die Wolken nicht nur rosarot und die Wettbewerbsteilnehmer keine Engel waren.

»Ich geh mal duschen«, sagte sie. »Und dann sollen wir uns ja wieder zum Abendessen treffen.«

Als ich an Essen dachte, knurrte sofort mein Magen, aber nach dem anstrengenden Tag und als ich an den vorigen Abend dachte, an dem alle in Grüppchen zusammengestanden und getratscht hatten, verging mir spontan der Appetit. Da suchte ich lieber eines der günstigen Bistros in der Gegend auf. Und, ehrlich gesagt, hatte ich auch keine Lust, mich den ganzen Abend mit Sébastien auseinanderzusetzen.

»Ohne mich«, sagte ich also. »Ich bin so müde, dass ich nur kurz etwas essen gehe und dann ins Bett.«

Sie schnalzte bedauernd mit der Zunge. »Ich dachte, ihr Amerikanerinnen wärt ein bisschen robuster.«

Kapitel 11

Am nächsten Tag herrschte im Labor das reinste Chaos. Alle waren angespannt und gereizt, und in den Gesichtern meiner Konkurrenten stand finstere Entschlossenheit. Nun würden wir danach beurteilt werden, wie wir in einer neuen Umgebung mit strikten Zeitvorgaben unsere persönlichen Düfte kreierten.

Im Laufe des Tages wurde es immer schlimmer, die Nervosität stieg und mit ihr der Geräuschpegel. Die eine schubste die andere im Vorbeigehen unsanft beiseite, und schon waren Flüche in fremder Sprache zu hören. Interessanterweise hatte ich immer eine Ahnung davon, was die Schimpfwörter bedeuteten.

Anastasia kam ständig angelaufen und jammerte, dass sie es in keiner Weise als Belohnung empfinde, allein in Vincents Labor arbeiten zu müssen. Ich jedoch hätte alles darum gegeben, mit ihr tauschen zu dürfen, denn in diesem Chaos konnte ich mich kaum konzentrieren. Clémentine spielte irgendeine Burlesque-Musik auf ihrem Handy und sang auch noch dazu, so dass ich am liebsten laut geschrien hätte.

Auch Anastasia blaffte sie ständig deswegen an, aber

ich hatte den Eindruck, dass Cléo das Drama geradezu genoss. Nach dem dritten Streit innerhalb weniger Minuten schnappte ich mir das Handy und stellte die Musik ab. »Provozierst du sie eigentlich die ganze Zeit mit Absicht?«

Die Pariserin kicherte. »*Oui.* Ist das nicht klasse? Sieh sie dir nur an, da kommt ja fast schon Feuer aus der Nase.«

Ich wagte einen kurzen Blick zu Anastasia, die mich böse anstarrte. »Du bist es, die mit dem Feuer spielt«, schalt ich Clémentine, ohne Anastasia noch einmal anzusehen.

»Wenn sie sich über mich aufregt, dann kann sie sich nicht konzentrieren. Außerdem sollte sie doch sowieso in Vincents Labor sein,« entgegnete sie.

»Du konzentrierst dich aber auch nicht.«

Sie verdrehte die Augen und schnalzte abschätzig mit der Zunge. »Ich brauche aber auch nicht so viel Zeit wie alle anderen, Del. Ich bin schließlich Französin«, sagte sie, als würde das alles erklären.

»Und?«

»Na, wir Franzosen haben das Parfüm erfunden.«

Das hatte ich zwar anders in Erinnerung, aber um uns allen einen halbstündigen Monolog zu ersparen, korrigierte ich sie nicht. »Alles klar, Cléo. Aber *ich* muss mich konzentrieren, also halt dich bitte zurück.« Damit überließ ich die beiden Frauen wieder ihrem Schicksal.

Kathryn schüttelte nur ihre hübschen roten Locken und flüsterte mir fast unhörbar zu: »Sie ist ein Alptraum.«

Da kam unvermittelt Sébastien ins Labor, und alle verstummten. Ich beobachtete ihn aus dem Augenwinkel, während ich weiterzuarbeiten versuchte. Er ging von Teilnehmerin zu Teilnehmerin und beantwortete alle Fragen mit knappen Worten, als wollte er es möglichst schnell hinter sich bringen. Als er zu Clémentine kam, überging er ihre Flirtversuche entschieden, aber so elegant, dass es ihren Stolz nicht verletzte.

Das Duftgemisch, das im Raum hing, schien mir intensiver und dichter zu werden, während er seine Runde fortsetzte. Ich fragte mich, ob es an seiner Attraktivität lag oder einfach an der Tatsache, dass er ein Leclère war, aber es war interessant zu beobachten, wie die anderen Frauen entweder mit ihm flirteten oder fahrig wurden und verlegen vor sich hin nuschelten, wenn er kam. Als ich an der Reihe war, herrschte schon wieder die übliche Geräuschkulisse.

Sébastien blieb neben meinem Arbeitstisch stehen. Ich mied seinen Blick und ging um ihn herum, wobei ich aus Versehen seine Hand streifte und wieder dieses elektrisierende Kribbeln spürte.

»Tut mir leid«, murmelte ich und versteckte abrupt die Hand hinter meinem Rücken, als hätte ich mich verbrannt. *Reiß dich zusammen, Del!*

»Sind Sie gekommen, um mich zu retten?« Die Worte kamen einfach so aus meinem Mund, ohne dass ich etwas dagegen hätte tun können. *Mich retten?*

»Müssen Sie denn gerettet werden?«, fragte er lächelnd. Du meine Güte, was hatte er nur für einen sinnlichen Mund …

»Nein, natürlich nicht.« Ich schnitt eine Grimasse. »Aber heute Abend werde ich mir definitiv einen doppelten *vin blanc* zu Gemüte führen.«

»Warum?«

Auf einmal war es im Labor wieder totenstill, und ich hörte nur das Atmen meiner Kolleginnen und Kollegen, während sie offenbar gespannt auf meine Antwort warteten. Besser wäre es wohl, mich nicht über sie zu beschweren.

»Ich nehme an, das können Sie sich denken, nachdem ich Ihnen neulich in der Bar schon mein Herz ausgeschüttet habe, ohne zu wissen, wer Sie sind«, murmelte ich so leise wie möglich.

»Es tut mir leid, Del. Mir ging an dem Tag so viel durch den Kopf. Aber ich habe Sie natürlich wiedererkannt, nachdem Sie mir bei unserer ersten Begegnung quasi auf den Rücken sprangen und mich zu Boden warfen.«

Ich sah ihn böse an. »Ich bin über ein Baguette gestolpert.«

»Wenn Sie das sagen.« Er zuckte die Achseln, aber ich merkte, dass er sich einen Spaß mit mir machte. »Wenn Sie nachher ein wenig Zeit haben, können wir vielleicht einen Kaffee trinken gehen?«

»Vielleicht. Im Moment bin ich sehr beschäftigt, deshalb kann ich nicht mit absoluter Sicherheit zusagen.«

»Wir treffen uns im Café mit den roten Markisen, um sechs Uhr.«

Nachdenklich schürzte ich die Lippen, doch er lächelte nur und verließ das Labor.

Sofort kam Clémentine angerauscht. »Bist du jetzt etwa die Parfümeurin des Monats oder so was?«

»Hör bloß auf.« Ich sah sie böse an. Konnte sie überhaupt Düfte kreieren? Anscheinend ging es ihr doch nur darum, sich wichtig zu machen und alle anderen einzuschüchtern. Aber langsam reichte es. »Er ist mein Mentor, hast du das etwa vergessen?« Nur darum ging es hier schließlich, ein Treffen zwischen Lehrer und Schüler, damit er seine Arbeit als erledigt abhaken konnte.

Clémentine schüttelte den Kopf und wandte sich ab. Als Nächstes würde dann wohl *sie* versuchen, mir Steine in den Weg zu legen.

Als ich aus dem Fenster blickte, konnte ich sehen, wie Sébastien die Champs-Élysées entlangging, Hände in den Taschen, Wind in den Haaren, den Kopf nach vorn geneigt, als trüge er eine Last auf den Schultern. Wenn er sich unbeobachtet wähnte, konnte man ihm tatsächlich etwas wie Verzweiflung ansehen, zumindest eine gewisse Verlorenheit.

Ich sah ihm noch eine Weile nach, denn es war ein schönes Bild, ihn vor der Kulisse dieser wunderbaren Stadt zu sehen, und ich fühlte mich auf unerklärliche Weise zu ihm hingezogen. Vielleicht, weil ich mir einbildete, seine Stimmung zu verstehen.

Im Café mit den roten Markisen setzte ich mich an einen Außentisch. Nach diesem Tag im von Menschen, Geräuschen und Gerüchen überquellenden Labor genoss ich die frische Luft. Der laue Wind wehte alle Anspannung fort, und ich lehnte mich auf meinem Stuhl zurück und wartete auf Sébastien. Er war spät dran.

Wenige Minuten darauf kam er dann und entschuldigte sich vielmals. Ein Kellner erkundigte sich nach seinem Befinden und seinen Wünschen und zeigte dann auf mich. Ich wurde rot, weil ich mich zur Schau gestellt fühlte, und griff nach meinem Handy, als müsste ich dringende Nachrichten verschicken, während Sébastien noch einen Anruf annahm.

Wie geht's Pops? Er fehlt mir. Liebe Grüße, textete ich Jen. Sébastien beendete sein Gespräch und setzte sich endlich.

»Haben Sie schon bestellt?«

»Noch nicht. Ich habe nicht halb so viel Aufmerksamkeit bekommen wie Sie«, erwiderte ich lächelnd.

Er zuckte andeutungsweise mit den Schultern. »Das werden wir ändern.«

Schnell kehrte der Kellner mit zwei Tassen Kaffee und einem Teller Madeleines zurück.

»Also«, begann Sébastien nach dem ersten Schluck. »Mir ist aufgefallen, dass die Atmosphäre im Labor sehr angespannt war. Wie ist es Ihnen ergangen?«

Ich atmete tief durch und überlegte, wie ich es ausdrücken sollte. »Es ist auf jeden Fall anders als das, was ich gewohnt bin. Aber genau darum geht es doch, oder? Dass wir unsere Komfortzone verlassen und lernen, unter Druck kreativ zu sein.«

Er seufzte. »Genau. Ein professioneller Parfümeur muss natürlich in einem Labor arbeiten. Deshalb hat das

Management-Team entschieden, Sie unter ebensolchen Bedingungen zu testen. Falls jemand von Ihnen später für ein großes Parfümhaus arbeitet, haben Sie schon Erfahrung gesammelt und wissen, was von Ihnen erwartet wird.«

»Ich habe den Eindruck, dass das nicht Ihre persönliche Entscheidung war.«

Seine Augen blitzten kurz auf. »Das stimmt. Bei diesem Wettbewerb sollte es eigentlich darum gehen, dass junge Parfümeure ihren Stil finden – es sollte kein Praktikum sein. Mein Vater hat nie in einem Großlabor gearbeitet, sondern immer allein. Wie ich auch.«

»Aber Sie leiten diese Firma doch. Warum haben Sie dann nicht anders entschieden?«

Er schwieg einen Moment. »Es ist kompliziert. Aber ich habe ein Versprechen gegeben und halte mich daran, auch wenn ich in weiten Teilen nicht damit einverstanden bin.«

»Ein Versprechen an Ihren Vater?«

Als keine Antwort kam, fuhr ich fort: »Ich war überrascht, dass *Leclère* uns seine Türen öffnet, so kurz nach …« Ich ließ den Satz in der Luft hängen.

»Er hat mich darum gebeten.« Seine Stimme klang belegt. »Kurz bevor er starb, musste ich ihm versprechen, dass ich diese eine Sache durchziehe.«

»Warum? Was an diesem Wettbewerb war ihm so wichtig?«

Er seufzte schwer. »Ich weiß es nicht. Und ich fand, dass es das Mindeste war, was ich tun konnte – den Wunsch eines Sterbenden zu erfüllen.«

Die Traurigkeit in seiner Stimme ließ mich erschauern, und ich stellte mir einen alten, zerbrechlichen Vincent vor, der seinen Sohn beschwor, diesen Wettbewerb auszurichten. Allerdings erklärte das immer noch nicht, warum er vor alldem fliehen wollte, wenn ihm doch die Welt zu Füßen lag.

»Aber …«

Er unterbrach mich und wechselte brüsk das Thema. »Wie gefällt Ihnen Paris?«

»Ich liebe es«, gestand ich. »Ich wollte schon immer in einer Großstadt leben, und jetzt weiß ich, dass es genau das Richtige für mich ist.«

Er nickte kurz, und ich schwärmte weiter. »Diese Geräuschkulisse, all die Lieferwagen, die morgens ihre Waren ausladen, der Verkehr, das Hupen, die vielen Boulangeries, Pâtisseries, Fromageries, das Klappern von Besteck in den Bistros, die Stimmen der Menschen …«

Nun schüttelte er den Kopf und lachte. »Genau das mag ich überhaupt nicht. Paris kann einen verschlingen.«

Ich verstand ihn nicht. Wie konnte man Paris nicht lieben?

Kapitel 12

Ein paar Tage später kam Lex an meinen Labortisch und blieb mit verschränkten Armen vor mir stehen.

»Na, wie läuft's denn so, Amerika?« Er strahlte vollkommene Ruhe aus, und ein breites Lächeln entblößte seine schiefen Zähne. Anscheinend war er fertig und mit seinem Parfüm zufrieden. Die ganze Woche über hatte er mit Kopfhörern gearbeitet und sich vom Rest der Gruppe nicht stören lassen. Ich hatte den Eindruck, dass der eigenbrötlerische Lex überall arbeiten konnte.

Angespannt strich ich mir das Haar zurück. Seine Gelassenheit konnte ich zwar nicht teilen, aber ich freute mich für ihn. »Es läuft gerade nicht besonders. Im Moment habe ich ein bisschen Stress.«

Er lächelte. »Ich bin es auch eher gewohnt, allein und in meinem eigenen Tempo zu arbeiten, dabei Musik zu hören und von niemandem gestört zu werden. Nicht wie hier, wo wir fast *Herr der Fliegen* nachspielen ...«

Ich musste lachen. »Und trotzdem hast du es geschafft, da steckt wohl wirklich ein großer Parfümeur in dir.«

»Ich bin noch nicht ganz fertig«, meinte er und verzog den Mund, wohl um anzudeuten, dass er sich keinesfalls für den großen Parfümeur hielt, den ich in ihm sah. »Aber für heute will ich es gut sein lassen und abwarten, ob es mir morgen immer noch gefällt.«

»Das wird es, Lex, und ich freue mich für dich. Wirklich.« Ich wünschte ihm von ganzem Herzen, dass er morgen zurückkommen und sein Parfüm vielleicht sogar noch besser finden würde als heute. Es war mir schon einige Male passiert, dass ich am nächsten Tag zu meiner Parfümorgel zurückkehrte und die Arbeit vom Tag zuvor nur noch als Enttäuschung empfand, so als hätten die einzelnen Komponenten über Nacht beschlossen, sich nicht mehr zu vertragen und dem Duft eine bittere Note zu verleihen. Dann wiederum gab es Tage, an denen ich die Arbeit wieder aufnahm und spürte, dass ein Duft mir wirklich gelungen war.

Lex neigte sich zu mir und flüsterte: »Das hier setzt dir ganz schön zu, oder?«

Sah man mir das so deutlich an? Ich war doch nicht die Einzige, die die Situation nervös machte. Erneut bekam ich den Eindruck, dass Lex weitaus sensibler war als die meisten anderen. »Das liegt an der Luft mit all den verschiedenen Gerüchen, ich kann mich gar nicht auf das konzentrieren, was ich eigentlich riechen soll.«

»Mach immer wieder eine Geruchspause, und widme dich den kniffligen Sachen, wenn du allein bist.«

»Ja, das ist eine gute Idee. Dann hoffe ich mal, dass die anderen alle früh abhauen …«

»Komm, lass uns was trinken gehen, dann kannst du mal in Ruhe durchatmen.«

Alle Parfümeure machten Geruchspausen, um einer Übersättigung vorzubeugen. Manche schworen dabei auf das alte Hausmittel, an Kaffeebohnen zu riechen oder an der eigenen Ellenbeuge, aber für mich waren das Ammenmärchen. Das Beste, um die vielen Duftmoleküle aus der Nase zu vertreiben, war immer noch eine Auszeit an der frischen Luft.

»Okay«, willigte ich ein und räumte meinen Arbeitsplatz auf. »Eine Pause ist bestimmt genau das Richtige.«

Wir setzten uns in ein kleines Café, und ich richtete meinen Stuhl zur Straße aus. Lex dagegen verschränkte mit weit gespreizten Ellbogen die Arme hinter dem Kopf und streckte die Beine.

Als der Kellner kam, ignorierte Lex stur dessen pikierten Blick und bestellte uns zwei *café au lait*.

»Hast du schon das Neueste gehört?«, fragte Lex dann ganz entspannt.

»Was denn?«

»Anscheinend denkt eine von uns darüber nach, aufzugeben. Ihr wird das offenbar alles zu viel.«

Ich runzelte die Stirn. »Wer?«

Er zog die Schultern hoch. »Keine Ahnung. Aber ich glaube, Anastasia und Clémentine sind nicht ganz unschuldig daran.«

Etwa Lila? Die nach Versailles geschickt worden war, als sie die einzige Pariserin unter uns nach dem Weg gefragt hatte?

Unsere Milchkaffees kamen, und Lex bedankte sich

mit einem freundlichen Lächeln, das den Kellner offenbar versöhnte. »Was für eine Schande, so eine großartige Gelegenheit aufzugeben. Da kommt man schon ins Grübeln, oder? Wurde sie eingeschüchtert, liegt es am Druck oder daran, dass sie von zu Hause weg ist?«

»Vielleicht ein bisschen von allem?«

»Aber du hast nicht vor aufzugeben, Amerika, oder?« Die Besorgnis in seiner Stimme rührte mich. Es war tatsächlich sehr nervenaufreibend hier: diese ständige Anspannung in fremder Umgebung, umringt von überehrgeizigen Wettbewerbern, die auch vor Sabotage nicht zurückschreckten. Aber wie schön, dass zumindest Lex mir wohlgesinnt war.

»Nein, ich werde nicht aufgeben«, beruhigte ich ihn und trank einen Schluck. »Aber danke, dass du nachfragst.«

Er nickte nur kurz, als wäre seine Sorge um mich nichts Besonderes, aber sein Blick verriet ihn.

»Im Grunde deines Herzens bist du ein ganz schöner Softie, oder?«

»Sei nicht albern«, erwiderte er, grinste jedoch. »Du wirst mir noch meinen Ruf verderben.«

»Ach was, dein Geheimnis ist bei mir sicher.«

Wir schwiegen einen Moment, und ich überlegte, ob Aurélie die unsichere Kandidatin zum Bleiben bewegen könnte. Auf jeden Fall würde ich Lila nachher fragen, wie es ihr ging.

Als ich ins Labor zurückkehrte, waren alle noch intensiv bei der Arbeit, und die kleinen Streitereien hatten sich noch gesteigert. Hier trafen sehr unterschiedliche

Persönlichkeiten aufeinander, von schüchtern und hilfsbereit bis hin zu aufbrausend und gemein. Die Hälfte der Arbeit bestand hier darin, sich zwischen all dem Gezänk zu konzentrieren.

Aber mir blieben ja noch ein paar Tage Zeit, bis ich meine Kreation abgeben musste. Für den nächsten Morgen war eine Exkursion geplant, die mir natürlich Zeit rauben würde, aber dann musste ich mich eben beeilen und hoffen, dass alles nach Plan verlief. Auf das Mentorengespräch war ich schon sehr gespannt. Sébastien schien zu verstehen, dass ich am liebsten allein arbeitete – vielleicht könnte ich in ein anderes Labor wechseln. Aber dann wäre ich dort womöglich mit ihm allein, und das würde meine Konzentrationsfähigkeit auf eine andere Probe stellen.

Ich arbeitete noch ein paar Stunden, dann war ich endgültig erschöpft. Um Jen anzurufen, war es schon zu spät, und ich hatte auch keine Energie mehr für ein Gespräch, also brachte ich sie mit einer langen Textnachricht auf den neuesten Stand. Kurz vor Mitternacht schlich ich in mein Zimmer und konnte vor lauter Sorge, ob mir mein Parfüm gelingen würde, lange nicht einschlafen.

Der Tag der Exkursion war gekommen und mit ihm unser erster offizieller Besuch der *Parfumerie Leclère*. Das Geschäft war geschlossen, daher hatten wir genug Zeit, alle Düfte zu erkunden und Fragen zu stellen.

Als wir die Parfümerie betraten, wurden alle mucksmäuschenstill. Der Raum lag in geheimnisvollem Halbdunkel, weil die schweren Samtvorhänge das Tageslicht abschirmten. Die wunderschönen Flakons – jeder einzelne ein Kunstwerk für sich – wurden von Spots eindrucksvoll beleuchtet. Der gesamte Ort wirkte fast magisch.

Aurélie begrüßte uns. »Die *Parfumerie Leclère* besteht seit vierzig Jahren. Verglichen mit einigen der bekannteren Parfümhäuser, ist das keine lange Zeit, aber wir konnten uns in diesen Jahren einen hervorragenden Ruf für Qualitätsparfüms erwerben. Vincent war der Meinung, wenn wir unsere Arbeit lieben – vom Duft selbst bis hin zum handgefertigten Flakon mit ausgewähltem Etikett –, dann werden unsere Kunden sie ebenfalls lieben.« Stolz schwang in ihrer Stimme, während sie lächelnd in Erinnerungen schwelgte.

Ich ging zu einem Regal, in dem das berühmte Parfüm *Aurélie* stand. Der dickwandige, zart lilafarbene Glasflakon mit den gitternetzartigen Goldverzierungen lag schwer in meiner Hand. Es war die Art von Parfümflakons, die man aufbewahrte, auch wenn der letzte Tropfen schon verbraucht war. Auf jedem Fläschchen klebte ein Etikett in versiert verschnörkelter Kalligraphie, das den Parfümtyp und die Duftnoten beschrieb. »Wer schreibt denn die Etiketten?«, erkundigte ich mich. Sie sahen nicht wie gedruckt aus.

»Unsere Angestellten«, antwortete sie. »Sie werden in Kalligraphie geschult, und jedes einzelne Etikett wird mit der Hand beschriftet.«

Kein Wunder, dass *Leclère* einen so guten Ruf hatte, wenn auf jedes noch so kleine Detail so großer Wert gelegt wurde.

»Was ist mit den Parfüms selbst?«, wollte Lila wissen. »Die werden doch sicher in Großproduktion hergestellt.«

»Unser Labor in Südfrankreich stellt die Parfüms in größeren Mengen her, aber per Hand, ohne Produktionsmaschinen. Die Aufsicht führt Vincents Bruder, damit unsere Rezepturen auf jeden Fall geheim bleiben.«

Am liebsten hätte ich jede Flasche und jedes Glas geöffnet und daran gerochen. Es gab eine Sammlung getrockneter Ingredienzien, die Kundinnen mit Cremes und Ölen vermischen konnten, um ihre ganz persönlichen Feuchtigkeitscremes, Peelings oder Gesichtsmasken herzustellen. Daneben gab es aromatisierte Öle: Traubenkern, Himbeere, Kaktusfeige … Noch nie hatte ich ein solches Sortiment gesehen. Ich war überwältigt.

Mein Traum war es, einzigartige Parfüms herzustellen, Unikate, kleine Flaschen puren Glücks, passend nur für eine bestimmte Person. Keine Massendüfte, sondern eine ganz persönliche Mischung, die genau das anlockte, was diese Person am meisten brauchte: Treue, Liebe, Freude … Jeden Tag gebrauchten wir unsere fünf Sinne, und bestimmte Düfte konnten eine trübe Stimmung sekundenschnell in Glücksgefühle verwandeln. Genau darin lag die Magie der Parfümkunst.

Paris begann mir allmählich die Augen zu öffnen für neue Ideen, von Flakon-Designs bis hin zur Verpackung, die meine eigene Marke besonders machen würden. Vielleicht könnte ich auch meinen Parfüms handgeschriebene Notizen beilegen. Meine Parfümflakons wären wie Orte, an denen man sich immer wieder ein gutes Gefühl holen konnte.

»Wie Sie sehen können«, fuhr Aurélie fort, »geht es nicht nur um den Duft an sich, sondern auch um das Gefühl von Luxus. Wir wollen die Parfümherstellung als eine Kunst zeigen, die über lange Zeit gelernt und perfektioniert wurde. Wir haben Produkte, die es nicht online gibt und die Sie in keinem anderen Geschäft finden werden. Und das macht sie so besonders.«

Ich bekam eine Gänsehaut. Bisher hatten mir alle prophezeit, dass es ein Fehler wäre, personenbezogenes Parfüm herzustellen, weil es zu speziell sei, zu wenig kommerziell, dass ich damit nicht genug Geld verdienen würde, weil niemand so viel für ein Parfüm bezahlen wollte, das von einer Unbekannten kreiert wurde. Aber auch Vincent hatte einmal bei Null angefangen – warum dann nicht auch ich? Wenn ihm das alles hier allein durch Leidenschaft gelungen war, warum sollte nicht auch ich in der Lage dazu sein? *Wildcard Parfümerie*. Der Name gefiel mir.

Ich öffnete den Flakon *Aurélie* und fühlte mich augenblicklich in einen Rosengarten versetzt. Der Duft war exquisit: frisch, voll und sinnlich, in der Kopfnote schwere türkische Rose – die Art von Duft, die einen an Liebe denken ließ.

»Sehen Sie sich gern um. Ich bin hier, falls Sie irgendwelche Fragen haben.«

Ich hob die Hand. »Wie viel kosten die Parfüms denn?«, wollte ich wissen, weil ich nirgends ein Preisschild entdecken konnte. Als ich aufsah, blickte ich direkt in Sébastiens verführerisch grüne Augen, und mein Herz machte einen Satz.

Meine Frage schien ihn peinlich berührt zu haben. War es in Frankreich unüblich, so offen über Geld zu reden? Sébastien lehnte sich zu mir herüber und flüsterte mir die Summe ins Ohr. Meine Augen weiteten sich unwillkürlich. Offenbar verkauften die *Leclères* flüssiges Gold.

Jetzt lächelte er und vertrieb damit meine Unsicherheit. »Sie werden jetzt aber nicht vor Schreck wieder über irgendetwas stolpern, oder?«

»Ich hoffe nicht. Was ich hier kaputt mache, werde ich in zwei Leben nicht ersetzen können.«

Er lachte. »Oh, Del ... Sie sind wie eine frische Brise, oder eher ein Wirbelwind.«

Spielte er auf meine Tollpatschigkeit an? Mit verlegenem Lächeln wandte ich mich ab, um dem eindringlichen Blick seiner grünen Augen zu entgehen. Eine verlorene Sekunde lang träumte ich allerdings davon, dass er etwas anderes meinte. Dass ich ein erfrischendes Heilmittel gegen seine Einsamkeit sein könnte.

Kapitel 13

Der Abgabetermin für das Parfüm stand kurz bevor, und meine Nerven lagen blank. Bei jeder Aufgabe erhielten wir Punkte, und ich wollte nicht zurückfallen, weil ich den Rückstand dann vielleicht nie mehr aufholen würde.

Je mehr ich an meinem Duft arbeitete, desto frustrierter wurde ich. Er war höchstens mittelmäßig geworden, und mir war schleierhaft, wie ich in dieser kritischen Phase so sehr auf Abwege hatte geraten können.

Ich überlegte, ob ich noch einmal ganz von vorn anfangen sollte, aber dafür blieb mir nicht genügend Zeit.

Die Hände auf die Tischkante gestützt, starrte ich auf mein Reagenzglas und hoffte auf eine Eingebung. Warum stimmte die Mischung noch nicht? So würde sie die Jury sicher nicht beeindrucken – sie würden sich später nicht mehr daran erinnern, denn ich hatte nichts Besonderes gewagt, so wie sie es eigentlich von uns erwarteten.

Während ich noch mit mir haderte, waren die anderen Wettbewerber nach und nach aus dem Labor verschwunden und hatten ihre Parfüms abgegeben. Doch obwohl es dadurch immer ruhiger geworden war, hatte ich kaum einen Fortschritt gemacht.

Inzwischen waren nur noch Lila und ich im Labor. »Läuft es nicht?«, erkundigte ich mich, als sie mit lautem Stöhnen ihr Notizbuch auf die Tischplatte warf.

»Nein.« Sie hob sich die Haare aus dem Nacken. »Und ich hab keine Ahnung, warum die mich hier überhaupt zugelassen haben. Ich werde so was von versagen.« Missmutig deutete sie auf eine Flasche mit algengrüner Flüssigkeit, die nicht richtig filtriert und daher trübe war.

Während ich noch nach einer Antwort suchte, fiel mir Lex' Andeutung wieder ein, dass angeblich jemand aufgeben wollte, und ich fragte mich, ob es tatsächlich Lila gewesen sein könnte. Cléo, Kathryn oder Anastasia waren es mit Sicherheit nicht, und auch nicht Lex oder ich. Also blieb nur die schüchterne Lila übrig, wie ich schon vermutet hatte.

»Hast du auch Probleme?«, fragte sie zurück.

»Ja«, sagte ich. »Mein Duft ist einfach … langweilig.«

»Wieso?«

»Es ist ein Parfüm geworden, das man jemandem schenken würde, den man nicht gut kennt. Eine sichere Mischung, beliebig.« In meinem Glas schimmerte eine Flüssigkeit in unverfänglichem Hellblau. Ich hatte versucht, das Gefühl meines Zuhauses einzufangen: das von zerklüfteten Hügeln umgebene Whispering Lakes mit frischer Herbstluft, das Sicherheit und Gemütlichkeit ausstrahlte. Und genau so war mein Duft auch geworden: ein Bequemlichkeitsparfüm. Anstatt meine eigene Komfortzone zu verlassen, war ich mitten hineingetappt und hatte sie als Duft abgefüllt.

Ohne ausreichend Zeit für einen Neuanfang spürte ich Panik in mir aufsteigen und sah dasselbe Gefühl in Lilas Augen. Verdammt.

»Du bist viel zu begabt, um jetzt schon nach Hause fahren zu müssen«, sagte sie, obwohl sie weder mich noch meine Fähigkeiten genauer kannte. »Wahrscheinlich werde ich es sein, die rausfliegt.« Sie legte eine Hand an die Stirn. »Und ich habe so viel aufgegeben, um hier zu sein. Meine Eltern waren dagegen …« Sie klang jetzt verzweifelt. Wie schrecklich, wenn sie sich gegen ihre Eltern durchgesetzt hatte und dann als Erste wieder nach Hause müsste.

Sogar ich konnte erkennen, dass ihr Parfüm noch nicht einmal den ästhetischen Ansprüchen genügen würde. Sie war kurz davor aufzugeben, aber ihr blieben noch ein paar Stunden, um noch mal daran zu arbeiten. Ich könnte versuchen, ihr dabei zu helfen. Allerdings … würde dann ich nach Hause geschickt werden? Ich war unentschlossen, was ich tun sollte, da hörte ich plötzlich Nans Stimme in meinem Kopf: *Zur Selbstsucht habe ich dich nicht erzogen, Del. Jetzt geh und hilf dem armen Mädchen!*

Bei der Vorstellung, dass meine Nan mir hier und jetzt und vielleicht immer über die Schulter sah, musste ich schmunzeln. »Lila, du musst dein Parfüm einfach noch mal filtern. Verwende diesmal eine andere Technik.« Ich ging zu ihrem Tisch, zog den Stöpsel aus ihrem Fläschchen und schnupperte daran. Grüner Tee, Orangenschale, Bergamotte. Wenn man die Trübheit einmal vernachlässigte, war es ein interessantes Parfüm, das in mir die Vorstellung von einem frühen Morgen, dem ersten Schluck Tee und der Schönheit und dem Versprechen eines neuen Tages in sanftem Sonnenlicht weckte. Einige der Elemente bedurften noch etwas Balance, aber das könnte sie noch rechtzeitig hinbekommen.

Lila beobachtete mich aufmerksam, und ich nahm einen Hoffnungsschimmer in ihrem Blick wahr. »Der grüne Tee ist zu stark, oder?«

Ich nickte. »Ja, den musst du ausbalancieren, sonst riecht er später nach Algen. Davon abgesehen, ist es eine schöne Kopfnote, die wunderbar nach dem friedlichen Glück eines frühen Morgens duftet.«

Sie wurde rot vor Freude. »Okay, ich filtere es noch einmal und gebe eine neue Balance. Glaubst du wirklich, ich kann es noch schaffen?«

»Ganz bestimmt.« Ich lächelte ihr aufmunternd zu. Das Einzige, was ihr wirklich im Weg stand, waren ihre Selbstzweifel. Durch diese Unsicherheit hatte sie ihr Ziel aus den Augen verloren – was ich nur deshalb so klar erkennen konnte, weil ich vor demselben Problem stand.

Aber ich spürte, dass Lila tatsächlich ein Talent hatte: die Fähigkeit, ein Parfüm zu entwickeln, das ein bestimmtes Bild und Gefühl hervorrief – genau das, was die Leclères erwarteten, und ich ebenso, nur, dass ich es eben noch nicht geschafft hatte.

»Du musst nur an dich glauben, Lila. Ehrlich … Ich beneide dich. Deine Eltern werden stolz auf dich sein, warte nur ab.«

»Danke, Del.« Sie lächelte. »Stell dir das nur vor, dass meine Eltern stolz auf mich sind! Sie kommen immer noch nicht damit klar, dass sie mir ein Chemiestudium finanziert haben und ich nun Parfümeurin werden will, anstatt Heilmittel gegen irgendwelche Krankheiten zu finden oder etwas ähnlich Vorbildliches. Aber ich muss meinem Herzen folgen, oder? Und das Letzte, was ich will, ist hier zu scheitern und zu Hause ihre ›Wir haben es dir ja gesagt‹-Blicke ertragen zu müssen.«

Es war sicher schwierig ohne die Unterstützung der Eltern, und ich wünschte Lila sehr, dass sie es bis ins große Finale schaffte, um ihnen zu beweisen, dass sie sich in der Parfümerie etwas aufbauen konnte.

Wenn ich wieder einmal erklären musste, warum ich diesen Weg in die Welt der Düfte eingeschlagen hatte, kam mir immer der Vergleich mit Liebe in den Sinn: Wie sie wählte auch die Parfümerie dich, nicht umgekehrt. Die richtige Nase zu haben, war ein seltenes Geschenk – wie konnte man sich darüber hinwegsetzen? So versponnen meine Eltern auch waren, sie hatten immer alle meine Wünsche und Launen unterstützt.

Lila hatte feuchte Augen bekommen, und ich streichelte ihr mitfühlend über den Arm.

»Nie im Leben hätte ich erwartet, dass mir in diesem Wettbewerb eine Konkurrentin helfen würde. Ich bin dir wirklich dankbar.«

Ich zuckte die Achseln. »Du hättest das auch allein geschafft, Lila. Wahrscheinlich hast du nur eine kleine Auszeit gebraucht.«

Nun ging Lila zu meinem Arbeitsplatz, entkorkte mein Parfüm, tropfte etwas davon auf einen Papierstreifen und roch daran. Dann sagte sie: »Ich merke, was du damit erreichen willst. Es duftet beruhigend … als würde man nach Hause kommen.«

»Nicht gerade das Wagnis des Jahrhunderts, oder?«

»Na ja, es ist nicht der blanke Wahnsinn, aber trotzdem verdammt gut.«

»Aber nicht gut genug. Ich finde es ein bisschen lahm – wie etwas, das du der alten Dame nebenan schenkst, weil sie im Urlaub auf deinen Hund aufgepasst hat.«

Sie lachte glockenhell. »So würde ich es nicht gerade ausdrücken, aber ich verstehe, was du meinst. Bleib einfach dran, Del, dir wird schon noch was einfallen. Du gibst nicht auf, oder?«

Ich schüttelte den Kopf. Das würde ich auf gar keinen Fall. »Ich probiere noch ein wenig herum und hoffe, dass ich das gewisse Etwas finde.«

Lila sah zu Boden, und ihre Schüchternheit schien zurückzukehren, denn ihre Stimme war wieder leise. »Wenn wir nachher fertig sind – hättest du Lust, dass wir zusammen essen gehen? Bisher habe ich mit der Gruppe gegessen, aber es wäre schön, auch mal etwas Abstand zu bekommen.«

»Ja, das klingt gut«, erwiderte ich. Auch ich brauchte etwas Abstand von der überlauten, ehrgeizigen Truppe.

Die Abendessen hatte ich deshalb gemieden und stattdessen kleine versteckte Bistros aufgesucht. Und wenn ich beim Frühstück auf meine Mitbewerber traf, waren sie meist noch müde und daher ruhiger. Ähnlich wie Lila, konnte ich mit dominanten Persönlichkeiten nicht gut umgehen.

»Warst du eigentlich diejenige, die schon aussteigen wollte?«, fragte ich nun.

Sie wurde rot. »Das war eine voreilige Entscheidung, und ich bin froh, dass Aurélie es mir ausgeredet hat.«

»Da bin ich ebenfalls froh. Du hast so eine tolle Gabe, Lila. Lass dich bloß nicht einschüchtern. Ein paar der anderen sind ganz schön hinterhältig, aber mit deinem Talent schlägst du sie allemal.«

»Danke. Und Clémentine werde ich nie wieder vertrauen.«

Du nicht und ich auch nicht, dachte ich.

Kapitel 14

Am nächsten Tag nahm ich all meinen Mut zusammen und ging ins Büro von *Leclère*, um meine Parfümprobe abzugeben. Am Ende hatte ich es doch nicht mehr geschafft, den Duft zu verbessern, und so konnte ich nur hoffen, dass jemand anderes ein noch schlechteres Parfüm einreichte. Allerdings wünschte ich mir, dass es nicht Lila oder Lex wären. Dass einer von ihnen den Wettbewerb verlassen musste, wollte ich auf keinen Fall, und nachdem ich ihre Düfte gerochen hatte, bezweifelte ich auch stark, dass sie ausgemustert werden könnten.

Da die Ergebnisse erst am Montag bekannt gegeben werden sollten, mussten wir zwei Tage bangen. *Was wäre wenn, was wäre wenn, was wäre wenn …*

Die Enttäuschung über mich selbst wog schwer auf meinen Schultern. Trotzdem musste ich versuchen, möglichst selbstbewusst aufzutreten. *Fake it till you make it* und so weiter.

Ich atmete tief durch, klopfte beherzt an die Tür zum Büro – und sah dort Sébastien sitzen. »*Bonjour,* Del«, sagte er und bedeutete mir, ihm gegenüber Platz zu nehmen. In dem hell erleuchteten Raum, ganz allein mit Sébastien, fühlte ich mich unangenehm verletzlich, als ich ihm mein Fläschchen gab. Düfte waren etwas sehr Persönliches, jede Duftnote verriet eine verborgene Sehnsucht, ein Geheimnis, bis es den Besitzer wechselte, der es dann neu interpretierte. »Reichen Sie mein Parfüm bitte an die Jury weiter?«

»Ja, gern.« Sein Haar war heute leicht zerzaust, so als hätte er nicht gut geschlafen, doch der Blick aus den funkelnden grünen Augen war klar und erwartungsvoll auf mich gerichtet. Als rechnete er damit, dass ich noch etwas sagte.

Ich ließ mich in den Sessel fallen, und wir sahen uns ein wenig zu lange an, so dass mich nach kurzer Zeit trotz seines Lächelns ein leichtes Unwohlsein beschlich, weil ich das Gefühl hatte, er könne meine Gedanken lesen. Es ärgerte mich, dass mein Herz in seiner Gegenwart stets schneller klopfte, aber dann erinnerte ich mich, dass sich auch die anderen ein bisschen seltsam benahmen, sobald er in der Nähe war. Vielleicht, weil er so unnahbar wirkte, dass man sich herausgefordert fühlte, seinen Schutzpanzer zu durchbrechen und zu sehen, was darunter lag.

Er musterte mich eingehend, als wollte er sich jede Nuance meines Gesichts einprägen. Als hätte er schon lange auf jemanden wie mich gewartet …

Ich wischte den Gedanken beiseite. Das kam bestimmt von meinem Schlafmangel. Sébastien war einfach nur ein Mann, nichts weiter. Allerdings ein ungemein attraktiver Mann, bei dem ich nichts anderes wahrnahm als das Pochen meines Herzens, musste ich mir eingestehen.

»Was haben Sie gesagt?« Er lächelte ein wenig verschmitzt, was mir schon öfter aufgefallen war, wenn wir miteinander redeten.

Ich straffte die Schultern. »Ich hoffe, dass die Jury mit meinem Parfüm zufrieden ist.« Das Telefon klingelte, aber Sébastien reagierte nicht.

»Bitte fahren Sie fort«, sagte er mit seinem französischen Akzent, der so verdammt sexy war.

»Ich wollte Liebe …« Ach, du liebe Zeit, was schwafelte ich da? Ich wurde puterrot.

Er sah mich mit einem Blitzen in den Augen eindringlich an, und ich fuhr schnell und mit fester Stimme fort: »… mit einem Duft einfangen. Die Liebe zu meiner Heimat, meinem Zuhause … Und jetzt muss ich wirklich gehen. Ich habe … was vergessen. Ich habe vergessen, meine Heizdecke auszuschalten, und das wäre wirklich Energieverschwendung, ganz zu schweigen von der Feuergefahr … vor allem jetzt im Sommer.«

Er hob eine Hand, und ich kam nicht umhin, zu bemerken, dass es eine wirklich hübsche Hand war, mit langen Fingern und gepflegten Nägeln. »Warten Sie, Del.«

Ich stand schon halb, mit vorgebeugtem Oberkörper, sozusagen fluchtbereit, was sicher nicht besonders vorteilhaft aussah. Also setzte ich mich wieder und mied seinen Blick. *Ich wollte Liebe?*

»Ja?« Am liebsten hätte ich jede Frage sofort mit ja beantwortet, um möglichst schnell zu entkommen.

Sébastien neigte den Kopf zur Seite, so dass sein Haar in der Sonne glänzte. »Sie essen nicht mit der Gruppe zu Abend, und ich würde gern wissen, warum.«

Das war ihm aufgefallen? »Ich habe jeden Abend noch spät im Labor gearbeitet. Ich liebe meine Arbeit eben, damit fühle ich mich wohl, das war schon immer so.«

»Verstehe«, sagte er. »Nun, solange Sie mit niemandem Probleme haben?«

»Nein, habe ich nicht.« Außerdem würde ich auch damit allein zurechtkommen, sogar mit Clémentine, wenn es sein müsste.

»Dann sind Sie jetzt also mit Ihrem Liebesparfüm fertig.« Er ließ die Worte zwischen uns in der Luft hängen.

»Es geht nur um die Liebe zu meinem Zuhause«, ergänzte ich mit gezwungenem Lächeln.

»Also gut, und nachdem Ihr Heimatparfüm jetzt fertig ist, können Sie uns heute zum Abendessen Gesellschaft leisten.« *Uns?* Ich war überrascht, dass er an den gemeinsamen Abendessen teilnahm.

»Vielleicht«, antwortete ich ausweichend.

»Das ist keine Zusage.«

»Ich hatte eine anstrengende Woche, und um ehrlich zu sein, möchte ich mit gewissen anderen Bewerbern nicht auch noch den Abend verbringen. Das ist nichts Persönliches, ich brauche nur eine Auszeit.«

»Ich verstehe«, sagte er. »Dann gehen wir am Sonntag ins *Dans Le Noir*. Um acht Uhr – ist das für Sie in Ordnung?«

»Aber was ist, wenn ich am Montag nach Hause fahren muss?« Falls ich diese Runde nicht bestehen sollte, hätte ich mit Sicherheit keine Lust auf Small Talk am Abend. Oder auf Gespräche über den weiteren Verlauf des Wettbewerbs.

»Und wenn nicht?«

Das Telefon klingelte erneut, und diesmal nahm er den Hörer ab. »Wir sehen uns am Sonntag, Del. Ich hole Sie kurz vor acht an der Wohnung ab.« Er nickte mir zu, dann sprach er ins Telefon, und ich hatte keine andere Wahl, als mich zu verabschieden.

Während ich durch den Flur ging, konnte ich noch eine Weile seine Worte hören. »Das Management-Team ist bereit, und mein Onkel kann übernehmen …« Es herrschte einen Moment Stille. »Bis zum Ende des Wettbewerbs bleibe ich noch hier, weil ich es versprochen habe, aber dann bin ich frei, und das meine ich ernst … Ich will in Ruhe gelassen werden.«

Vor Überraschung wäre ich beinahe gestolpert. Also stimmte es, was ich zwischen den Zeilen herauszuhören geglaubt hatte: Er wollte die *Parfumerie Leclère* verlassen. Aber wer verabschiedete sich denn aus einem so erfolgreichen Unternehmen? Wollte er das Vermächtnis seines Vaters nicht fortsetzen?

Gleich würde die erste Unterrichtsstunde mit einem der professionellen Parfümeure beginnen, also beeilte ich mich, trotz meiner wirbelnden Gedanken ins Labor zu kommen. Was würde ohne Vincent und seinen Sohn mit *Leclère* passieren? Aurélie war keine Parfümeurin, und abgesehen von diesem Onkel war sonst niemand aus der Familie mehr im Unternehmen tätig. Ohne Sébastien würde das Haus sein besonderes Flair verlieren.

Ich zückte Notizbuch und Stift, öffnete die Tür zum Labor und bemühte mich, mir nicht anmerken zu lassen, wie aufgewühlt ich war. Da ich aber offensichtlich als Letzte gekommen war, richteten sich sofort alle Augen auf mich, und ich wurde puterrot. »Hallo«, sagte ich zu niemand Bestimmtem und tat, als würde ich etwas Wichtiges in mein Notizbuch schreiben.

Clémentine kam auf mich zu. »Na, hast du endlich einen französischen Liebhaber gefunden?«

»Ach was«, erwiderte ich viel zu schnell.

»Ich habe gestern einen interessanten Mann kennengelernt, aber er war … wie sagt ihr das? Es war ein bisschen wenig an ihm dran?«

»Clémentine!«, zischte ich.

»Was denn? Ich mag nun mal keine Männer, die dünner sind als ich.«

»Ach so.« Irritiert schüttelte ich den Kopf. »Ich dachte, du meinst …«

Sie stieß mich anzüglich mit der Hüfte an. »Ich wusste gleich, dass du nicht so unschuldig bist, wie du aussiehst.«

Zum Glück kam in diesem Moment unser heutiger Lehrmeister herein und bewahrte mich vor weiteren Fragen. Alle Aufmerksamkeit richtete sich auf Jacques Montpellier, den berühmten Parfümeur der Stars, berüchtigt für schnelle Autos und Frauengeschichten, und dennoch hoch verehrt. Seine Parfümkreationen waren extravagant und gewagt, und ich konnte es kaum erwarten, von ihm zu lernen.

Es herrschte andächtige Stille, nur Clémentine ließ sich nicht einschüchtern.

»Ich habe für heute Abend einen Tisch im *Moulin Rouge* gebucht. Du kommst doch, oder?«

»Ja, wenn du jetzt endlich aufhörst zu reden.« Ich hob eine Hand, um Widerworte abzuwehren, und sie klappte tatsächlich den Mund zu. Sie hatte mich doch bestimmt nicht aus reiner Freundlichkeit eingeladen – sicherlich wollte sie Informationen sammeln, aber in diesem Spiel war ich ebenso gut wie sie.

Kapitel 15

Ich schob die Hände tief in meine Jackentaschen und genoss den Ausblick auf die berühmte rote Windmühle des *Moulin Rouge*. Bei Nacht erhellte rotes Neonlicht die Fassade, und viele Touristen blieben stehen, um sie zu fotografieren. Den Rotlichtbezirk müsse man gesehen haben, hatte Clémentine gesagt, und ich war tatsächlich froh, für eine Weile aus dem Haus zu kommen, all den Druck und die Sorgen hinter mir zu lassen. Kathryn und Clémentine standen neben mir und schwelgten in Erinnerungen an ihre Zeit als Parfümerie-Studentinnen.

»Ständig haben wir Blödsinn gemacht.« Clémentine lachte. »Aber irgendwie haben wir trotzdem immer gute Noten bekommen.«

»Du hast mit dem Dozenten geschlafen«, schalt Kathryn. »Deswegen hast du gute Noten bekommen.«

»Na ja, ich habe eben gewisse Talente im Bett.«

Ich behielt meine Gedanken für mich, um nicht prüde zu wirken, aber ich würde mein Studium wegen meiner Leistungen bestehen wollen und nicht, weil ich gut im Bett war. Aus unerklärlichem Grund kam mir Sébastien in den Sinn. Als mein Mentor käme er in einem solchen Fall in einen Interessenskonflikt, ganz zu schweigen davon, dass er jetzt Inhaber des Unternehmens war, auch wenn er bald alles hinschmeißen würde … Was für ein Durcheinander! Die Vorstellung, dass er aus reiner Trauer keine Lust mehr haben könnte, das Geschäft weiterzuführen, machte mich nachdenklich, aber ich kannte ihn nicht gut genug, um das zu beurteilen. Nan war schon vor Jahren gestorben, und ich vermisste sie immer noch so sehr, dass mich eine plötzliche Erinnerung zum Weinen bringen konnte.

Nun aber versuchte ich, die trüben Gedanken zu vertreiben und mich auf meinen Abend mit den zwei Frauen zu konzentrieren. »Worum geht es denn jetzt in dieser Show?«

»Das ist Kunst«, sagte Clémentine. »Du wirst schon sehen. Ihr Amerikaner schaut immer nur auf *les têtons*«, meinte sie seufzend und legte sich die Hände auf die Brüste. »Aber darum geht es überhaupt nicht.«

Les têtons konnte also nur eines bedeuten. »Na, dann bin ich ja gespannt.«

»Es geht um Mode, Tanz und Kunst und darum, dass die Frauen die Macht haben, verstehst du?«

»Okay, okay, du musst mich von nichts überzeugen, Clémentine, schließlich bin ich ja hier, oder nicht?« Es war mir eigentlich egal, was gezeigt wurde – ich war nur froh über eine Ablenkung von Parfüms und allem, was damit zu tun hatte.

Kathryn seufzte und stieß mich sanft in die Seite. »Ich bin einfach nur hier, um eine Weile mal nicht an den Wettbewerb zu denken. Verrückt, wie anstrengend das ist.«

»*Oui*«, stimmte Clémentine zu. »Aber *ich* bin wegen der Männer hier. Bei so einer Show gibt es immer einen Haufen hübscher Exemplare.« Sie hob bedeutsam die Augenbrauen. »Und Champagner.«

»So, so, Champagner.« Ich lachte. Ich war froh, dass Kathryn ebenfalls mitgekommen war. Falls Clémentine sich tatsächlich an irgendeinen Typen heranmachte, würde ich nicht allein sitzen bleiben. Und Kathryn wurde mir immer sympathischer. Sie nahm die Parfümerie ernst, während Cléo sich aller möglichen Tricks bediente und nicht wirklich an einer Weiterentwicklung ihrer Fähigkeiten interessiert zu sein schien.

Im Inneren des Lokals spielte sanfte Musik aus Lautsprechern. Wir wurden zu einem Tisch geführt, und die Bedienung redete in für mich unverständlichem Französisch auf Clémentine ein. Kurz darauf stand eine Flasche Champagner auf dem Tisch. Kathryn und ich tauschten Blicke, zuckten mit den Schultern, schenkten uns großzügig ein und warteten auf den Beginn der Show. Schließlich wurde das Licht gedimmt, und Clémentine war lange Zeit nirgends mehr zu sehen.

Als wir das *Moulin Rouge* einige Stunden später wieder verließen, torkelten wir über die Straße, und alles war auf einmal bunter, heller und lauter als zuvor. Die Show war tatsächlich etwas Besonderes gewesen. Noch nie hatte ich so viele Federn gesehen. Und Pailletten. Die Mädchen waren erstklassige Tänzerinnen gewesen, und die Show wirkte eher künstlerisch als anrüchig.

Clémentine hatte recht gehabt: Nach den ersten fünf Minuten waren *les têtons* und die halbnackten Körper vergessen, und es ging nur noch um Tanz, Kostüme und Choreografie. Alles war extravagant und burlesk – wie Clémentine selbst.

Schwankend und kichernd machten wir uns auf den Heimweg.

»Was glaubst du, wer den Wettbewerb gewinnt?«, fragte mich Kathryn unvermittelt.

»Lex oder Lila«, antwortete ich spontan. O je, Champagner wirkte bei mir offenbar wie ein Wahrheitsserum. Es war zu spät, um meine Worte zurückzunehmen, und ich nahm mir vor, bei den beiden lieber vorsichtig zu sein. Wer wusste, was Clémentine unternehmen würde, wenn sie Lila für eine Bedrohung hielte?

»Wie auch immer«, sagte ich leichthin und versuchte abzulenken. »Ich dachte, wir würden uns heute mal eine Pause von der Parfümerie gönnen.«

Ich sah noch, wie die beiden bedeutsame Blicke tauschten, bevor sie mich wieder anlächelten. »Da hast du vollkommen recht. Also, wer will noch einen Cocktail an der Bar im Ritz?«

Ich sah auf die Uhr. »Schaut mal, wie spät es schon ist!« Auf keinen Fall würde ich im Ritz einen Cocktail trinken, nachdem ich dort aus dem Spa geflüchtet war, ohne zu zahlen. »Wir sollen gleich wieder in unserem Appartement sein.«

»Nun guck dir unsere brave Mademoiselle an!«, kommentierte Clémentine im Singsang.

Ich verdrehte die Augen, wickelte mich fester in meine Jacke und wollte plötzlich nur noch von den beiden weg.

Ein Stück vor uns bemerkte ich eine vertraute Gestalt, die die Straße hinunterging. Cléo und Kathryn hatten ihn nicht bemerkt, und so verabschiedete ich mich unter dem Vorwand, ich müsse noch nach Amerika telefonieren. Clémentine frotzelte noch etwas, aber ich ließ die Worte an mir abprallen und beeilte mich, um Sébastien einzuholen, der gerade in eine Seitengasse abgebogen war.

Ich hoffte sehr, dass Cléo und Kathryn ihn wirklich nicht gesehen hatten, denn ich wollte nun wirklich keinen Tratsch darüber, dass ich mich kurz vor Mitternacht mit meinem attraktiven Mentor traf. Trotzdem zog mich irgendetwas zu Sébastien hin, vielleicht die Tatsache, dass ich als Einzige von seinem Geheimnis wusste?

»Hallo«, sagte ich, als ich ihn in der Bar, in die er verschwunden war, am Tresen sitzen sah.

Überrascht blickte er von seinem Handy auf. »Del! Was machen Sie denn so spät noch hier?«

»Entschuldigen Sie, Herr Lehrer.« Dieser verdammte Zapfenstreich!

Nun lächelte er. »Ja, es gibt zu viele Regeln«, sagte er. »Eigentlich verrückt.«

»Man will wohl, dass wir konzentriert arbeiten und uns nicht übermäßig im Nachtleben verausgaben.«

Er zuckte die Schultern.

»Und was machen Sie so spät noch unterwegs?«, gab ich die Frage zurück.

»Ich konnte nicht schlafen. In Paris fällt es mir so viel schwerer abzuschalten. Je unruhiger die Stadt, desto ruheloser auch mein Geist, scheint mir.«

»Lieben Sie deshalb die Provence so sehr?«

Er nickte. »Ja, die frische Luft, die Lavendelfelder, die Olivenhaine … Davon kann ich nie genug bekommen.«

»Aber Sie führen schließlich ein Unternehmen, da wird die Provence leider warten müssen.« Ich hielt die Luft an, gespannt auf seine Antwort.

»Für eine Weile, ja.« Er wirkte wieder verschlossen, und ich wusste, er würde nicht weiter darüber sprechen wollen. Warum sollte er sich mir auch anvertrauen?

»Warum pfeifen Sie nicht einfach auf alle Regeln und setzen eigene Maßstäbe?«

Er schwieg einen Moment, dann sah er mich an. In seinem Blick erkannte ich Trauer. »Ohne meinen Vater wird es nie wieder dasselbe sein. Die Magie ist verschwunden.«

Mir war, als übertrüge sich in diesem Moment seine Trauer auf mich. Sein Drang zu fliehen, war nun allzu offensichtlich.

»Keine Ausreden, das wird dir guttun«, sagte Lex und schob mich zum Fuß einer Treppe mit für diese frühe Uhrzeit viel zu vielen Stufen. Wir hatten uns angewöhnt, uns bei jeder Gelegenheit zu einem ein- bis zweistündigen Spaziergang durch unterschiedliche Teile von Paris zu treffen. Bisher war das allerdings nie in Sport ausgeartet, doch nun stand ich vor dieser himmelhohen Treppe.

»Aber es gibt doch auch eine Seilbahn, die wir stattdessen nehmen könnten.«

»Amerika! Was sind denn schon dreihundert Stufen?«

»*Dreihundert?* Danach werde ich tagelang nicht mehr laufen können.«

Lex musste lachen. »Komm, lass uns hochgehen.«

Er war sportlicher, als ich gedacht hatte, und ging mit federnden Schritten die Stufen hinauf. Ich folgte ihm gemächlicher, weil ich wusste, dass ich es sonst mit heftigem Muskelkater würde büßen müssen. Rechts und links von mir rannten Jogger vorbei, die nicht einmal keuchten und sich an mir vorbeidrängelten.

»Sag mir doch noch mal, warum wir uns das antun«, bat ich ächzend, während ich nun direkt neben dem Geländer ging, um den Joggern Platz zu machen.

»Von da oben gibt es einen der schönsten Ausblicke auf Paris. Man erkennt wunderbar, wie groß diese Stadt eigentlich ist. Und Sacré-Cœur ist auch dort oben. Und die Place du Tertre mit den ganzen Malern. Jede Menge Kopfsteinpflaster. Dich erwartet eine eigene kleine Welt, der das ausgebreitete Paris zu Füßen liegt.«

»In der Seilbahn hätte ich den Blick über Paris aber auch genießen können.«

»Ach, Amerika, wo bleibt denn da der Spaß? So spürst du, dass du am Leben bist, dein Blut wird durch die Adern gepumpt, und du hast dir den Ausblick gleich redlich verdient.«

»Genau«, brachte ich keuchend hervor.

Er lachte. »Jetzt erzähl mal, wie es wirklich für dich läuft.« Er blieb stehen, damit ich ihn einholen konnte.

»Was meinst du?«

»Na, der Wettbewerb. Du scheinst dem Management-Team nicht sehr wohlgesinnt zu sein, dabei bist du doch sonst zu jedem freundlich – selbst zu Clémentine, die das gar nicht verdient.«

Als ich zu ihm aufschloss, musste ich mich erst einmal auf dem Geländer abstützen und tief durchatmen. Nach einer Minute konnte ich wieder normal sprechen.

»Das Management-Team nervt mich ohne Ende.« Ich lachte verlegen, weil das anscheinend so offensichtlich war. »Ich habe einfach das Gefühl, dass sie bei einer so romantischen Angelegenheit, wo es um Stimmungen und Gefühle geht, ziemlich … streng und nüchtern sind. Ich meine, ich verstehe ja, dass es hier auch ums Geschäft geht und nicht alles nur ein lustiges Spiel sein kann, aber die Organisatoren scheinen einen ganz anderen Blick auf alles zu haben, als Vincent das im Sinn hatte. Ach ja, und Luc hatte erwähnt, dass ich sowieso nur als Wildcard dabei bin – das verunsichert mich zusätzlich.«

Lex runzelte die Stirn. »Aber das bedeutet in deinem Fall doch nur, dass sie dich auch ohne professionelle Ausbildung angenommen haben.«

»Wer sagt denn, dass meine Großmutter nicht professionell war?«

»In deren Augen bedeutet eine professionelle Parfümerie-Ausbildung eben eine anerkannte Schule. Du bist dabei, weil du auch ohne diese Ausbildung gut bist, verdammt gut sogar. Weil du die Parfümkunst trotzdem hervorragend beherrschst.«

So hatte ich das bisher noch nicht gesehen. »Hm, vielleicht«, murmelte ich.

»Sie erkennen dein Talent, glaub mir, und im Gegenzug strafst du sie mit Verachtung.« Er lachte laut auf.

»Glaubst du etwa, sie haben das gemerkt?«

»Mach dir mal keine Sorgen, Amerika. Schließlich arbeiten sie alle für Sébastien, und am Ende trifft er die Entscheidungen, nicht sie.«

Ich biss mir auf die Lippe. Das würde nicht mehr lange so bleiben, dachte ich. So sehr ich Lex auch vertraute, konnte ich ihm trotzdem nicht erzählen, was ich zufällig gehört hatte. Es schien mir nicht richtig. Lex drehte sich um und ging den nächsten Treppenlauf hoch.

Langsam stapfte ich ihm hinterher. Durch die Bemerkung, ich sei in diesem Wettbewerb eine Wildcard, hatte ich mich so sehr verunsichern lassen, dass ich meine Fähigkeiten nicht mehr hatte einschätzen können. Hatte ich irgendwelche voreiligen Entscheidungen getroffen, nur weil ich mich nicht sicher fühlte? Dann waren da noch Jen und unser ungelöster Konflikt. Je länger ich von ihr getrennt war, desto weniger kommunizierten wir, aber das war wohl normal. Die ganze Zeit über hatte ich ihr die Schuld an unserem geplatzten Traum gegeben, aber eigentlich musste ich mir selbst auch Verantwortung zuschreiben. Menschen veränderten sich, und dass wir Zwillinge waren, hieß noch lange nicht, dass sie bei allem zuerst an mich denken musste. Trotzdem ging mir immer wieder durch den Sinn, wie unsere Zukunft hätte aussehen können, wenn James nicht nach Whispering Lakes zurückgekehrt wäre.

»Lex«, röchelte ich, »wie viele Stufen noch?«

»Das willst du gar nicht wissen.«

Seltsamerweise tat es tatsächlich gut zu spüren, wie meine Lungen und Muskeln brannten – als könnte ich dadurch manches klarer sehen. Was nicht bedeutete, dass ich diese Treppen ein weiteres Mal hochlaufen würde, wenn ich auch die Seilbahn benutzen könnte.

»Leeex!«, rief ich, nur um ihn zu ärgern.

»Nun stell dich nicht so an, Amerika. Ich habe kolumbianische Faultiere gesehen, die schneller waren als du. Beweg dich!«

Ich musste lachen. »Dann wartet da oben aber besser ein hübsches Stück Apfelkuchen auf mich.« Die körperliche Anstrengung ließ mich auch ruhiger werden, wenn ich an mein Treffen mit Sébastien am nächsten Abend dachte. Irgendwie schaffte sie es, mir einen Teil der Anspannung zu nehmen, die sich in den letzten Tagen über mich gelegt hatte.

Später am Tag rief ich Jen an, die mir seit dem Ausflug auf den Montmartre nicht mehr aus dem Sinn gegangen war. Ich vermisste sie von ganzem Herzen und fragte mich, ob es ihr ähnlich ging.

»Wo bist du gewesen? Ich wollte schon einen Suchtrupp losschicken«, begrüßte ich sie in klassischer Nan-Manier, so wie wir es in unserer Kindheit und Jugend unzählige Male gehört hatten.

»Tut mir leid, Del. Hier ist wahnsinnig viel los. Ich

habe deine Nachrichten erhalten, aber immer zeitversetzt, und es war schwer, dich passend zu erreichen. Ich bin dermaßen eingespannt, dass die Tage nur so dahinfliegen.«

Bis über beide Ohren verliebt, wie sie war, konnte die Gute bestimmt weder essen noch schlafen, und ich hoffte, dass sich bald wieder alles normalisieren würde.

»Warum? Was ist los? Schiebst du Extraschichten?« An einigen Abenden arbeitete Jennifer in unserer Pizzeria, tagsüber machte sie für eine Baufirma die Buchhaltung. Die Pizzeria rief oft kurzfristig an, um sie für zusätzliche Stunden zu bestellen, und sie war immer darauf eingegangen, weil sie Geld für New York sparte – allerdings hatte ich keine Ahnung, was nun ihr neues Ziel war.

»Ja, Arbeit und das Leben im Allgemeinen. Es fühlt sich schon wie eine Ewigkeit an, seit du gegangen bist, und du wirst immer noch eine Weile weg sein.«

»Wenn ich Glück habe.« Ich vermisste sie, aber trotzdem spürte ich eine neue Distanz zwischen uns.

»Du brauchst kein Glück, du hast Talent.«

Ich erzählte ihr von meinen Problemen in der ersten Runde und dass mein Parfüm nicht so außergewöhnlich war, wie ich gehofft hatte. Und dass einige der anderen extrem ehrgeizig und kämpferisch waren.

»Bist du sicher, dass dein Duft nicht gelungen ist? Vielleicht machst du dir einfach zu viel Druck. Das ist doch der Sinn dieses ganzen Abenteuers: dass du mal aus deiner Komfortzone rausgehst und schaust, was passiert. Sei ruhig selbstbewusster.«

»Ich wünschte, ich hätte mich noch weiter aus meiner Komfortzone herausgewagt. Manchmal denke ich, ich bin ganz nah dran, herauszufin…«

»Ja, ich verstehe«, schnitt sie mir das Wort ab. Im Hintergrund ertönte eine tiefe Stimme, und sie legte eine Hand auf den Hörer, so dass es eine Weile knisterte und rauschte. Dann war sie wieder dran. »Was hast du gerade gesagt?«

Es fiel mir schwer, mit ihr über Gefühle zu sprechen, während wir auf verschiedenen Kontinenten waren. Ich bemühte mich, fröhlich zu klingen. »Wie geht es Pops?«

Wieder war im Hintergrund die Stimme zu hören. Saß ihr Freund James etwa direkt daneben, so dass sie mir nur mit halbem Ohr zuhörte?

»Pops vermisst dich, das tun wir alle, aber Paris ist jetzt deine große Chance«, sagte sie. »Du, ich muss jetzt leider los. Ich hab dich lieb, und glaub an dich, okay?«

»Okay. Eine Sache noch …« Aber sie hatte schon aufgelegt. Was sollte das denn? Gab es zu Hause vielleicht Probleme, von denen sie mir nicht erzählen wollte?

Kapitel 16

Viel zu schnell war es Sonntagabend. Der Gedanke, mit einem der attraktivsten Männer, denen ich bisher begegnet war, in ein tolles französisches Restaurant auszugehen, stresste mich. Es machte die Dinge nur noch komplizierter, und die anderen Kandidaten würden sich bestimmt das Maul zerreißen, wenn sie es herausfänden. Ein Teil von mir wollte es aber auch als positives Zeichen sehen. Warum sollte Sébastien sich die Mühe machen, mich kennenzulernen, wenn ich schon am nächsten Tag meine Sachen packen müsste? Oder die Jury diskutierte noch, und die Entscheidung stand noch nicht fest – in diesem Fall wäre es mein letzter Abend in Paris.

Ich sah auf die Uhr: noch fünfundfünfzig Minuten.

Ich hatte mir mit meinem Make-up besondere Mühe gegeben, und auch mit meinem Outfit, einem engen weinroten Kleid, das ich auf Lilas Anraten an einem der kleinen Vintage-Stände am Ufer der Seine gekauft hatte, und meinen gefährlich hohen schwarzen High Heels. Wir hatten sie zufällig in einem Laden im Marais-Viertel entdeckt, um die Hälfte reduziert und genau in meiner Größe – wer hätte da widerstehen können? Falls wir eine weitere Strecke gehen müssten, würden mir mit Sicherheit die Füße abfallen, aber im Moment fühlte ich mich wie eine Königin. Die Frauen kleideten sich hier alle *très chic*, und durch Lilas gutes Zureden hatte ich mein Aussehen dem der eleganten Französinnen angepasst.

Ich hatte mir mein welliges Haar geglättet und hochgebunden, dann wieder gelöst und dann aufgegeben. Nachdem ich ein paar Minuten lang ratlos in den Spiegel geschaut hatte, hatte ich mich zusammengerissen und mir die Lippenstiftspuren von den Zähnen gewischt. Das Warten machte mich ganz verrückt.

Endlich klopfte es an der Tür. Beim Öffnen nahm ich als Erstes seinen Duft wahr, eine Mischung aus Wacholder und Orange auf einer Basis von Lorbeer. Er erinnerte mich an stille Nächte, eine abgeschiedene Waldhütte, Gin Tonic und einen Mann, der sein Buch mit französischen Gedichten zur Seite legte, um Holz im Kamin nachzulegen …

Unsere Blicke trafen sich, und für einen kurzen Moment hörte die Welt auf, sich zu drehen.

Ich kannte diesen Mann kaum – warum also schlug mein Herz bei seinem Anblick immer schneller? Noch dazu hatte ich Mühe, es zu verbergen; meine Hände wurden fahrig und zitterten. Allerdings war es durchaus möglich, sich allein wegen eines Dufts in einen Menschen zu verlieben. Jeder Parfümeur hoffte, einen solchen Duft zu erschaffen, aber ich hatte nicht damit gerechnet, selbst in diese olfaktorische Falle zu tappen.

Es war nur eine Mischung einzelner Geruchsnuancen, mehr nicht …

»Hallo!«, flötete ich munter, um die lange Stille zu überspielen, als wäre dies ein ganz normaler Abend und er ein alter Freund. Aber in Paris war die Liebe überall präsent: Pärchen, die Hand in Hand über die Boulevards schlenderten, junge Frauen, die sich unter dem Eiffelturm auf Zehenspitzen stellten, um ihre Liebhaber zu küssen, Verliebte, die eng umschlungen am Ufer der Seine standen. All das konnte einen nur zum Träumen bringen …

»*Bonsoir.*«

»Kommen Sie rein, ich hole nur noch meine Handtasche.«

Ich wollte um ihn herumgehen und meine Tasche vom Haken nehmen, als er einen Schritt auf mich zutrat, um mir die französischen Begrüßungsküsschen auf die Wangen zu geben, mit denen ich nicht gerechnet hatte. Mit hörbarem Rumms stießen unsere Köpfe zusammen.

»Autsch«, sagte ich und griff mir an die Stirn.

»Oh, pardon! Lassen Sie mich mal sehen …« Er legte die Hände um mein Gesicht und schickte sich an, den Schaden zu begutachten. Vor Schmerz und Scham hatte ich Tränen in den Augen. Würde ich es jemals schaffen, mit diesem Mann kein Fiasko zu erleben?

»Ist schon gut«, murmelte ich. In seiner unmittelbaren Nähe nahm ich ohnehin nichts anderes wahr außer ihm. Dann machte ich auch noch den Fehler, ihm in die Augen zu sehen, in dieses tiefe, ozeanische Grün …

Er war mit keinem Mann zu vergleichen, für den ich früher einmal geschwärmt haben mochte. Allein schon sein Duft nahm mich gefangen und weckte Traumbilder in mir von dem, was sein könnte ... Es war verrückt. Wahrscheinlich hatte ich eine schwere Gehirnerschütterung. Wenn das so weiterging, müsste ich mir einen Helm kaufen, um mich vor weiterem Schaden zu bewahren.

Sein Gesicht war nur wenige Zentimeter von meinem entfernt, sein Mund ganz nah. Seine Lippen wirkten weich und voll und waren in den Mundwinkeln leicht nach oben geschwungen, so dass er auch jetzt, in seiner Ernsthaftigkeit, so aussah, als würde er im nächsten Augenblick schmunzeln. Oder lachen. Ob er wohl so gut schmeckte, wie er roch? Plötzlich merkte ich, dass mein Zeigefinger nur wenige Millimeter von seiner Unterlippe entfernt war, als wollte ich ... was, darüberstreichen?

Abrupt zog ich meine Hand zurück. Sein Duft ließ mich alle Vernunft vergessen, und gerade ich sollte wissen, wie der Geruchssinn funktionierte, und mich nicht täuschen lassen.

Immer noch musterte er meine Stirn, und ich bekam Angst, dass mir gleich die Knie nachgaben.

»Del ...« In diesem Moment wurde unvermittelt die Tür aufgestoßen, und Clémentine platzte herein.

Wir fuhren auseinander, als hätten wir einen Stromschlag erhalten.

»Ich habe meinen Lippenstift verg...« Sie hielt inne und hob erschrocken eine Hand an den Mund, ehe sie sich wieder fasste und grinste. »Ah, so ist das also.« Sie verschränkte die Arme, als wartete sie auf eine Erklärung, und ich überlegte fieberhaft, was ich sagen könnte. Schließlich war nichts passiert.

Sébastien legte eine Hand auf meinen Rücken. »*Bonsoir*, Clémentine«, sagte er ohne eine Spur von Verlegenheit. »Wir gehen essen. Ihnen einen schönen Abend.«

»Essen? Na, das ist ja *fantastique*.« Ihre Augen begannen zu leuchten, und ich spürte, wie sich die Härchen an meinen Armen aufstellten.

»Es ist eher ein Mentorengespräch«, entgegnete er kühl.

War es das also, als was er unsere Verabredung betrachtete? Ich wurde rot. Es ging also doch ums Geschäft, nur um die Parfümerie.

Kapitel 17

Am tintenschwarzen Himmel funkelten die Sterne. Wir spazierten durch das achte Arrondissement und weiter ins siebte und sahen dabei das stündliche Glitzern und Glimmern der Lichter am Eiffelturm.

Sébastien trug einen schicken Leinenblazer und erntete interessierte Blicke nicht weniger weiblicher Passanten. Nach etwa zwanzig Minuten brannten meine Füße in den hohen Schuhen wie Feuer, und ich versuchte verzweifelt, den Schmerz auszublenden. In Paris ging man nun mal viel zu Fuß – wahrscheinlich konnten die Leute hier deshalb so viele Baguettes und Croissants und *profiteroles* essen und blieben trotzdem schlank. Zu Hause ging ich meistens nur um unseren See herum, und das in bequemer Kleidung und Turnschuhen. Wie die Frauen hier auf hohen Absätzen von einem Ende der Stadt zum anderen laufen oder radfahren konnten, war mir ein Rätsel.

Dem stets aufmerksamen Sébastien fiel mein wackliger Gang natürlich auf. »Wir sollten ein Taxi nehmen.«

»Ja, ein Taxi wäre toll.« So viel zu meiner Verwandlung in eine Französin. Ich hielt es keine zwanzig Minuten in High Heels aus, während Pariserinnen darin vermutlich sogar einen Marathon laufen konnten.

Im Auto schwiegen wir. So allein mit ihm war ich verunsichert und wusste nicht, was ich sagen sollte, also sah ich aus dem Fenster und bewunderte den Anblick der schönen Stadt bei Nacht. Immer wieder klingelte Sébastiens Handy, und irgendwann fluchte er verhalten und schaltete es aus.

Als wir das Restaurant betraten, griff ich unwillkürlich nach seiner Hand, weil es plötzlich stockdunkel wurde. »Ich kann nichts sehen.«

»Genau«, erwiderte er und drückte meine Hand. »Das ist das besondere Konzept im *Dans Le Noir*. Im Dunkeln werden alle Sinne geschärft, und anstatt seinen Augen muss man seinem Geschmack und Geruchssinn vertrauen. Wie beim Parfümieren, oder?« Sollte dies tatsächlich eine Lektion in Parfümkunde werden? Als mein Mentor gab er sich wirklich alle Mühe.

Ich hörte jemanden französisch sprechen und Sébastien antworten, dann legte er seine Hand auf meinen Rücken und führte mich zu einem Tisch. Er zog einen Stuhl heran und half mir, mich zu setzen. Immer wieder spürte ich seine Hände, damit ich nicht hinfiel oder auf dem Tisch eines anderen Gastes landete.

»Das Personal ist sehbehindert«, erklärte er leise. »Wir bekommen also auch einen Einblick in ihre Welt.«

»Sie bewegen sich alle so schnell und sicher.« Ich hörte geschmeidige Schritte, das gluckernde Einschenken von Wein, das feine Kratzen von Besteck auf Tellern und leise Stimmen.

Ohne das Sehen schrumpfte die Welt plötzlich zusammen, aber es war faszinierend zu spüren, wie die anderen Sinne geschärft wurden, vor allem der Geruch. Am Nebentisch tranken die Gäste Rotwein – ich nahm eine feine Note von Kirschen und Nelken wahr. Es war fremd und befreiend zugleich.

»Woher wissen wir, was wir essen?«, fragte ich ins Dunkel.

»Das ist eine Überraschung«, meinte er lachend.

Der Kellner kehrte zurück, was ich am Klang der Schritte erkannte sowie am Luftzug auf meinem Gesicht, als er neben dem Tisch stehen blieb. »Der Koch würde gern wissen, was Sie *nicht* essen.«

Sébastien griff über den Tisch und legte seine Hand auf meine. »Das ist der Überraschungsteil«, erklärte er. »Man weiß nicht, was man bekommt, aber es ist nichts dabei, was man nicht mag.«

Ich war von dem Konzept so beeindruckt, dass ich alles probieren würde. Ein Lokal wie dieses würde es in Whispering Lakes niemals geben. »Ich esse, was auch immer der Koch empfiehlt«, erwiderte ich.

»Sehr wohl. Und welchen Wein bevorzugen Sie?«

»Den, der am besten zum Essen passt«, antwortete Sébastien. Der Kellner bedankte sich, und wieder spürte ich einen Luftzug, als er ging.

Ich merkte, dass ich wiederholt blinzelte, als erwartete ich, dass ich gleich wieder sehen könnte, aber irgendwann hatte ich mich an die Dunkelheit gewöhnt. Es war ein seltsames Gefühl, von Menschen umgeben zu sein und sie trotzdem nicht sehen zu können.

»Nun, Del … Wie sehen Sie Ihre Zukunft in der Welt der Parfümerie?«

Die Frage klang ganz unschuldig, wie beiläufig, aber ich hatte den Eindruck, dass mehr dahintersteckte.

»Haben Sie mein Bewerbungsvideo nicht angeschaut?« Wir alle hatten ein Video einschicken müssen, in dem wir etwas über uns und unsere Vorstellungen und Wünsche erzählten. Es waren qualvolle zehn Minuten gewesen, als Jen mich bei meinem Versuch, beeindruckend, kundig und inspiriert zu wirken, mit ihrem Handy gefilmt hatte.

Ich glaubte zu spüren, wie Sébastien lächelte. »Ihr Video war eins meiner liebsten. Die Parfümerie ist eine einsame Kunst, und es hat mir sehr gefallen, Ihren Arbeitsplatz und Ihre Parfümorgel zu sehen, von Ihrer Nan zu hören und von der Art, wie Sie Düfte kreieren. Jeder kommt auf so unterschiedlichem Weg dorthin.«

Mit einer kurzen Entschuldigung zog er seine Hand zurück, als hätte er jetzt erst bemerkt, dass sie die ganze Zeit über auf meiner gelegen hatte. Wo er mich berührt hatte, fühlte meine Haut sich nun kühl an.

Während ich noch fieberhaft überlegte, wie ich die peinliche Stille füllen könnte, sagte er: »Sie haben meine Frage nicht beantwortet.«

Versuchte er etwa, mir vorsichtig die schlechte Nachricht beizubringen? Warum interessierte er sich so dafür, was ich *nach* diesem Wettbewerb unternehmen wollte? Bei dem Gedanken, morgen vielleicht schon gehen zu müssen, klopfte mir das Herz bis zum Hals.

»Meine Pläne sind immer noch Träume, aber sie kommen mir jetzt ein wenig greifbarer vor als früher.«

»Warum sind Sie plötzlich so schüchtern?«

Wie sollte ich ihm erklären, dass ich ohne das Preisgeld meine Träume erst mal nicht verwirklichen könnte? Dass sich der große Plan, den ich mit meiner Schwester gefasst hatte, in Rauch aufgelöst hatte? Dass mein über Jahre hinweg erspartes Geld nur die Hälfte dessen war, was ich brauchte? Und vor allem, dass ich tief in meinem Innern nicht genug Selbstvertrauen hatte, das Ganze allein zu versuchen.

»Ich bin nicht schüchtern. Nur vorsichtig. Wollen Sie mir schonend beibringen, dass ich meinen Koffer packen kann?« Die Dunkelheit machte mich mutiger. Daran konnte ich mich gewöhnen.

»*Non, non.* Um ehrlich zu sein, weiß ich es nicht. Und wenn, dürfte ich es Ihnen auch nicht sagen. Ich muss ebenfalls das Urteil der Jury abwarten und erfahre es erst, wenn meine Mutter morgen früh das Ergebnis verkündet.«

»Es muss schwer sein, jemanden nach Hause zu schicken. Der Gedanke, bald schon wieder gehen zu müssen, verursacht mir Beklemmungen. Ich kann jetzt nicht nach Hause zurück, da wartet nichts mehr auf mich.«

»Komisch, dass Sie das sagen. Mir haben die Bilder von Ihrem Heimatort gut gefallen. Der ruhige See, kein Mensch weit und breit ...«

»Aber genau das ist das Problem. Da passiert nichts. Es ist zu ruhig.«

»Friedlich.«

»Langweilig.« Ich schüttelte den Kopf. Wir waren so verschieden. Genau diese Art von Ruhe und Frieden hatte mich ja überhaupt erst fortgetrieben. Zwischen Wald und Wiesen ließ sich kein Parfüm verkaufen. Ich brauchte Menschen, eine geschäftige Großstadt.

»Warum haben Sie entschieden, den Wettbewerb zu veranstalten? Ich weiß, dass Sie es Ihrem Vater versprochen haben, aber warum ausgerechnet jetzt?«

Er schwieg einen Moment, dann sagte er: »An seine Bitte war die Bedingung geknüpft, den Wettbewerb innerhalb eines Jahres abzuhalten. Und meine Bedingung war, dass ich danach gehen könnte. Dann wird *Leclère* vom Management-Team übernommen, und ich bin frei und gebe alle meine Rechte ab.«

Ich hatte nicht erwartet, dass er sich mir so offen anvertrauen würde. Ich musste mir ins Gedächtnis rufen, dass ich davon offiziell überhaupt nichts wissen konnte, um nun entsprechend überrascht zu reagieren. »Aber warum? Ich weiß, es ist schwer, trotz der Trauer mit allem weiterzumachen, aber die Düfte könnten Sie retten. In ihnen kann man sich ganz und gar verlieren, man denkt an nichts anderes als daran, die beste Mischung zu finden. Warum wollen Sie das aufgeben?«

»Es steckt mehr dahinter, Del. Ich ertrage es nicht, mich hier jeden Tag meinen Erinnerungen stellen zu müssen. Wozu das alles noch? Ohne Papa existiert die *Parfumerie Leclère* nicht mehr, nur noch die Erinnerung daran.«

Ich bedauerte sehr, dass ich den großartigen Vincent niemals kennenlernen würde. Er musste ein überaus unkonventioneller Mann gewesen sein, der nicht nur Düfte kreieren wollte, sondern auch Gefühle heraufbeschwören, die damit verbunden waren, etwa einen Ausflug an den Strand einzufangen: mit der Vision von Sandburgen, Lachen, Sonne, dem salzigen Geruch heranrollender Wellen, vor allem aber dem Gefühl der Euphorie, die einen überkam, wenn man in der Sonne lag und das Leben einfach an sich vorbeiziehen ließ.

Wie konnte man Lachen in einem Duft festhalten? Oder das berauschende Gefühl der ersten Liebe? War es überhaupt möglich?

Vincent Leclère hatte einmal gesagt, wenn er arbeite, verschwinde die Welt um ihn herum, und er verlasse sich dann einzig und allein auf seine Nase, seinen Geruchssinn, und gehe in seinen Düften auf Reisen, die nur durch seine Phantasie beschränkt würden. So ähnlich erging es auch mir. Wenn ich an einem Parfüm arbeitete, zogen die Tage an mir vorbei, ohne dass es mir bewusst war, und ich tauchte nur dann aus dieser besonderen Welt auf, wenn es unbedingt sein musste. Es ging nicht nur um einen Duft, es ging darum, wohin dieser Duft einen mitnahm, wie er einen verwandelte. Bestimmt könnte Sébastien die Arbeit seines Vaters aufnehmen und fortsetzen und etwas Unvergleichliches erschaffen.

»Wie können Sie so sicher sein, dass Sie keinen Gefallen mehr daran finden werden? Fühlen Sie sich nicht inspiriert, wenn Sie all diese Parfümeure mit neuen Konzepten und Techniken kennenlernen?« Ich hatte das dringende Bedürfnis, etwas zu sagen, dass ihn seine Meinung ändern ließe.

»Na ja, es ist schon spannend, Sie alle bei der Arbeit zu sehen«, erwiderte er. »Und ich bin auch sehr beeindruckt. Aber sobald dieser Wettbewerb vorbei ist, werde ich mich aus dem Geschäft zurückziehen. Das mag selbstsüchtig klingen, aber es ist gerade das Einzige, das mich aufrecht hält.«

Ich fand das schwer zu begreifen. Natürlich konnte ich nachvollziehen, dass er sich gerade von allen Seiten bedrängt fühlte, aber er könnte doch Unterstützung einfordern und dann in aller Ruhe und Abgeschiedenheit Parfüms kreieren. Selbst von seinem kleinen Dorf in der Provence aus könnte er weiter für *Leclère* arbeiten. Für mich ergaben seine Pläne keinen Sinn.

»Was würde Ihr Vater sagen, wenn er wüsste, dass Sie diese große Chance ausschlagen und sein Vermächtnis nicht antreten wollen?« Sofort hatte ich Angst, dass meine Worte zu hart klangen. Da ich selbst so lange Zeit nach Nans Tod noch immer Momente der Trauer und Verzweiflung erlebte, konnte ich seinen Wunsch zu fliehen nachvollziehen, aber ich hatte eine Ahnung, dass er es später bereuen würde.

Der Kellner kam, schenkte uns Wein ein, und ich versuchte, die verschiedenen Aromen zu erkennen. Stachelbeere, Gras und Gewürznelken.

»Es würde ihm das Herz brechen«, gab Sébastien unumwunden zu. »Und er würde es nicht verstehen.«

»Was war er für ein Mensch?«

»Als junger Parfümeur wurde er oft ausgelacht. Man sagte ihm, er werde es nicht schaffen und habe kein Talent, weil er den ›Regeln der Parfümerie‹ nicht folgte.

Aber er war fest entschlossen und hat niemals aufgegeben.«

»Und er ist einer der berühmtesten Parfümeure der Welt geworden«, sagte ich wehmütig. In gewisser Weise war es ermutigend zu wissen, dass es für Vincent Leclère nicht immer einfach gewesen war. Es bewies, dass man es schaffen konnte, wenn man nur hart genug dafür arbeitete.

»Durchhaltevermögen«, sagte Sébastien, »und Leidenschaft, das hatte er, und je mehr Widerständen er begegnete, desto mehr strengte er sich an. Allerdings hatte das auch seinen Preis. Seine Ehe scheiterte, weil er sich zu sehr auf seine Parfüms konzentrierte. Als ich miterlebte, wie es meiner Mutter das Herz brach, wurde mir klar, wie zerbrechlich Liebe ist. Wir Parfümeure verlieren uns in der Welt der Düfte, aber mein Vater tauchte so tief darin ein, dass er nie mehr richtig zurückkam. Ich habe daraus gelernt, wie man es *nicht* machen sollte.«

Während ich über Sébastiens Worte nachdachte, nahm ich wieder sein Eau de Parfum wahr, den würzigen Duft von Orangenschale, Wacholder und Lorbeer. Hatte er seinem Vater vielleicht doch nicht so nahegestanden, wie ich angenommen hatte?

»Man vergisst tatsächlich schnell die Zeit, während man Düfte komponiert – Tage können vergehen, Wochen …«

»Jahre«, fügte er mit Bitterkeit in der Stimme hinzu.

Das Bild, das Sébastien von seinem Vater zeichnete, stimmte mit meinem nicht überein. »Aber war er denn nicht ein Träumer, eine sanfte Seele?« Ich stellte mir einen Mann mit weißem, fedrigem Haar vor, mit magischem Blick und geheimnisvollem Lächeln, wenn er einen Duft geschaffen hatte, von dem er wusste, dass die Menschen ihn jahrzehntelang schätzen würden.

»Ja«, sagte er. »Wenn man es schaffte, einen Augenblick seiner Zeit zu ergattern, fühlte man sich wie der Mittelpunkt seines Universums. Aber seine Tür war fast immer verschlossen.« In seinen Worten erkannte ich die Einsamkeit und Verlassenheit eines kleinen Jungen.

Offenbar hatte Sébastien unter der Abwesenheit seines Vaters sehr gelitten und war für sein Leben geprägt worden.

»Und deshalb wollen Sie *Leclère* verlassen?« Was für manche ein angesehenes Unternehmen war, beherbergte für Sébastien viele schlechte Erinnerungen.

»Niemand weiß, dass ich, wenn ich in Paris arbeite, immer nur diese verschlossene Tür sehe, vor der ich als kleiner Junge stand und nicht begreifen konnte, warum ich nicht hindurchgehen durfte. Bitte halten Sie meinen Vater nicht für grausam, das war er nicht. Er war nur so beschäftigt, so sehr in seine Arbeit versunken, dass er alles andere um sich herum ausblendete.«

Das Bild des kleinen Sébastien, der vor der Tür seines Vaters steht und auf Beachtung wartet, machte mich traurig. So furchtbar ich es noch immer fand, dass Sébastien lieber weglief, als das Erbe seines Vaters anzutreten, verstand ich ihn nun ein wenig besser.

»Aber als Sie älter wurden, haben Sie beide doch zusammengearbeitet, oder nicht?« Ich hoffte auf ein

Happy End, eine glücklichere Erinnerung an seinen Vater.

»Nein, eigentlich nicht. Ich habe in meinem Labor in der Provence gearbeitet und er hier. Nach Paris kam ich nur, wenn ich gebraucht wurde.«

Warum war es für ihn und seinen Vater nur so schwer gewesen, miteinander zu reden? Warum hatte er nicht an die Tür gehämmert und Aufmerksamkeit verlangt? Aber die Fronten hatten sich vermutlich schon früh verhärtet, jeder wollte seinen Stolz bewahren.

»Was ist zwischen Ihren Eltern passiert?« Ich wusste nur, dass sie vor langer Zeit geschieden wurden und Aurélie erst nach Vincents Tod nach Paris zurückgekehrt war.

»Sie verliebte sich in einen anderen«, erklärte er nüchtern. »Papa war am Boden zerstört, aber in seiner üblichen ruhigen Art ließ er sie kampflos gehen. Ich habe mich immer gefragt, ob sie vielleicht nur wollte, dass er um sie kämpft, dass er sie wirklich wahrnimmt. Und dann ist es eben anders gekommen.«

»Aber das hätte sie ihm doch sicher gesagt, oder?« Wahrscheinlich hatten alle Familien ihre eigene, besondere Geschichte, und es waren nicht nur meine Eltern, die sich seltsam benahmen – nur taten sie es eben sichtbar vor aller Welt.

»Meine Mutter hatte auch ihren Stolz. Den hat sie noch immer, und sie spricht nicht darüber, was damals alles vorgefallen ist. Ich glaube, sie hatte einfach genug davon, nur an zweiter Stelle zu stehen, also hat sie einen anderen geheiratet und Paris verlassen. Papa hat sie trotz allem noch geliebt, bis zum Ende. Seine letzten Worte zu mir waren: ›Sag deiner Mutter, wenn sie mich auch nur eine einzige Minute geliebt hat, dann war es das wert.‹«

»Das ist herzzerreißend.« Wie hatte er sie nur gehen lassen können? Warum hatte sie ihm nicht gesagt, er solle um sie kämpfen?

»Das Traurige ist, dass ich es inzwischen bereue, ihm nicht gesagt zu haben, wie ich fühle, und jetzt ist es zu spät. Vielleicht war ihm gar nicht bewusst, wie sehr wir alle unter seiner Abwesenheit gelitten haben. Wir haben ihn gebraucht, aber er konnte einfach nicht für uns da sein. Aber …« Er lachte verlegen. »Ich weiß gar nicht, warum ich Ihnen das alles erzähle. Es muss an der Dunkelheit liegen, dass man sich leichter öffnen kann. Bitte verzeihen Sie.«

»Sie brauchen sich nicht zu entschuldigen.«

Wir verfielen in Schweigen. Ich dachte an meine eigenen Eltern und das Bedauern, das ich beinahe jeden Tag spürte. Bedauern darüber, dass sie sich nicht verantwortlich fühlten und sich nicht so verhielten, wie man es von Eltern erwarten konnte. Trotzdem waren sie für mich da, und auf ihre eigene Art zeigten sie uns immer wieder, dass wir ihnen wichtig waren. Nie gaben sie vor, etwas anderes zu sein, als sie waren, und ich liebte sie trotz ihrer Verrücktheiten.

»Ich komme dann mal lieber zum Geschäftlichen«, sagte er. »Sie haben eine wunderbare Gabe, Ihre Parfümerie ist außergewöhnlich. Trotzdem halten Sie sich zurück, gehen nicht aufs Ganze. Warum?«

Ich unterdrückte ein Stöhnen und war froh um die Dunkelheit. »Ich habe auf Sicherheit gespielt, und als ich meinen Fehler bemerkte, war es zu spät, um noch etwas zu ändern. Durch den Verlust meiner Nan habe ich anscheinend auch einen Teil meines Talents verloren, und so sehr ich mich auch bemühe, ich finde es nicht wieder.«

»Das tut mir sehr leid. Ihre Nan hat Ihnen so viel beigebracht, aber warum nutzen Sie dieses Wissen nicht und machen es zu Ihrem eigenen? Gehen Sie ein Risiko ein. Experimentieren Sie. Sie müssen Ihren Instinkten vertrauen, wie wir das auch hier in diesem Restaurant tun. Sie können Ihr Essen nicht sehen, aber Ihre Sinne führen Sie, genau wie beim Parfümieren.«

»Ich werde versuchen, Risiken einzugehen und ungewöhnliche Wege zu wagen. Ich hoffe nur, dass ich nicht schon nach Hause fahren muss. Ich habe doch gerade erst angefangen.«

»Ich weiß. Und ich will auch nicht, dass Sie gehen.«

Bevor ich mir Gedanken über diese Äußerung machen konnte, kamen unsere Vorspeisen. Es war eine unbeschreibliche Erfahrung, allein am Geschmack und anhand der Beschaffenheit zu bestimmen, worum es sich handelte: Jakobsmuscheln mit Salzbaiser und frischen Kräutern – zumindest schmeckte ich das heraus. Was für eine eindrückliche Art zu essen! Ich genoss jeden Bissen mit Bedacht und schwelgte in seiner Intensität.

Dann kam das Hauptgericht: ein reichhaltiger Eintopf mit Enten-Confit. Das Fleisch zerging mir auf der Zunge, und ich konnte mich gerade noch davon abhalten, vor lauter Genuss laut aufzustöhnen. Ich spürte die Zartheit weichgekochter weißer Bohnen, schmeckte salzigen Bauchspeck und gepökeltes Entenfleisch und eine kräftig-würzige Brühe.

»Machen Sie mal den Mund auf«, forderte Sébastien. Ich tat es und spürte seine Hand an meinem Kinn, dann schob er mir vorsichtig eine Gabel von seinem Essen in den Mund. Ich versuchte zu schmecken, was es war, fühlte mich durch die Intensität des Augenblicks aber abgelenkt. Noch nie im Leben hatte ich etwas so bewusst wahrgenommen. Dieser Abend war in vielerlei Hinsicht eine Offenbarung, und ich war völlig verzaubert.

»Was schmecken Sie?«, wollte er wissen.

»Hm, geschmortes Rindfleisch mit … karamellisierten Zwiebeln … und Kräutern.« War das eine Art Test?

»Richtig«, sagte er, und an seiner Stimme erkannte ich, dass er lächelte.

Der Geschmack blieb noch lange auf meiner Zunge, und ich spürte ihm nach. Dann aß ich einen weiteren Bissen und nahm mir diesmal noch mehr Zeit. Ich schmeckte die Soßenbasis heraus, die die Geschmacksqualität von Umami hatte, und spürte die Zartheit des Bratens, die man nur durch das langsame Garen fester Fleischstücke erreicht. Es war so überwältigend intensiv, dass ich dachte, ich würde nie wieder etwas derartig Köstliches essen.

»Außergewöhnlich gut«, sagte ich und fühlte mich durch dieses gemeinsame Erlebnis mit Sébastien wohlig und warm. Er hatte mich überrascht, und in seiner Gegenwart kam ich mir wie ein neuer Mensch vor. Als würde ich mich schrittweise vom unbedarften Kleinstadtmädchen in eine weltgewandte Frau verwandeln.

Kapitel 18

Nach dem Essen spazierten wir durch die Straßen des siebten Arrondissements bis zum Ufer der Seine. Ich blieb irgendwann stehen und zog mir die unbequemen Schuhe von den Füßen. Sébastien versuchte, ernst zu bleiben, aber ich sah trotzdem, wie er heimlich schmunzelte. Doch was sollte es? Es hatte keinen Sinn, mich für etwas anderes auszugeben, als ich war.

Paris verströmte seine ganz eigene Duftmischung: erdig und feucht. Nachts nahm man sie noch stärker wahr als tagsüber, wenn die vielen umhereilenden Menschen den Geruch verwischten.

Wir kamen an eine Baustelle, an der das Pflaster aufgerissen war und Kies am Boden lag, und während ich noch überlegte, wie ich mit bloßen Füßen darauf laufen sollte, hob Sébastien mich mit einem Schwung in seine Arme.

»Tut mir leid, falls ich Sie erschreckt habe, aber ich wollte nicht, dass Sie sich an den kleinen Steinen verletzen.«

Wahrscheinlich wurde ich knallrot, während ich seine hübschen Lippen nun aus nächster Nähe studieren konnte. Ich unterdrückte den Wunsch, meinen Kopf an seine Schulter zu schmiegen.

»Danke, jetzt sollte es wieder gehen.« In seinen Armen fühlte ich mich seltsam heiß und elektrisiert. Hätte ich es nicht besser gewusst, hätte ich gesagt, ich wäre dabei, mich zu verlieben, aber das war unmöglich. Er war mein Mentor, um Himmels willen! Als er mich behutsam wieder auf den Boden setzte, schwankte der nur ein winziges bisschen. Was war in dem Wein gewesen, den ich getrunken hatte? *Du meine Güte, Del, reiß dich zusammen.*

Schnell ging ich ein paar Schritte weiter und starrte auf die dunklen Ladeneingänge, deren Rollläden geschlossen waren. Océane hatte recht gehabt damit, dass Paris einem allmählich unter die Haut kroch und man sich langsam, aber unweigerlich verliebte. Dabei gab es allerdings nicht nur rosa Blüten und hellen Sonnenschein, die Stadt hatte wie jede andere auch ihre Wunden und Narben: überquellende Mülleimer, den Gestank von Abfall in den Parks und Gärten, aber irgendwie wurde es dadurch noch echter und schöner, vor allem unter nachtblauem Himmel.

»Es ist fast Mitternacht«, sagte Sébastien, als er auf die Uhr sah.

»Tatsächlich?« Nach der anfänglichen Unsicherheit war die Zeit nur so verflogen. »Dann gehe ich mal besser zurück. Wenn ich morgen nicht rausfliege, werde ich in der kommenden Woche all meine Kräfte brauchen. Außerdem könnte es sein, dass ich mich gleich in einen Kürbis verwandele.«

Er lachte. »Jemanden wie Sie habe ich noch nie getroffen. Ich hoffe sehr, dass Sie bleiben. Mir ist das Lachen in letzter Zeit eher schwergefallen, und dann kommen Sie …«

Mein Herz machte einen Satz.

»Ohne Sie und Ihre kleinen Katastrophen wäre es längst nicht so schön.«

»Tja, was tut man nicht alles, um die Leute zu amüsieren.« Ich war also offiziell zum Klassenclown geworden.

»Das soll nicht heißen, dass ich mich über Sie lustig mache«, beeilte er sich hinzuzufügen. »Es ist einfach erfrischend.«

Auf dem Weg zurück zu meiner Unterkunft plauderten wir über Paris und Parfüm und alles drum herum. Wir gingen langsam, meine High Heels baumelten in meiner Hand, und ich schwor mir, sie nie wieder anzuziehen, auch wenn das bedeutete, nicht mit den Französinnen und ihrer mühelosen Eleganz mithalten zu können.

In der Eingangshalle sahen wir einander an.

»Danke für das wunderbare Essen. Es war eine außergewöhnliche und schöne Erfahrung.«

»Gern geschehen.«

»Okay«, erwiderte ich, unfähig, mich zu bewegen.

Nachdem wir uns einander anvertraut hatten, fühlte ich mich ihm bedeutend näher. Und in der Dunkelheit gemeinsam zu essen, hatte eine besondere Verbindung geschaffen.

»Bis morgen«, sagte er.

»Ja, bis morgen.« Ich hoffte so sehr, dass ich nicht nach Hause fahren müsste.

»Schlafen Sie gut.«

»Sie auch.«

Er neigte sich vor, um mir einen Kuss auf die Wange zu geben, doch im selben Moment drehte ich den Kopf, weil ich wieder unsicher war, auf welcher Seite man begann, und sein Mund streifte meine Lippen. Für den Bruchteil einer Sekunde standen wir reglos da, und seine Wärme und Nähe lösten wohlige Schauer der Begierde in mir aus. Ich hatte das so nicht beabsichtigt, und wir fuhren gleichzeitig auseinander.

»Tut mir leid«, sagte ich.

»Pardon.«

»Nein, das war meine Schuld. Ich wollte nur …« Küsste man zuerst auf die rechte oder auf die linke Seite?

»Schon gut«, erwiderte er. Hoffentlich glaubte er mir, dass es nur ein Missverständnis gewesen war.

Als ich unser Zimmer betrat, knipste Clémentine das Licht an. Ich zuckte zusammen.

»Zehn nach zwölf …«, sagte sie tadelnd und knipste das Licht wieder aus.

Das Letzte, was ich jetzt gebrauchen konnte, war eine Standpauke. Schnell ging ich ins Bad und beeilte mich, ins Bett zu kommen, wo mir die Ereignisse des Abends allerdings unaufhörlich durch den Kopf schwirrten.

Nachdem ich mich stundenlang hin und her gewälzt hatte, hielt ich es nicht mehr aus, zog mich an und verließ leise das Haus. Im Zwielicht der Morgendämmerung spazierte ich durch die Straßen von Paris. Die Stadt hatte mich verzaubert, und ich genoss die ungewohnte Ruhe, da die Läden noch geschlossen waren, es wenig Verkehr gab und mir nur vereinzelte Passanten begegneten.

Spontan hatte ich das Bild einer Spieldose vor Augen, deren Lied verklungen war und die nun darauf wartete, wieder aufgezogen zu werden.

Gedankenverloren und ohne bestimmtes Ziel spazierte ich herum und merkte kaum, wie die Zeit verflog. Schon bald musste ich mich auf den Rückweg machen, um rechtzeitig zum gemeinsamen Frühstück zurück zu sein. Dann würde ich erfahren, ob der Wettbewerb für mich beendet wäre.

Mit schnellen Schritten kehrte ich über das Marsfeld und den Eiffelturm, den Pont D'Iéna und die Jardins de Trocadéro Richtung Champs-Élysées zurück und verabschiedete mich vorsichtshalber schon einmal von meinen Lieblingsplätzen.

Kurz nach acht erreichte ich den Frühstücksraum und war überrascht, alle bereits dort vorzufinden. Selbst die Nachteulen waren an diesem Morgen früh aufgestanden. Die Atmosphäre war angespannt, Kathryns Lächeln wirkte versteinert, Lila war vor Nervosität ganz fahrig und Cléo außergewöhnlich still.

Ich setzte mich zu Lex.

»Amerika«, begrüßte er mich lächelnd. »Warst du spazieren?«

»Ja, ich konnte nicht schlafen. Und warum bist du schon so früh hier?«

»Na ja, ich dachte, ich als alter Hase wäre immun gegen schlaflose Nächte vor Aufregung, aber ich bin ebenfalls nicht zur Ruhe gekommen. Das Ganze nimmt mich mehr mit, als ich dachte.«

Ich drückte beruhigend seinen Arm. »Wird schon werden …«

»Wobei ich mich schon frage, warum ich mir in meinem Alter noch so viele Gedanken mache. Was kann ich hiervon schon erwarten? Aber beim Zusammenbrauen von Düften fühle ich mich wie ein alter Hexenmeister und spüre wieder, warum es mich so sehr begeistert.«

Ich mochte Lex gern. Er hatte etwas Väterliches, das mir das Gefühl vermittelte, ihm voll und ganz vertrauen zu können. Aber natürlich fragte ich mich, was ihn wohl vor all den Jahren in sein Nomadendasein getrieben hatte. Es klang zwar ganz lustig, um die Welt zu reisen und nirgends richtig zu Hause zu sein, allerdings konnte man sich dabei bestimmt auch sehr einsam fühlen.

Bevor ich ihn fragen konnte, erschien Aurélie und bat uns, im Salon auf die Bekanntgabe der Jury-Entscheidung zu warten.

»Viel Glück, Amerika«, sagte Lex und drückte mir kurz die Hand.

»Danke, gleichfalls.«

Clémentine suchte meinen Blick und zwinkerte mir zu. Im Handumdrehen verwandelte sie sich wieder in ihr unverbesserliches Alter Ego und grinste mich verschlagen an. Sie bahnte sich einen Weg zu mir, hakte sich bei mir unter und raunte so laut, dass es mit Sicherheit jeder hören konnte: »Dann wollen wir mal hoffen, dass Anastasia nach Hause geschickt wird, *non?*« Sie warf Anastasia einen bösen Blick zu und sagte, als diese zu uns herübersah, schnippisch: »Guck nicht so – das ist ein Privatgespräch, merkst du das nicht?«

Anastasia verdrehte die Augen. »Warum blökst du dann so laut, dass man es bis zur Sacré-Cœur hören kann?«

Clémentine schnaubte. »Wie ich schon sagte«, sie drehte sich wieder zu mir, »ich hoffe, es trifft Anastasia, denn da, wo ich herkomme, reichen für ein gutes Parfüm bei weitem keine drei Zutaten. Und ich muss es wissen, ich stamme schließlich aus der Geburtsstadt des Parfüms.«

Ich packte Cléo fest am Arm und bedeutete ihr, den Mund zu halten, doch ohne Erfolg.

»Und wie sie dich im Ritz veräppelt hat! Wir hätten Sébastien längst sagen müssen, wie sie dich dort sabotiert hat.«

Anastasia neigte sich vor und hielt Cléo einen Zeigefinger vors Gesicht. »Halt du dich da raus. Oder ich erzähle Aurélie, wie sich Lila von einer Pariserin den Weg erklären ließ und in Versailles landete. Wenn du mich fragst, war *das* nämlich Sabotage.«

Sie zankten noch eine Weile herum, aber ich hielt mich heraus, auch wenn Cléo immer wieder auf mich zeigte.

Doch dann betrat Sébastien den Raum, und schlagartig wurde es ruhig. Mein Herz klopfte so heftig, dass ich sicher war, jeder könnte es hören. Aurélie kam ebenfalls dazu.

»Guten Morgen allerseits«, sagte er und sah uns alle nacheinander an, ließ seinen Blick auf mir jedoch nicht so lange verweilen wie auf den anderen. Hatte das etwas Schlechtes zu bedeuten? Hatte er erfahren, dass ich nach Hause fahren müsste?

Aurélie ergriff das Wort. »Die Zeit ist gekommen, einen von Ihnen zu verabschieden – leider, aber es muss sein. Bitte seien Sie sicher, dass uns die Entscheidung nicht leicht gefallen ist. Das Ergebnis war sehr knapp. Sie alle können sehr stolz auf sich sein, egal, was passiert.«

Während Sébastien äußerlich große Ruhe ausstrahlte, wirkten seine Blicke sorgenvoll, als wäre auch er traurig, das Ergebnis bekanntzugeben.

Ich warf Lex einen verzweifelten Blick zu, doch der schüttelte nur den Kopf, wie um zu sagen, dass ich mit Sicherheit nicht ausgeschieden sei.

Aurélie verschränkte ihre Hände. »Ich werde jetzt ohne weitere Umschweife die Ergebnisse vom ersten bis zum letzten Platz vorlesen.«

Ein Raunen ging durch den Raum, und die Spannung war deutlich zu spüren.

»Das beste Parfüm stammt von Lex. Sein Duft hat uns an einen exotischen Ort versetzt, tropisch, sinnlich und voller Hoffnung.« Ich warf einen kurzen Seitenblick auf Cléo, die den Mund zu einem überraschten O verzog. »Den zweiten Platz belegt Lila; ihr Duft beschwört die Freude über einen neuen Tag herauf, eine wahrlich atemberaubende Mischung. Auf dem dritten Platz sehen wir Anastasia. Ihr wirklich beeindruckender Duft scheint das Funkeln der Sterne einzufangen. Sehr atmosphärisch.« Cléo schnaubte laut auf. »Den vierten Platz belegt Clémentine, die als Einzige einen männlichen Duft kreiert hat – nach würzigen Kräutern und sehr erdig. Die Jury war äußerst angetan.«

Ich wagte nicht, Lex oder Lila anzusehen. Jetzt waren nur noch zwei von uns übrig: Kathryn und ich.

Aurélie hielt inne und sah kurz von ihrem Zettel auf. »Die nächsten beiden Kandidatinnen lagen sehr nah beieinander, und die Entscheidung ist uns denkbar schwer gefallen. Nach eingehender Beratung sind wir jedoch zu der, wie wir finden, richtigen Entscheidung gelangt.« Sie sah wieder auf ihr Papier. »Auf dem fünften Platz liegt Del, so dass ich Ihnen, Kathryn, leider sagen muss, dass Ihre Zeit hier vorbei ist und wir Ihnen für die Zukunft nur das Beste wünschen können.« Verstohlen sah ich zu Kathryn, die mit offenem Mund dastand.

Erleichtert schloss ich die Augen und atmete tief durch. Dennoch erkannte ich nun mit aller Klarheit, dass ich mich mehr anstrengen musste – mein Parfüm hatte ja nicht einmal meinen eigenen Ansprüchen genügt.

Ich ging zu Kathryn, um sie in den Arm zu nehmen und zu verabschieden. Ihr helles Gesicht war noch blasser als sonst, und sie kämpfte mit den Tränen. »Es tut mir schrecklich leid«, sagte ich und konnte nicht anders, als ein schlechtes Gewissen zu haben.

»Ist schon okay, Del.«

Sie ging zur Tür, drehte sich mit einem Winken noch einmal um und war verschwunden. Wir anderen schwiegen.

Wie gern hätte ich jetzt Jen angerufen, aber ich würde mich bis zum Abend gedulden müssen. Denn nun wartete unsere zweite Aufgabe auf uns.

Kapitel 19

Nachdem Kathryn gegangen war, klatschte Aurélie in die Hände, um erneut unsere Aufmerksamkeit zu erlangen.

»Zeit für die zweite Aufgabe. In dieser Woche werden Sie mit Ihrem Mentor gemeinsam an einem Parfüm arbeiten. Und diesmal werden Sie nicht quer durch Paris geschickt.« Man hörte rundum erleichtertes Seufzen. Es war zwar schön gewesen, die vielen Sehenswürdigkeiten abzuklappern, aber von der Anstrengung hatten meine Füße noch lange wehgetan. »Stattdessen werden wir Sie an verschiedene Orte in Frankreich schicken. Vincent war überzeugt, dass gutes Parfümieren schon mit den Zutaten beginnt.«

Ja, ich hatte gelesen, dass Vincent immer auf der Suche nach den erlesensten Rohstoffen gewesen war. Der Lavendel stammte von biologisch bewirtschafteten Feldern in der Provence, die Rosenblätter von Bio-Höfen in der Normandie – in diesem Fall war eine Rose *nicht* einfach eine Rose, wie Gertrude Stein so provozierend behauptet hatte. Die *Parfumerie Leclère* unterzog ihre Rohstoffe strengen Qualitätskontrollen, und das merkte man den Produkten auch an. Einige große Parfümerien verwendeten Treibhausrosen, um Geld zu sparen, aber das verstieß gegen Vincents Prinzipien. Er war selbst quer durch Frankreich gereist und hatte sich Zeit genommen, die richtigen Lavendelfelder und besten Höfe und Anbieter für Harze, Balsame, Gewürze, Gräser und Früchte zu finden, um nur ein paar der Bestandteile zu nennen. Nach der Ernte folgte der Extraktionsprozess, dann das Zusammenmischen, was die Aufgabe von uns Parfümeuren war, dann der Reifungsprozess.

»Also«, fuhr Aurélie über unser aufgeregtes Flüstern hinweg fort. »Die Aufteilung ist wie folgt: Lila fährt nach Grasse, wo sich unsere Produktionsstätte befindet, die Sébastiens Onkel leitet. Weitere Instruktionen erhalten Sie vor Ort. Für Del geht es in die Provence, nach Nizza für Anastasia und nach Bordeaux für Lex und Clémentine.«

»Warum sind wir zu zweit?«, fragte Clémentine und zog einen Schmollmund.

»Darum«, gab Aurélie knapp zurück und sah Clémentine eindringlich an, so dass ich mir ein Grinsen verkneifen musste. Clémentine hätte sicher einige Mühe, Lex Steine in den Weg zu legen. Er mochte entspannt und nachgiebig wirken, aber er ließ sich auch nicht für dumm verkaufen. Vielleicht wussten die vom Management-Team ganz genau, was Cléo so trieb, und stellten ihr Lex bewusst in den Weg. Natürlich wären auch die Mentoren der beiden dabei.

»Sie haben eine Stunde Zeit, um zu packen, dann werden Ihre Fahrer draußen auf Sie warten. Am Freitag kehren Sie zurück und verbringen einen weiteren Unterrichtstag mit einem Spitzenparfümeur.«

Ich sah zu Sébastien hinüber, doch der unterhielt sich gerade mit einem Mitarbeiter von *Leclère*. Ich wollte nicht, dass unser Beinahe-Kuss vom Abend zuvor zwischen uns stand und unsere Reise in irgendeiner Weise belastete, doch es kam mir ohnehin so vor, als würde er mich an diesem Morgen bewusst ignorieren. Und was er konnte, konnte ich auch.

Beim Hinausgehen schob ich mich neben Lex. »Gratuliere! Ich bin sehr stolz auf dich.«

»Ach, das war pures Glück, mehr nicht.«

»Quatsch, das war dein überragendes Talent. Du hast es wirklich verdient, zu gewinnen. Wie hieß dein Parfüm denn?«

»Hoffnung.«

»Und wonach riecht Hoffnung für dich?«

»Nach dem kühlen Schatten unter Palmwedeln, frischem Mangosaft, nach Sand und Salz und Licht und Schatten, vor allem aber nach der warmen Brise, die dir entgegenweht, wenn die Frau deiner Träume nur wenige Schritte von dir entfernt am Strand steht.«

Ich lächelte. »Dann gibt es für dich also Hoffnung, mit dieser Frau?« Ich hatte immer gespürt, dass auf Lex irgendwo noch eine unabgeschlossene Geschichte wartete. Hin und wieder wirkte er fast melancholisch, als würde er sehnsüchtig an jemanden denken.

»Ach was, ich bin nur ein alter Mann, der zu oft in der Vergangenheit lebt.«

»So alt bist du doch gar nicht, Lex.«

»Im Vergleich zu euch Küken schon.«

Offenbar wollte er nicht verraten, was ihn bedrückte. »Aber wie setzt man Hoffnung in einen Duft um und schafft es, dass auch andere sie beim Riechen empfinden?« Dieses ganze Abfüllen von Gefühlen war mir immer noch ein Rätsel. So, wie Nan das Gefühl der Liebe hatte abfüllen wollen. Aber was war, wenn Liebe für jeden anders duftete? Das, was wir Parfümeure zusammenmischten, war von unserer eigenen Vorstellung eines Gefühls inspiriert, aber es war ja nicht das Gefühl an sich.

»Aber genau darum geht es, Del. Das ist der Knackpunkt. Du musst einfach etwas riskieren und hoffen, dass die anderen verstehen, was du willst. Ich hatte nur Glück, aber ich habe *gehofft* …«, er schmunzelte, »… dass sie es verstehen.«

Mir war klar, dass ich dieses verdammte Rätsel selbst lösen musste, aber so war es mit Parfüm nun mal: Manchmal war es so rätselhaft wie eine komplexe mathematische Gleichung. Und sehr subjektiv.

»Viel Spaß in Bordeaux.«

»Ich werde wohl als Erstes losgehen und Ohrstöpsel kaufen. So viel Burgunder gibt es in ganz Frankreich nicht, dass ich Clémentines Stimme nicht mehr wahrnehme …«

Ich musste lachen.

»Und dir viel Erfolg, Amerika. Hau rein, okay?«

Ich umarmte ihn. »Bis Ende der Woche.«

Eine knappe Stunde später trat ich mit meinem Koffer auf die Straße und sah Sébastien steif wie einen Zinnsoldaten neben unserem Wagen stehen, die Hände in den Taschen und den Blick auf den Gehweg gerichtet.

»Del«, sagte er, als er mich kommen hörte, »da sind Sie ja.« Fünf einfache Worte, bei denen mir das Herz höher schlug. Verdammt.

»Ja, hier bin ich.«

»Und Sie bleiben noch mindestens eine weitere Woche im Wettbewerb.«

»Ich bin wirklich erleichtert.«

»Das war sehr knapp.«

»Viel zu knapp. Aber ich verspreche, die Jury hat sich richtig entschieden. Ich werde es diese Woche beweisen.«

»Da bin ich sicher. Sie haben ohne jeden Zweifel eine Gabe.« Er sah mir so tief in die Augen, dass ich alles um mich herum vergaß. Als wäre ich der einzige Mensch auf dem Planeten. Ich musste mich dazu zwingen, etwas zu sagen und nicht verliebt wie ein Teenager zurückzustarren.

»In die Provence also«, sagte ich und schalt mich innerlich für meine Unbeholfenheit.

»Es wird Ihnen dort gefallen. Zumindest hoffe ich das. Was gestern Abend betrifft …«

O Gott. Ich hob eine Hand, um ihn zu stoppen. Ich wollte nicht hören, dass der Kuss-Unfall nicht hätte passieren dürfen, weil ich es ja wusste. Und es war mir unfassbar peinlich.

»Dafür wollte ich mich noch mal entschuldigen«, plapperte ich weiter. »Ich wusste nicht, auf welcher Seite man sich zuerst einen Kuss … also ein Küss*chen* gibt, und war dann ganz durcheinander. Ich kann eine wandelnde Katastrophe sein, das haben Sie ja selbst schon bemerkt.«

Er sah mich so verwirrt an, wie ich mich fühlte. »*Oui*, es war ein Versehen. Ich möchte nicht, dass man mir nachsagt, ich hätte mich ungehörig benommen. Als Ihr Mentor und als Leiter von *Leclère* wäre das ganz und gar unangemessen.«

»Natürlich. Dieser Wettbewerb bedeutet mir alles, und ich will weder meine Teilnahme noch Ihren Ruf gefährden.«

Er lächelte entschuldigend. »Es ist … besser so.«

Es war ja klar, dass ich mich in einen Mann verguckte, den ich nicht haben konnte. Und dass es nur einseitig war, hatte er mir eben freundlich zu verstehen gegeben.

Ich floh ins Auto und begrüßte den Fahrer mit einem *»Bonjour«*. Zur Ablenkung schrieb ich eine Textnachricht an meine Schwester, die ich plötzlich unendlich vermisste. Am liebsten hätte ich sie angerufen, um ihr mein Herz auszuschütten, aber da Sébastien kurz darauf neben mir Platz nahm, was das natürlich unmöglich.

Kapitel 20

Hi Jen, die erste Hürde habe ich gemeistert, aber nur so gerade eben. Es war derart knapp, dass die Jury lange beraten musste, und dann haben sie Kathryn nach Hause geschickt. Ich bin erleichtert, weiß aber, dass ich mich jetzt mehr anstrengen muss als vorher, in neuen Bahnen denken und eigene Wege finden. Es ist wie eine Blockade, und ich weiß nicht, wie ich sie überwinden soll. Aber das gehört wohl zu diesem Abenteuer dazu. Für die nächste Aufgabe bin ich gerade unterwegs in die Provence. Lavendelfelder, Sonne und frische Luft … Ich ruf dich an, sobald ich kann. Del xxx

Ich drückte auf Senden und lehnte mich zurück. Kurz darauf hörte ich das Pling einer eingehenden Nachricht.

Was verschweigst du mir? Ich lese doch zwischen den Zeilen, dass etwas nicht stimmt … Was ist los? Warum kannst du nicht jetzt anrufen? Jen xxx

Meine Zwillingsschwester besaß die unvergleichliche Fähigkeit, zu spüren, wie ich mich fühlte.

Sitze mit Sébastien im Auto … Weiß noch nicht, wie das mit der nächsten Aufgabe läuft, also klappt es heute vielleicht gar nicht mehr mit dem Telefonieren. Alles ok, wirk-

lich, aber manchmal ein bisschen einsam ohne dich. Und die Woche war irre anstrengend.

PS: Habe Sébastien geküsst, aus Versehen. Also mehr ein Küsschen als ein Kuss. Leichte Lippenberührung. Ganz kurz. Und grade hat er mir eine wohlmeinende Abfuhr gegeben. Ich hätte vor Scham sterben mögen, aber er ist mein Mentor, und jetzt bin ich eine Woche lang mit ihm allein. Erschieß mich! LG xxx

Wir ließen die vollen Straßen von Paris allmählich hinter uns und fuhren auf einer Autobahn stadtauswärts Richtung Süden. Durch die getönten Scheiben drang warmes Sonnenlicht.

Und natürlich gab mein Handy sofort wieder ein Geräusch von sich.

Ach, Del, ich glaube kaum, dass er dir eine wohlmeinende Abfuhr erteilen wollte. Bist du sicher, dass du das richtig verstanden hast?

Ich hatte irgendeine witzige Antwort erwartet, einen Scherz auf meine Kosten, etwas über den Sinn und Zweck der Stadt der Liebe, über Hochzeitsglocken, die sie jetzt schon höre oder dergleichen.

Bin absolut sicher. Und ich war kurz davor auszuscheiden, so dass ich mich jetzt wirklich auf den Wettbewerb konzentrieren muss. Mir ist nach Lachen und Weinen zugleich. Was für ein Erlebnis!

Mein Ehrgeiz erwuchs auch aus der Angst, dass ich so werden könnte wie meine Mutter und weltentrückt durch mein Leben tanzte. Das wollte ich auf keinen Fall. Sébastien versuchte, aus der Welt der Parfümerie auszubrechen – und ich wollte hinein. Aber uns verband der Drang, aus dem Schatten unserer Eltern zu treten und unser Leben selbst zu gestalten.

Ruf an, wenn du kannst. Und folge deinem Herzen. xxx

Ich antwortete: *Mach ich. Bis später. xxx*

Der Fahrer suchte über den Rückspiegel Augenkontakt.

»Uns steht noch eine lange Fahrt bevor, also lassen Sie mich bitte wissen, falls Sie etwas brauchen. In der Kühlbox ist Champagner. Auf halber Strecke machen wir eine Mittagspause.«

Champagner in der Kühlbox! Die Franzosen machten wirklich aus allem ein Fest, auch aus einer langen Autofahrt.

Eine Stunde später hing das Schweigen zwischen Sébastien und mir schwer in der Luft. Er nahm Anrufe entgegen und sprach in schnellem Französisch. Aus den paar Worten, die ich aufschnappte, erschloss ich mir, dass es ums Geschäft ging.

Ich öffnete das Fenster und lud mir einen Reiseführer über die Provence auf meine Kindle-App, denn ein wenig Recherche könnte nicht schaden. Je mehr ich las, desto mehr freute ich mich darauf, endlich anzukommen. Ausführlich wurden die üppigen Felder voller Lavendel beschrieben, der im Volksmund auch »blaues Gold« genannt wurde, weil er so viele Verarbeitungsmöglichkeiten bot und für die Wirtschaft bedeutend war. Er wurde für Parfüms, Badezusätze und erstaunlicherweise sogar für Lebensmittel verwendet, etwa für Crème brûlée und Eis.

Was den Wein betraf, so trank man in der Provence

vor allem Rosé, für den die Region berühmt war. Wein war in Frankeich ohnehin ein großes Thema, man trank ihn zu den meisten Mahlzeiten und mit viel weniger Zeremonie als bei uns zu Hause.

Die dringende kulinarische Empfehlung des Reiseführers war die provenzalische Bouillabaisse, eine reichhaltige Fischsuppe. Außerdem wurde der Pont du Gard als sehenswertes Weltkulturerbe angepriesen sowie etliche Amphitheater, Triumphbögen und Ruinen in der Gegend, die ich mir mit Sicherheit nicht alle würde ansehen können. Aber zu wissen, dass sich so geschichtsträchtige Orte in der Nähe befanden, war ein schönes Gefühl.

Am Abend erreichten wir Saint-Rémy-de-Provence. Der Fahrer navigierte durch einige enge Kurven bis zu einer hübschen Villa, die von Olivenbäumen und Lavendelbeeten umgeben war. Ich sprang aus dem Wagen, dehnte und streckte mich und war froh, den engen Raum zu verlassen. Dann sah ich mich um. Das Licht war hier ganz anders, gleichzeitig leuchtend und wie verschleiert. Auf einmal verstand ich, warum Sébastien so gern hier war. Das Pariser Chaos war in weite Ferne gerückt, und wenn man Ruhe und Einsamkeit liebte, schien das hier ein perfekter Ort zu sein.

Der Fahrer gab uns zum Abschied die Hand und sagte: »Ich bin im Gartenhaus, falls Sie mich brauchen. Genießen Sie Ihren Aufenthalt.«

»*Merci*«, sagte Sébastien. Im Licht der tief stehenden Sonne wirkte er noch blasser als sonst, als hätte die lange Fahrt ihm alle Kraft genommen. Er hatte sein Handy kaum aus der Hand gelegt, und wenn er nicht telefoniert hatte, dann hatte er Mails gelesen und beantwortet. War das ein Vorwand gewesen, um nicht mit mir reden zu müssen? Die Stimmung zwischen uns war etwas steif.

In mir stieg der Verdacht auf, dass wir allein in dieser Villa wohnen würden. Wenn wir weiterhin so verkrampft miteinander umgingen, wusste ich nicht, wie ich das aushalten sollte. Warum nur hatte ich ihm diesen missglückten Kuss gegeben? Wenn ich ehrlich war, bedeutete er für mich durchaus mehr als nur das bloße Streifen unserer Lippen, ob nun mit Absicht oder nicht. Ich fasste mir ein Herz und fragte: »Geht es Ihnen gut?« Sein gehetzter Gesichtsausdruck ließ etwas anderes vermuten.

»Ja. Nur Probleme mit dem Geschäft. Kommen Sie rein, Del.«

Er führte mich ins Haus, das eher eine aus Stein gebaute, gemütliche Hütte war, viel weniger pompös als die Pariser Wohnung. Es war makellos sauber, wirkte aber trotzdem gemütlich und wohnlich, vom leicht abgewetzten Ledersofa bis hin zu den vollen Bücherregalen. Ich fühlte mich sofort wohl und hatte die Hoffnung, mich hier trotz allem etwas entspannen zu können.

»Machen Sie es sich gemütlich. Ich hole uns Kaffee.«

Während er in der Küche verschwand, streifte ich ein wenig herum und blieb am Kamin stehen. Dort stand ein körniges Schwarz-Weiß-Foto von Sébastien und seinem Vater, die Köpfe dicht zusammengesteckt, als würden sie die Geheimnisse des Universums besprechen. War das Bild hier aufgenommen worden?

»Eines der wenigen Fotos, die ich von uns zusammen habe«, sagte Sébastien leise und reichte mir einen Becher dampfenden Kaffee.

»Es ist schön. Sieht aus, als würden Sie etwas zusammen aushecken.«

Er lächelte halbherzig. »Er hat mir aufgetragen, ein Parfüm über die Liebe zu kreieren, aber ich habe kläglich versagt.«

»Warum das?« Ich erkannte die eigenartige Ähnlichkeit zu Nans Aufgabe, die sie mir mitgegeben hatte. Vielleicht war das eine Prüfung, der sich alle Parfümeure stellen mussten?

Achselzuckend erwiderte er: »Papa meinte, er würde nur Zynismus riechen.«

Bevor ich weiter fragen konnte, klingelte sein Handy. »Entschuldigung«, sagte er, doch ich winkte ab und nippte an meinem Kaffee. Nur zu gern hätte ich gewusst, was für dringende Nachrichten ihn um diese Uhrzeit noch erreichten.

Als er das Gespräch beendet hatte, fragte ich ihn einfach. »Worum ging es?«

»Jemand hat eines unserer Parfümrezepte kopiert und es in einem anderen etablierten Geschäft angeboten. Wir versuchen gerade, sie dazu zu bringen, es aus den Regalen zu nehmen.«

»Passiert so etwas häufig?«

»Hin und wieder.« Ich konnte die Verärgerung in seiner Stimme erkennen. »Aber bei einer respektablen Parfümerie ist das unverzeihlich.«

»In Paris?«

»Ja.«

Ich überlegte, wer das gewesen sein konnte. »Und nehmen sie es jetzt vom Markt?«

»Ich denke schon, aber trotzdem müssen wir uns um alle anfallenden rechtlichen Angelegenheiten kümmern. Warum können die nicht einfach ihre eigenen Düfte kreieren? Das ist nur peinlich. Sie versuchen, ihr Gesicht zu wahren, indem sie es ›inspiriert von‹ nennen.« Er malte mit den Finger Anführungszeichen in die Luft. »Aber natürlich war es eine Kopie.« Er stöhnte.

»Müssen Sie nach Paris zurückfahren?«

»Nein, aber lassen Sie uns über die Arbeit reden, falls Sie nach der Fahrt nicht zu müde sind.«

»Auf keinen Fall.«

Die Last des Unternehmens wog schwer auf seinen Schultern, ich erkannte es immer deutlicher. Seine grünen Augen waren getrübt vor Sorge, und ich hatte das ungute Gefühl, eine weitere Belastung für ihn zu sein. Mir wurde klar, dass ein großer Unterschied darin bestand, ob man einfach nur ein Parfümeur war oder ein ganzes Familienunternehmen leitete – man brauchte enorm viel Hingabe. Das hatte ich mir für meine geplante Parfüm-Boutique überhaupt nicht überlegt; ich hatte mir immer nur den netten Teil vorgestellt: Parfüms zu kreieren und die Leute damit glücklich zu machen. Und nicht die anstrengende Seite, sobald Probleme auftauchten. Probleme und Konflikte zu lösen, gehörte eher zu Jens Talenten als zu meinen. Konnte ich mein Traumgeschäft überhaupt ohne sie führen?

Sébastien setzte sich mir gegenüber und sprach fast roboterhaft, als wollte er es schnell hinter sich bringen. »In der zweiten Aufgabe geht es vor allem um die Region, um die verwendeten Rohstoffe und woher sie kommen. Die Provence ist berühmt für ihre unzähligen Lavendelfelder, und Ihre Aufgabe ist es nun, diese kleine Blume zum Leuchten zu bringen.«

Ich fühlte mich motiviert und inspiriert von der neuen Aufgabe. Laut meinem Reiseführer hatte die Lavendelsaison gerade erst begonnen, und vom Auto aus hatte ich die blau-lilafarbenen Felder gesehen, so weit das Auge reichte. Ich stellte mir vor, wie ich hindurchstreifte, die Blüten an meinen Fingerspitzen spürte und in dem wundervollen Duft badete.

Als Parfüm war der Duft allerdings extrem intensiv und dominant. Und altmodisch. Ich sah Nan vor mir, wie sie Säckchen mit getrocknetem Lavendel in ihre Wäscheschubladen legte oder abends ihr Kopfkissen mit Lavendelessenz einsprühte, um besser schlafen zu können. Ich musste etwas Neues kreieren, das den traditionellen Duft in einen zeitgemäßen Kontext setzte.

»Morgen gehen wir in die Stadt, damit Sie ein Gefühl für den Ort und die Menschen hier bekommen«, sagte Sébastien.

Wieder klingelte sein Handy, und er seufzte. »Tut mir leid, ich muss rangehen.«

»Kein Problem.«

Inzwischen war es dunkel geworden, aber ich wollte mir unbedingt noch die Umgebung ansehen. Im Wirtschaftsraum fand ich eine Taschenlampe und nahm sie mit hinaus. Die Stille und die Weite des Himmels waren beeindruckend. Möglicherweise hatte ich erst eine Weile den Lärm und die Fülle von Paris erleben müssen, um diese Ruhe wieder genießen zu können. Der Wind brachte den Duft von Lavendel mit. Neben mir stand ein Olivenbaum, dessen Äste im Mondlicht grauweiß leuchteten.

Über knirschenden Kies ging ich um das Haus herum und durch den Garten, bis ich an eine kleine Holzhütte kam. Das Holz schien aus jeder Pore zarten Duft auszuatmen. Ein Parfümlabor? Vorsichtig drehte ich den Türgriff – und er gab nach. Im Innern der Hütte betastete ich die Wand, bis ich den Lichtschalter fand. Mitten im Raum stand eine Parfümorgel, ganz ähnlich meiner eigenen, nur etwas größer. In dieser Form gab es sie heutzutage nur noch antiquarisch, und diese hier war ein ausgesprochen schönes Stück.

Wenn ich die Augen schloss, konnte ich mir Sébastien und seinen Vater vorstellen, wie sie sich nebeneinander darüberbeugten, genau wie auf dem Foto. Welch eine Ehre wäre es, an eben jener Stelle zu sitzen, an der auch sie gearbeitet hatten. Das hier war also Sébastiens Rückzugsort, wenn ihm Paris zu viel wurde.

Ich setzte mich an die Parfümorgel, deren Regale mit Gläsern aller erdenklichen Duftessenzen bestückt waren, die Etiketten in handgeschriebenem Französisch. Ich versuchte, die Worte zu entziffern: *Lavande* war Lavendel, *Lis* war Lilie …

Auch wenn ich mir albern vorkam, schloss ich die Augen, dachte fest an Vincent und bat ihn um Hilfe. *Hilf mir, ohne meine Nan arbeiten zu können. Hilf mir, die nötigen Erfahrungen zu sammeln und mit meinen Parfüms mutig zu sein. Lass mich so lange wie möglich in diesem Wettbewerb bleiben. Hilf deinem Sohn, seine Leidenschaft neu zu entdecken.*

Auf der einen Seite war ein Kamin, in den jemand Holz eingeschichtet hatte, bereit zum Anzünden. Davor standen zwei alte Ohrensessel aus abgewetztem Leder, in denen ich noch die Abdrücke ihrer vormaligen Benutzer zu erkennen glaubte. Es wirkte alles sehr gemütlich, so anders als das sterile Labor in Paris, und ich fühlte mich wie zu Hause.

Kapitel 21

Der Tag begann früh mit frischen Baguettes, gesalzener Butter und dampfend heißem schwarzen Kaffee. Unter dem leuchtenden Himmel schien schon jetzt die Hitze aus dem Boden zu steigen. Ob Vincent hier wohl auch viel Zeit verbracht hatte? Irgendwie konnte ich mir gut vorstellen, wie er in der Morgensonne stand und belustigt mit den vorwitzigen Vögeln sprach, die die Oliven aus den Bäumen pickten.

»Haben Sie die Sommer mit Ihrer Familie hier verbracht?«

»Gelegentlich«, antwortete Sébastien. »Papa kam meist nur für ein oder zwei Tage dazu. Aber ich habe noch ganz genau vor Augen, wie wir dann immer zusammen im Labor gearbeitet haben. Es gehört zu meinen schönsten Erinnerungen.«

Ich dachte wieder an das Gefühl der Ruhe, das mich am gestrigen Abend im Labor überkommen hatte, fast so, als wäre der alte Herr in jenem Moment selbst dort gewesen.

Als könnte er meine Gedanken lesen, sagte Sébastien: »Wenn ich hier arbeite, habe ich immer das seltsame Gefühl, er würde neben mir stehen und mir ins Ohr flüstern. Verrückt, nicht wahr?«

Spontan griff ich über den Tisch, um kurz meine Hand auf seine zu legen. Der Stress, der ihn gestern noch gequält hatte, schien im Licht der Provence nach und nach von ihm abzufallen. »Überhaupt nicht. Ich habe bei meiner Nan das gleiche Gefühl. Für mich ist sie immer da – manchmal weit entfernt, manchmal auch ganz nah.«

»Und sagt sie Ihnen auch etwas?«

»Normalerweise beginnt sie mit: ›Ich habe dir aber nicht beigebracht‹ und dann kommt etwas wie ›egoistisch zu sein‹ oder ›aufzugeben‹ oder ›dein Licht unter den Scheffel zu stellen‹. Meine ganze Kindheit und Jugend über war sie für mich da. Sie war mehr als nur meine Großmutter – sie war auch eine beste Freundin, und es tat weh, beides zu verlieren. Da ist es leichter, mir einzubilden, dass sie immer noch in der Nähe ist, mir gute Ratschläge erteilt und mir den Weg zeigt.«

»Jetzt fühle ich mich gleich viel weniger verrückt«, meinte er lachend. »An schlechten Tagen, wenn ich den Riss in meinem Herzen deutlich spüre, bilde ich mir ein, Papa ist in seinem Labor, nur ein paar Schritte von unserer Wohnung entfernt, und verliert sich in seiner Welt der Düfte. Das hilft – wenn auch nur für kurze Zeit.«

Der Riss in meinem Herzen. Seine aufrichtige Beschreibung dieses Gefühls, das mir so vertraut war, gefiel mir. »Sie sind nicht verrückt. Sie versuchen nur, sich auf bestmögliche Weise durch Ihren Schmerz zu arbeiten.

Aber immerhin haben wir ihre Düfte. Dadurch werden sie für uns und andere weiterleben.«

Er nickte. »Ich habe alle Notizen meines Vaters zu seinen letzten Rezepturen, zu Parfüms, die nie hergestellt wurden, und ich frage mich oft, was ich mit ihnen machen soll: sie für mich behalten oder als neues Parfüm herausbringen – in dem Wissen, dass sie sich gut verkaufen, aber dann nicht mehr nur mir gehören würden?«

»Ich kann heraushören, dass Sie sich bereits entschieden haben.«

»Und?«

»Sie wollen sie für sich behalten. Schließlich können Sie ja jederzeit selbst einen neuen Duft kreieren, der Ihre Kunden glücklich macht.«

»Vielleicht.« Er ließ es dabei bewenden. »Was ist mit Ihren Eltern? Wie denken sie über Ihre Ambitionen in der Parfümwelt?«

Wo sollte ich anfangen? »Um ehrlich zu sein, verstehen sie nichts davon. Natürlich wissen sie, dass mir viel daran liegt, aber sie haben zu dieser Welt keinen rechten Zugang. Sie waren auch nicht allzu oft da, deshalb empfand ich meine Schwester und meine Großeltern viel eher als meine Bezugspersonen.«

»Was haben Ihre Eltern gemacht?«

»Die haben die Welt gerettet – eine Tarotkarte nach der anderen gezogen. Nach Hause kamen sie nur, wenn ihnen das Geld ausging. In unserer Kleinstadt war es für uns Kinder oft schwierig.«

»Ist das der Grund für Ihre Entschlossenheit, unbedingt vorankommen zu wollen?«

»Wahrscheinlich, ja. Ich habe mir nur immer gewünscht, sie wären normaler … wie andere Eltern eben, aber wir können sie uns nun mal nicht aussuchen, und auf ihre Weise waren sie ja auch sehr liebevoll und haben uns unser Leben so leben lassen, wie wir es wollten. Nur: Ich will mehr als das. Aber wenn es nicht klappt, habe ich niemanden, der mir aus der Patsche helfen könnte.«

Der Fahrer klopfte und bot an, uns in den Ort zu fahren, aber Sébastien griff selbst nach den Autoschlüsseln und gab dem Mann für den Tag frei.

Wir besichtigten das hübsche Städtchen Saint-Rémy, und ich ließ mir die Sonne ins Gesicht scheinen.

Sébastien hatte nun alle Zeichen der Anspannung verloren, er lachte viel und erzählte Geschichten über den Ort. »Nostradamus ist hier geboren. Und 1889 wurde Vincent van Gogh eine Weile in der Psychiatrischen Klinik des Klosters Saint-Paul-de-Mausole behandelt. Eine Reihe seiner Bilder sind hier entstanden, unter anderem das mit den Iris. Vielleicht kennen Sie es?«

»O ja!«, rief ich erstaunt. Wir spazierten hier tatsächlich in den Fußstapfen eines anderen legendären Vincents, der seiner Zeit weit voraus gewesen war. Ich kannte das erwähnte Gemälde, es war weltberühmt: viele blaulila Iris auf einem Feld, mit Tupfern von Gelb und Grün.

»Van Gogh dachte, dieses Bild würde ihn vor dem Wahnsinn bewahren«, fuhr Sébastien fort. »Er begann damit eine Woche, nachdem er in die Heilanstalt aufgenommen wurde, und die ganze Zeit kämpfte er vehement gegen seine Krankheit an. Dieses Gemälde ist ganz anders als seine übrigen Bilder, es hat nicht dieselbe Intensität, aber gerade deshalb gefällt es mir umso mehr.«

Was war mit dem sonst so grüblerischen, oft gereizten Sébastien geschehen? Er war gesprächig und wirkte vergnügt. Konnte ein Ortswechsel tatsächlich einen solchen Einfluss auf einen Menschen haben?

»Was geschah, nachdem er aus der Klinik entlassen wurde?«, wollte ich wissen.

»Er ist nur wenige Monate später gestorben.«

Dieser Maler hatte mich schon immer fasziniert, auch wegen der treuen Freundschaft zu seinem jüngeren Bruder Theo, der ihn in schweren Zeiten immer unterstützt hatte. Und ich fand es tragisch, dass seine außergewöhnliche Kunst zu seinen Lebzeiten so wenig Anerkennung gefunden und er bis zu seinem Tod fast ständig unter Geldnot gelitten hatte.

»Woran ist er gestorben?«

»An einer Schussverletzung.« Sébastien wirkte so bekümmert, als hätte er van Gogh persönlich gekannt, und das rührte mich.

»Selbstmord?«

Er zuckte die Achseln. »Das wird gemeinhin vermutet, aber es gibt auch die Theorie, dass er erschossen wurde.«

»Die Leute glauben, was sie glauben wollen. Ich erinnere mich, gelesen zu haben, dass sein Bruder kurz nach ihm starb.«

Sébastien nickte. »Es heißt, er habe eine Nervenkrankheit gehabt, aber das glaube ich nicht. Ich glaube, er ist an gebrochenem Herzen gestorben – mit nur dreiunddreißig Jahren.«

Nachdem wir die Stadt ausgiebig erkundet hatten, fuhren wir zur ersten Lavendelplantage. Mein Mentor wollte mich testen: Von den fünf Plantagen, die wir besichtigen würden, sollte ich diejenige herausfinden, von der *Leclère* beliefert wurde. Ich hatte keine Ahnung, wie ich das machen sollte, war jedoch gespannt auf die Herausforderung und freute mich, Zeit mit Sébastien verbringen zu können, solange er so munter und sorglos war.

»Also«, begann ich, »wie lange gibt es die Plantage schon, die wir gleich besichtigen werden?«

Er sah mich streng an.

»Oh, verbotene Frage?«

»*Oui.*«

»Nun ja, ein bisschen mache ich mir schon Sorgen, ob ich tatsächlich einen Unterschied zwischen den Plantagen erkennen werde oder ob ich am Ende nur noch Blauviolett vor Augen habe.«

»Ich glaube, Sie werden sich selbst überraschen.«

»Sie setzen ja wirklich großes Vertrauen in mich.«

Er sah mich nur schweigend an, und ich wandte schnell den Blick ab. *Konzentrier dich, und lies nicht zu viel hinein,* dachte ich nervös.

Wir bogen auf einen Kiesweg ab: Lavendel, so weit das Auge reichte! In der Ferne verschwammen die Blüten zu einem lilafarbenen Meer, doch aus der Nähe sah man die einzelnen Stängel mit ihren farbigen Punkten in der Brise tanzen. »Das ist atemberaubend!«, sagte ich.

Sébastien parkte das Auto an einem malerischen Farmhaus, und ein Mann und eine Frau kamen heraus, um uns zu begrüßen.

»Herzlich willkommen, wir sind die Miliots«, sagte der Mann. »Wenn Sie möchten, führen wir Sie gleich herum.«

Die beiden zeigten uns, wie sie die Blüten ernteten und verarbeiteten und auch einige der Produkte, die aus dem gewonnenen Öl hergestellt wurden.

Ich nahm einen Blütenstängel in die Hand und schnupperte daran, dann zerrieb ich ihn, um das darin enthaltene ätherische Öl freizusetzen. Ich bezweifelte, dass dies die richtige Plantage war, hätte aber nicht erklären können, warum. Wir bedankten uns bei dem Paar und fuhren weiter, und insgeheim strich ich diese Farm von der Liste.

Als wir zur fünften und letzten Plantage kamen, der Farm der Lillettes, stand meine Entscheidung augenblicklich fest: Hier waren wir richtig. Die Bedingungen waren optimal: Durch eine nahe Bergkette waren die Pflanzen vor dem von Norden kommenden Mistral geschützt und konnten so ihr volles Aroma bewahren. Außerdem überkam mich hier ein ganz besonderes Gefühl.

Auch hier kam ein Ehepaar, diesmal in Jeans, T-Shirts und Gummistiefeln, zu uns und begrüßte uns mit so herzlichem Lächeln, dass ich mich sofort wohl fühlte.

Trotzdem fragte ich die beiden noch über ihre Herstellungsmethoden aus und ließ mich aus purer Neugier überall herumführen.

Nachdem wir uns ausgiebig bedankt hatten, machten wir uns auf den Rückweg zur Villa, wo wir uns am Küchentisch zusammensetzten. Sébastien sah mich fragend an.

»Es war die letzte Plantage«, verkündete ich im Brustton der Überzeugung.

»Wieso sind Sie sich da so sicher?«

Ich erklärte meine Theorie mit dem Mistral, der manchmal so stark wehte, dass er erheblichen Schaden anrichten konnte, und den schützenden Bergen.

Sébastien behielt sein Pokerface, während ich gespannt auf seine Reaktion wartete. Nach kaum zwei Sekunden platzte ich heraus: »Sie genießen das, oder?«

Nun musste er sich ein Lachen verkneifen. »Erwischt. Aber Sie haben recht – aus genau diesem Grund haben wir die Farm gewählt.« In seinen Augen leuchtete ein gewisser Stolz. »Die Plantage wird biologisch bewirtschaftet und ist seit drei Generationen in der Familie.«

»Wer hätte gedacht, dass ich so gut zur Landwirtin tauge?«

Er zog eine Augenbraue hoch.

»Na gut, das ist vielleicht ein bisschen übertrieben …«

Wir lachten. »Aber ich kann nachempfinden, warum es Ihnen hier so gut gefällt.«

»Es ist nicht nur die Ruhe«, meinte er. »Ich habe auch das Gefühl, als ob ich hierhergehöre.«

»Lavendelfelder, Olivenhaine, Sonne und freundliche Leute. Das kann ich gut verstehen.«

Er entkorkte eine Flasche Rosé und schenkte uns zwei Gläser ein. »Und trotzdem zieht es Sie mehr in die große Stadt?«

Im schimmernden Abendlicht der Provence fühlte ich mich entspannt wie eine Katze in der Sonne. Die Zeit schien hier viel langsamer zu vergehen, es gab keine Hektik, die Menschen waren entspannt – ganz anders als in Paris. Ich erinnerte mich an das Gedränge, als ich während der Rushhour in eine Métro gestiegen bin – so etwas hatte ich zuvor noch nicht erlebt. An einem Ort wie diesem dagegen konnte man in aller Ruhe seinen Gedanken nachhängen.

»Ich dachte, ich wüsste, was mir am besten gefällt und dass ich einen festen Plan habe … Aber manchmal überrascht einen das Leben, wenn man es am wenigsten erwartet.«

Wir sahen einander in die Augen, und die Zeit blieb stehen.

Dann räusperte er sich. »Nun, das ist wohl wahr.«

Kapitel 22

In dem kleinen Labor in der Provence arbeitete ich genau so, wie ich es versprochen hatte: Ich war experimentierfreudig und mutig, mischte Düfte, die ich sonst nie zusammengemengt hätte, und beschritt neue Wege. Als mein Mentor hatte Sébastien mir etwas gegeben, das man mit Geld nicht kaufen konnte: Selbstvertrauen. Und er hatte mir einen ganz und gar neuen Ansatz verschafft, über Parfümerie nachzudenken. Jede einzelne Stufe in der Verarbeitung war kritisch, angefangen von den Plantagen und deren Extraktionstechniken bis hin zur Stimmung des Parfümeurs. Meine Blockade verschwand allmählich, und ich gewann mehr Selbstvertrauen und die Gewissheit, dass ich im Wettbewerb noch eine Weile mithalten könnte.

»Im Augenblick des Zusammenmischens müssen Sie sich wohl fühlen, geradezu glücklich, und alle Sorgen ausblenden. Sobald Sie verärgert, traurig oder frustriert sind, wird sich das im Duft manifestieren. Ihre persönliche Stimmung ist maßgeblich.«

Das sagte ausgerechnet er? Fast hätte ich laut aufgelacht. Im Grunde war ich derselben Meinung, aber ich fühlte mich herausgefordert, ihn ein wenig aufzuziehen.

»Meine Stimmung also … Können Sie mir das etwas genauer erklären?«

»Na ja …« Er bekam rote Wangen. »Das ist wie beim Kochen, das soll man doch auch mit Liebe tun, oder? Wenn der Koch nicht bei der Sache ist, zu hektisch arbeitet oder schlechte Laune hat, wird das Essen schlecht. Dasselbe passiert bei Düften. Wenn der Parfümeur nicht glücklich ist, merkt man das an seinem Parfüm. Dann stimmt die Mischung nicht, weil seine Sinne getrübt sind.«

Irgendwie schaffte ich es, mir meine Gefühle nicht anmerken zu lassen, doch im Herzen jubilierte ich. *Das* war Leidenschaft! Und klang nicht nach einem Mann, der mit Parfümerie nichts mehr zu tun haben wollte. Nan wäre mit Sicherheit aufgesprungen und hätte ihn umarmt. Und mich überkam spontan derselbe Wunsch …

»Da gebe ich Ihnen recht«, sagte ich.

Plötzlich hatte ich eine Gänsehaut und das unbestimmte Gefühl, dass uns jemand beobachtete. Mir wurde klar, dass Vincent wahrscheinlich die ganze Zeit gewusst hatte, was Sébastien brauchte.

Auch wenn er nicht oft genug für seinen Sohn da gewesen war, so hatte er ihn doch genau gekannt. Und Aurélie war an dieser Verschwörung beteiligt gewesen. Bei dieser plötzlichen Erkenntnis hätte ich mir beinahe die Hand vor den Mund geschlagen: Ging es in diesem Wettbewerb gar nicht darum, einen talentierten Parfümeur zu finden – auch wenn das für uns natürlich eine große Chance bedeutete –, sondern darum, dass Sébastien seine Liebe zur Parfümerie wiederentdeckte, auch ohne seinen Vater?

Der Mann, der seinem Sohn das Herz gebrochen hatte, versuchte selbst, es wieder zu kitten – nach seinem Tod.

Allein zu Sébastiens Wohl hatte die zurückgezogene Familie ihre Türen geöffnet – um den kleinen Jungen zu versöhnen, der so oft vor der verschlossenen Tür seines Vaters gestanden hatte. Vincent war sein Fehler bewusst gewesen, und auf diese Art hatte er ihn wiedergutmachen wollen.

Anstatt mich betrogen zu fühlen, fühlte ich mich, ganz im Gegenteil, wie eine Komplizin. Auch ich könnte meinen Teil dazu beitragen, dass Sébastien mit der Vergangenheit Frieden schloss und optimistisch in die Zukunft blickte. Die Liebe zu diesem Beruf war am Leuchten seiner Augen zu erkennen, doch müsste er auch sein Herz wieder dafür öffnen.

Konnte ich dabei helfen, ihn wieder in die Welt zurückzuführen, zu der er angeblich keinen Zugang mehr verspürte?

»Soll ich Sie allein lassen? Damit Sie weiter experimentieren können?«, fragte er nun.

»Ja, bitte«, antwortete ich und sah ihm lächelnd nach. Ich brauchte Zeit zum Nachdenken. Wie sollte ich vorgehen? Vielleicht könnte ich eine Mischung kreieren, die die Sinne belebte und dabei half, Klarheit zu schaffen … Schwarzkiefer, Kokosnuss, Vanille und

Wacholder. Ich stellte mein neues Parfüm für eine Weile zurück und machte mich an die Arbeit.

Als ich fertig war, lehnte ich mich mit zufriedenem Lächeln zurück. Ab jetzt würde es für Sébastien bergauf gehen, da war ich überzeugt, auch wenn er selbst noch nichts davon wusste.

Mein Handy vibrierte, eine neue Nachricht von Jen.

Hey Del,

nach einer langen Schicht bin ich jetzt absolut bettreif, aber sonst ist in unserem verschlafenen Städtchen alles wie immer. Viele Grüße von Pops. Mom und Dad sind gerade unterwegs, um irgendwelche Baumumarmer-Hippies zu einer Vollmondparty zu treffen … Mit James und mir läuft es so super, dass es fast schon unheimlich ist, und manchmal frage ich mich, ob ich das Ganze nicht nur träume. Dass mich ein Mann einmal so glücklich macht, hätte ich nie für möglich gehalten. Wir haben zwar beide viel um die Ohren, Schwesterherz, aber lass uns so bald wie möglich telefonieren! Du fehlst mir WAHNSINNIG!

Liebe Grüße, Jen xxx

Ich antwortete: *Du fehlst mir ebenfalls. Gib Pops ein Küsschen von mir und sag ihm, er soll nach der Schneckenpost Ausschau halten. Und wegen James: Du hast einen Mann verdient, der dich auf Händen trägt und dein Herz zum Klingen bringt. Ich hoffe, ihr werdet noch lange zusammen glücklich sein.*

Das klang zwar ein wenig kitschig, aber ich konnte sie plötzlich gut verstehen. Als hätte mir die Zeit, die wir nun getrennt waren, den Raum gegeben, ohne sie weiter zu wachsen.

Die nächsten Stunden verbrachte ich wieder mit meinem Lavendel-Parfüm, vertiefte mich in meine Experimente mit verschiedenen Duftmischungen und versuchte, eine gute Balance zwischen Chance und Risiko zu finden. Und wie so oft beim Parfümieren, ging mir mein Zeitempfinden ganz und gar verloren.

Als ich meine Umgebung irgendwann wieder wahrnahm, stand eine Silhouette im Türrahmen. Geduldig wartete Sébastien ab, dass ich wieder ansprechbar wäre.

»Hätten Sie Lust auf einen Spaziergang?«

»Gern, genau das, was ich jetzt brauche.« Ich räumte meinen Arbeitsplatz auf. »Und das hier habe ich für Sie gemacht.« Ich reichte ihm das kleine Fläschchen. »Es ist nur eine kleine Aufmerksamkeit und hat nichts mit dem Wettbewerb zu tun.«

Überrascht sah er mich an. »*Merci.*« Er zog den Stöpsel ab und tupfte sich etwas Öl auf die Innenseiten der Handgelenke. »Eine perfekte Mischung …«

Wir spazierten zwischen Reihen von Olivenbäumen hindurch, deren Stämme im Licht der untergehenden Sonne orangefarben leuchteten. Dann kamen wir zu den Lavendelfeldern, wo die Blüten im Wind tanzten, als würden sie uns begrüßen wollen. Irgendetwas hatte sich verändert, und ich war mir nicht sicher, ob es an mir lag oder an meiner Art zu arbeiten – oder gar an Sébastien, der hier in seiner Welt so ausgeglichen wirkte.

Jedenfalls fühlte ich mich leichter, als würde ich die Zügel lockerer lassen, und das tat gut.

Die Sonne versank endgültig hinter einem Hügel, dessen Kuppe dadurch rotgolden leuchtete, als säße eine Krone auf der Spitze.

Sébastien drehte sich zu mir und sah mir so tief in die Augen, dass mein Gesicht sich schnell warm anfühlte. Er stand ganz nah, nur einen halben Schritt entfernt. In diesem Moment spürte ich, dass ich meinen Gefühlen in irgendeiner Weise Ausdruck verleihen musste. Ich wollte seine Lippen auf meinen spüren. Nur dieses eine Mal …

»Del …«, sagte er, und es klang wie eine Einladung.

Bevor er weitersprechen konnte, stellte ich mich auf Zehenspitzen und drückte meinen Mund auf seinen. Seine Lippen schmeckten nach Sonne und Meer, sein Atem duftete nach Erde und Himmel, und mich überkam ein Gefühl von Sehnsucht. Ich tauchte ganz in seine Nähe und Wärme ein, und als ich mich ein wenig atemlos von ihm löste, zog er mich wieder an sich und erwiderte meinen Kuss, ganz weich und sanft. Ich hatte Angst, dass mir die Beine versagten, hielt mich an ihm fest und wünschte die ganze Zeit, der Augenblick würde niemals enden. Aber natürlich tat er das. Sehr abrupt.

»Del, nein … Wir sollten das nicht tun. Es wird alles kaputtmachen.«

Warum war ich überrascht, was hatte ich erwartet? Warum konnten meine Gefühle nicht auf Gegenseitigkeit beruhen? Scham trieb mir Hitze in die Wangen.

»Tut mir leid«, murmelte ich. »Du hast recht. Es würde alles verkomplizieren.«

»Es ist nicht so, dass ich nichts empfinde, ich …«

Ich unterbrach ihn sanft, aber bestimmt. »Ich weiß.«

Diese Gefühle, die ich empfand, passten ja auch nicht zu meinem Plan, den ich mir während unseres Schweigens wieder ins Gedächtnis rief. Ich wollte den Wettbewerb gewinnen, einen Job als Parfümeurin finden und ein eigenes erfolgreiches Parfüm-Imperium aufbauen. Wie es danach weitergehen sollte, fiel mir gerade nicht ein, aber in meinem Plan kam nirgendwo Liebe vor. Dafür war einfach keine Zeit. Und doch …

Am nächsten Tag kam Sébastien erst am späten Vormittag ins Labor, das Handy wie üblich am Ohr. Er wirkte genervt, als würde Paris ihn zurückfordern.

Nachdem er aufgelegt hatte, steckte er das Handy in die Tasche und seufzte schwer. Mit beinahe entschuldigendem Blick sah er mich an, und ich wusste, was kommen würde.

»Guten Morgen!« Ich nahm wahr, dass er meine Heilölmischung aufgetragen hatte. »Warum das lange Gesicht?«

»Ich muss nach Paris zurück. Die Situation mit dem kopierten Parfüm hat sich zugespitzt, und das Management-Team hat mich gebeten, vor Ort mit unseren Anwälten zu sprechen. Es tut mir sehr leid. Als Mentor bin ich dir nicht sehr von Nutzen.«

Mein Herz sank bei dem Gedanken, die Provence schon verlassen zu müssen, aber natürlich konnte ich die Situation verstehen. »Schon gut«, winkte ich ab. »Der gestrige Tag hat mir viel gebracht, und ich glaube, ich bin auf dem richtigen Weg.«

»Möchtest du lieber hier weiterarbeiten oder in Paris?«

Ich hatte eine Wahl?

»Dann bleibe ich hier«, erwiderte ich und sah aus dem Fenster auf die Lavendelfelder. »Da es bei dem Parfüm um die Provence gehen soll, fühle ich mich hier viel inspirierter.« Natürlich würde ich ihn als Mentor und Freund vermissen – und als noch etwas anderes, das ich nicht genau benennen konnte –, aber ich wollte die Atmosphäre gern weiter in mich aufnehmen und dieses Gefühl in meine Arbeit einfließen lassen.

»Ja, hier kannst du bestimmt besser arbeiten.« Ich sah, dass seine Augen leuchteten. War er etwa erleichtert, weil ich hierblieb, während er wegfuhr? Weil wir uns nicht mehr mit gebotener Vorsicht begegnen mussten? Nicht über den Kuss reden mussten, der am besten gar nicht passiert wäre? »Jean Marc wird dich dann wieder abholen.«

Ich wandte mich ab. »Gute Fahrt!« Mit einem Kloß im Hals nahm ich meine Arbeit wieder auf und hielt nur kurz inne, als ich das Knirschen der Räder auf dem Kiesweg hörte.

Du hättest ihn nicht küssen dürfen, Del!

Wohlweislich gönnte ich mir doch eine Pause, weil ich wusste, dass ich mein Parfüm mit diesem Gefühl von Verletzung und Einsamkeit vergiften würde. Und während ich über die Situation nachdachte, kam mir plötzlich eine Erkenntnis: Viele Menschen mussten mit Liebeskummer, Einsamkeit, Angst und Trauer fertigwerden, und bislang hatte ich versucht, Duftmischungen zu kreieren, die sie heilen würden. Doch im Grunde brauchten sie ein Parfüm, das sie aufbaute, ihre Stimmung hob und sie an die guten Zeiten erinnerte … an die Tatsache, dass die Liebe trotz allem jeden Tiefschlag wert war.

Kapitel 23

Zurück in Paris, war die Provence bald nur noch eine nach Lavendel duftende Erinnerung. Die Ruhe hatte mir gutgetan, ich fühlte mich entspannt und bereit, den Wettbewerb voller Energie fortzuführen. Ich war überzeugt, alles erreichen zu können, wenn ich mich nur richtig darauf konzentrierte.

Mein Lavendelparfüm würde der Jury gefallen, da war ich mir sicher. Der Unterschied zu meinem ersten Duft war riesig.

Ich stand vor dem Haus und wartete auf die übrigen Teilnehmer, da wir unter Aurélies Führung gleich einen Ausflug ins *Musée du Parfum* unternehmen würden. Ich war erleichtert, dass Sébastien nicht dabei sein würde. Mir war klar geworden, dass ich meine Träume von Parfüm mit meinen Gefühlen für ihn vermengte, und das war nicht richtig.

Was war nur mit der sonst so ehrgeizigen und gewissenhaften Del passiert? Sie war ein wenig aus der Bahn geraten, hatte das erste Prickeln einer möglichen Liebe gespürt und sich ablenken lassen – aber das war nun vorbei.

Um die Zeit zu überbrücken, schickte ich Jen eine Textnachricht.

Hallo Schlafmütze! Während du bestimmt noch im Bett liegst, warte ich auf meine Konkurrenten, weil wir gleich einen Ausflug machen. Die Woche lief gut, und diesmal freue ich mich auf das Ergebnis der Jury. Warum lässt du nichts von dir hören? Ich vermisse deine Stimme und deine blöden Witze ;-) Belegt James dich jetzt vollends mit Beschlag? Hör ich etwa bald Hochzeitsglocken läuten? Oder soll ich schon mal Babyschühchen stricken? Ruf mich an, sobald du kannst. xxx

Clémentine kam als Erste, in einem seegrünen Satinkleid mit weißem Kunstpelzmäntelchen. Was für ein kurioses Outfit für einen warmen Sommermorgen! Sie küsste die Luft rechts und links von meinen Wangen.

»Del! Wie ist es dir ergangen?«

»Ach, eigentlich sehr gut. Und dir?«

Sie verdrehte die Augen und holte tief Luft. Ich ahnte schon, dass nun ein längerer Monolog über ihre dramatische Woche mit Lex folgen würde. »Dieser Mann, also, dieser *alte* Mann …« Sie stöhnte. »Andauernd wollte er mir vorschreiben, was ich tun und wie ich denken soll, als hätte ich kein Köpfchen.« Sie deutete auf ihre Schläfe. »Er hat mich behandelt wie ein hirnloses Püppchen.«

Es fiel mir schwer, nicht laut loszuprusten, aber ich presste die Lippen fest aufeinander und nickte, damit sie fortfuhr.

»Ununterbrochen hat er geredet. Meinte, wir müssten nach einem Rückschlag immer wieder auf die Füße kommen. Am Ende habe ich ihm alles durchgehen lassen – nicht, weil er recht hatte, sondern weil ich sonst verrückt geworden wäre.«

»Es war also eine harte Woche, aber du hast ein Parfüm kreiert, mit dem zu zufrieden bist?«

»*Oui.*«

»Dann ist doch alles gut.«

»Gut? Hast du nicht gehört, was ich gesagt habe?«

Ich nahm sie in den Arm und lachte. »Ich hab dich vermisst«, sagte ich und merkte, dass ich es tatsächlich so meinte. Es war schwer, Clémentine nicht zu mögen, trotz allen Dramas und aller Tricks.

»Ich hab dich auch vermisst, *ma chérie.* Es gab da übrigens noch einen hübschen Mann, aber die Geschichte bleibt besser in Bordeaux, *oui?* Es war ja nur ein kleiner Urlaubsflirt.«

Schmunzelnd schüttelte ich den Kopf. Clémentine und die Männer ... Es war ein Wunder, dass sie ihre Arbeit überhaupt geschafft hatte, und ich wette, dass sie Lex dafür danken sollte.

Schließlich kamen auch Lila, Lex und Anastasia dazu, und wir wurden zum *Musée du Parfum* gefahren.

Aurélie begleitete uns durch die Ausstellung. Wir mussten nicht extra anstehen und durften viele Exponate ganz aus der Nähe betrachten, nicht nur von der Absperrkette aus wie die anderen Besucher.

Uns wurde erklärt, wie durch die Jahrhunderte Parfüm hergestellt worden war, und wir sahen antike Ausstellungsstücke, wie etwa einen fünftausend Jahre alten Parfümflakon aus Mesopotamien oder einen Louis XIV Parfümbrenner aus vergoldeter Bronze und Ebenholz. Mir war, als ginge von ihnen immer noch der Hauch eines Duftes aus, und ich spürte die Schwingungen ihrer Geschichte.

Wir bewunderten Fabergé-Flakons und Pomander aus dem sechzehnten Jahrhundert, kleine runde Gewürzbüchsen, die am Gürtel oder um den Hals getragen wurden und die ansteckende Krankheiten abwehren sollten; Parfümringe aus der ehemaligen Tschechoslowakei und Flakons, die so elegant und kunstvoll gefertigt waren, dass mir bei ihrer Schönheit der Atem stockte. Außerdem hatten Besucher die Möglichkeit, eigene Duftmischungen zu erstellen.

Auf dem Rückweg in unser Labor tauschten wir uns inspiriert über alles aus, was wir gesehen hatten.

»Ich will diesen Parfümring«, sagte Clémentine. »So etwas Schönes habe ich noch nie gesehen.«

Der Museumsbesuch eröffnete uns noch mal einen ganz neuen Blick auf die Parfümerie. Bei Düften ging es um so viel mehr als nur um aus Rosenblättern gewonnene Öle oder Samen einer Vanilleschote. Es ging gleichermaßen um Geschichte und Erinnerungen und was diese in einem bewirkten, darum, ein einzigartiges Gefühl auszulösen.

Im Labor trafen wir nun auch Sébastien, der sich mit Lex über Bordeaux unterhielt. Er verbrachte jetzt mehr Zeit mit uns Teilnehmern als am Anfang des Wettbewerbs. Inspirierte ihn der Austausch mit uns etwa? Er hörte Lex aufmerksam zu, und ich sah einen himmelweiten Unterschied zu den ersten Wochen, in denen er unsere Fragen nur kurz und bündig beantwortet hatte und nach fünf Minuten wieder verschwunden war.

Als Aurélie kam und Lex zu sich rief, wandte Sébastien sich mir zu. Ich rang meine Nervosität nieder und lächelte.

»Hast du mit den Anwälten alles klären können?«

»Ja.« Er rieb sich kurz über das Gesicht. »Und von dem Geld, das uns das gekostet hat, können sie sich wahrscheinlich einen teuren Urlaub leisten.«

»Das ist alles ganz schön unfair.«

»Oh, ja. Aber wenn unser Name dadurch in den Zeitungen erscheint, ist es auch Werbung für uns.«

Ich musterte ihn aufmerksam. »Ich habe den Eindruck, dass du viel gelöster bist. Was hat sich verändert?«

Er grinste schief und setzte sich mir gegenüber. »Allmählich fange ich an, meinen Vater besser zu verstehen.« Im Flüsterton fuhr er fort: »Die ganze Zeit über dachte ich, mein Vater hätte sich hinter seiner Tür verschanzt und in der Welt der Düfte verloren, während er tatsächlich akribische Berechnungen anstellte, unendlich viel Papierkram erledigte, das Kopieren seiner Düfte verhinderte und die Firma *Leclère* am Laufen hielt.«

»Und das hat er hinter verschlossenen Türen getan, damit er der Einzige war, der sich Sorgen machen musste?«

Sébastien blinzelte einige Male. Offenbar bewegte ihn das Thema sehr. Nach einer Weile sagte er: »Das vermute ich. Das alles hat er auch für mich getan, und ich hatte keine Vorstellung davon, was es bedeutete, ein solches Duftimperium zu leiten. Er hat alles auf sich genommen, damit ich ungehindert Parfüms kreieren konnte, ohne Druck und ohne Sorgen. Ich hatte keine Ahnung, welches Opfer er brachte, damit ich mich auf die Arbeit konzentrieren konnte, für die ja auch er immer gelebt hatte.«

Ich bekam eine Gänsehaut und hatte das unbestimmte Gefühl, der alte Mann würde mir über die Schulter sehen. »Und jetzt hast du erkannt, dass er das nicht aus mangelnder Liebe zu dir gemacht hat, sondern weil er dich, im Gegenteil, sehr liebte.«

»Ja, ich habe das immer falsch gesehen. Er hat mir die Freiheit verschafft, die ich seiner Meinung nach brauchte. Dabei brauchte ich eigentlich nur ihn. Was für Missverständnisse immer wieder entstehen, wenn wir einander nicht die Wahrheit sagen.«

Tja, allerdings war es nicht immer einfach, die Wahrheit zu sagen …

»Das klingt so, als hätte jemand zwischen all dem Papierkram auch etwas neue Leidenschaft entdeckt«, sagte ich und hob etwas übertrieben die Augenbrauen, um die Stimmung aufzulockern.

Er lächelte frei und offen. »Und das nur wegen dir.«

»Wegen mir?«

»Ich wollte den Wettbewerb eigentlich nicht mehr durchziehen, deshalb war ich am ersten Abend auch schon nicht dabei. Ich wollte nur noch raus und mit alldem nichts mehr zu tun haben. Ich hielt es für eine schlechte Idee und bereute mein Versprechen. Aber dann bist du mir andauernd über und in den Weg gelaufen.« Er schmunzelte. »Und das hat mich zum Nachdenken gebracht. Nicht, weil dir ständig irgendwelche Katastrophen passieren, sondern weil du dich so mutig aus deiner Komfortzone gewagt hast, ganz allein, nur um etwas in deinem Leben zu erreichen, und ich hatte das Gefühl, es dir schuldig zu sein … dieser Frau, die den weiten Weg hierhergekommen ist, die das Herz auf der Zunge trägt und mit der ich zum ersten Mal seit Ewigkeiten wieder lachen konnte.«

Er hatte den Wettbewerb schon am Anfang verlassen wollen?

»Nun denn«, sagte ich, »die Königin der Katastrophen steht zu Diensten.« Ich verzog das Gesicht, und Sébastien musste lachen.

Seit ich ihm das erste Mal begegnet war, hatte er sich sehr verändert, und mittlerweile fühlte ich mich ihm seltsam nahe. Die Trauer in all ihren Facetten konnte einen Menschen völlig aus der Bahn werfen, ohne dass es ihm überhaupt bewusst war. Man fühlte sich dann einfach unausgeglichen und launisch. Aber anscheinend kam Sébastien nun nach und nach wieder in den Tritt.

»Es ist nicht nur das, Del«, sagte er und wurde ein wenig rot. »Mich beeindruckt auch deine Überzeugung, dass ein Duft alles kurieren, alles geraderücken kann – wie ein Heilmittel. Ich weiß, warum du mir in der Provence diese Mischung zubereitet hast. Ich kenne niemanden, der so sehr an Düfte glaubt wie du – außer meinen Vater. Du bist ehrgeizig und willst mit aller Kraft vorankommen, aber ich glaube, du unterschätzt, dass du jeden Tag schon allein damit gewinnst, weil du so bist, wie du bist. Weil es deine Gabe ist, genau zu spüren, was ein Mensch braucht und du ihm das durch Düfte zu geben versuchst.«

Vor lauter Verlegenheit war ich sprachlos.

»Tut mir leid, jetzt habe ich das alles auf dich abgeladen«, sagte er, wurde ernst und sah mich schweigend an.

Seinen Blick zu erwidern, hatte einen hypnotischen Effekt, und ich wünschte mir nichts mehr, als jetzt die Hände auszustrecken, ihn zu berühren und seine Arme um mich zu spüren. Seine Lippen auf meinen. Da begriff ich, dass ich mich nicht mehr gegen meine Gefühle wehren konnte, dass jeder Widerstand zwecklos wäre. Warum es mit ihm so war, konnte ich nicht erklären – in seiner Nähe spürte ich eine Art Flirren in der Luft, eine Kraft, die mich dazu brachte, alle Vorsicht in den Wind zu schießen. Aber sobald wieder ein oder zwei Ozeane zwischen uns lägen, würde sich das bestimmt wieder geben.

Sébastien räusperte sich und sagte mit belegter Stimme: »Ich würde gern …«

Aber Anastasia wählte genau diesen Moment, um zu uns zu stoßen, und ich erstarrte. Sébastien nahm mir mein Lavendelparfüm aus der Hand und löste den Stöpsel, als hätten wir gerade darüber gesprochen. Der Duft breitet sich zwischen uns aus: Lavendel, Orange und ein Hauch Kaminfeuer. Gemeinsam hatten wir versucht,

Lavendel zum Strahlen zu bringen, allerdings mit etwas ungewöhnlichen, modernen Akzenten von heute. Anstatt uns darum zu kümmern, ein Thema zu finden oder ein Gefühl abzufüllen oder ein Bild heraufzubeschwören, hatten wir die richtigen Nuancen finden wollen, um den Lavendelduft zu entstauben. Zumindest war das vor Sébastiens Abreise unser Ziel gewesen, und ich war beinahe sicher, dass mir die Umsetzung auch allein gelungen war.

Sébastien schwenkte den Flakon und roch daran, doch sein Gesicht zeigte keine Regung.

»Also gut, wenn Sie zufrieden sind, werde ich es bei der Jury einreichen.«

»Ich bin sehr zufrieden«, erwiderte ich und sah Anastasia scharf an, als würde sie ein wichtiges Gepräch mit meinem Mentor unterbrechen.

»Dann wünsche ich noch einen schönen Nachmittag, Del, und genießen Sie morgen Ihren Unterricht bei der Parfümeurin Louisa Elliot.«

»Vielen Dank«, sagte ich, während ich mich um eine möglichst neutrale Miene bemühte.

»Louisa Elliot!«, stieß Anastasia schrill aus. Es war das erste Mal, dass ich sie lächeln sah. Louisa Elliot war eine amerikanische Parfümeurin, die erst für Dior gearbeitet und sich dann selbständig gemacht hatte. Sie war für ihre launenhaften Ausbrüche bekannt, doch das konnte man mit ihrer leidenschaftlichen Art und ihrem Hang zum Perfektionismus entschuldigen.

»Ja, es war gar nicht so einfach, sie zu einem Besuch zu überreden«, sagte Sébastien.

»Ich muss sofort alles über sie in Erfahrung bringen«, sagte Anastasia und rauschte davon.

»Es gibt noch Zeichen und Wunder.« Ich schüttelte über ihren plötzlichen Wandel den Kopf.

»Ich werde jetzt ins Labor meines Vaters gehen«, sagte Sébastien. »Es sei denn, du brauchst mich noch?«

Meinte er fürs Parfümieren? Ich merkte, dass er voller Energie war, inspiriert und bereit, wieder an seiner wiederentdeckten Leidenschaft zu arbeiten: dem Kreieren von Düften. Ich wollte ihm dabei nicht im Wege stehen.

»Viel Spaß«, erwiderte ich, umarmte ihn kurz und spürte im Herzen einen kleinen Stich.

Kapitel 24

»Stellen Sie sich das Parfümieren als Tanz vor … als würden Sie Liebe machen!«, sagte Louisa Elliot mit rauchiger Stimme und lachte laut. Sie brachte uns den ganzen Morgen schon zum Lachen, während sie von der Auswahl des richtigen Flakons über Marketingkampagnen bis hin zum harmonischen Design einer Parfümserie alles Mögliche erklärte. Wie schön, einmal eine so entspannte Schulung zu haben, in der wir nicht verkrampft bangen mussten, vor den berühmten Parfümeuren einen Fehler zu machen.

»Und jetzt bekommen Sie die Aufgabe, mir einen Lebenstraum zu mischen. Wie Sie das interpretieren, bleibt Ihnen überlassen.« Sie fuhr sich durch die kurzen schwarzen Locken. »Ich gebe Ihnen eine Stunde, dann schauen wir mal, wie weit Sie bis dahin gekommen sind.«

Nur eine Stunde? Ich war unsicher, ob ich das schaffen würde, wenn ich eine Vision einfangen musste anstatt nur Aromen miteinander zu verbinden, von denen ich wusste, dass sie gut zusammenpassten? Ich hatte erwartet, dass es in diesem Stadium mehr um das Ausbalancieren von Komponenten ginge als um den Ausdruck einer Stimmung, doch wieder mal lag ich falsch.

Nach einer halben Stunde war ich noch nicht besonders weit gekommen. Woran sollte ich Lebensträume festmachen, wo sie doch für jeden etwas anderes bedeuteten? Wenn ich über meine eigenen nachdachte, schwirrte mir der Kopf, weil ich so vieles erreichen und erfahren wollte: New York, eine Karriere als Parfümeurin, Liebe …

Seit ich in Paris war, träumte ich viel von Romantik. Manchmal lag ich nachts wach und sehnte mich nach einer Liebe, die unkompliziert war, in der man einfach seinem Herzen folgen konnte. Das wahre Leben holte mich dann immer wieder ein und mit ihm das Wissen, dass ich nicht einfach jedem Impuls folgen konnte. Wovon träumte ich also, wenn ich jetzt die Augen schloss …?

Louisa kam zu mir. »Warum das traurige Gesicht?«

Ich seufzte. »Ich finde die Aufgabe sehr schwer. Wenn es um Krankheit oder fehlende Balance geht, kann ich das Passende zusammenmischen, aber wenn ich durch Düfte Visionen oder Gefühle festhalten soll, bin ich verunsichert.«

Mit ihren schwarz umrandeten Augen und den leuchtend roten Lippen sah ich in Louisa immer noch die weltoffene Frau aus Manhattan, die sie einmal war, auch wenn sie mittlerweile hauptsächlich in Frankreich lebte. »Erzählen Sie mir, wie weit Sie bisher gekommen sind.«

»Na ja, wenn ich an Träume denke, dann natürlich erst einmal an meine eigenen. Liebe, Karriere, ein Ort, an dem man sich zu Hause fühlt …« Nervös schob ich mir eine verirrte Haarsträhne hinters Ohr und dachte kurz über Nans Ratschlag nach. Ehe ich die Worte »Ich liebe dich« nicht in drei Sprachen zu jemandem gesagt oder herausgefunden hatte, was die Sprache der Liebe ist, würde ich sie vielleicht nie verstehen.

Louise verschränkte die Arme und musterte mich. »Warum dann dieser besorgte Blick? Das klingt doch, als wüssten Sie ganz genau, was Sie tun und was Sie als Duft ausdrücken wollen, Sie müssen nur damit spielen. Was bedeutet Ihnen ein Traum? Träumen Sie von Liebe?«

»Na ja …« Ich lachte unsicher. »Genau darum geht es ja. Wenn ich so ein schwieriges Thema angehe, verliere ich den Faden und kann es nicht umsetzen. Und irgendwo auf dem Weg geht dann das besondere Etwas verloren.« Es fiel mir leichter, Duftessenzen zu nehmen und einfach passend zusammenzumischen, als damit ein bestimmtes Gefühl zu übersetzen. »Wenn ich zum Beispiel Liebe nehme … da denke ich an Rosen, aber woran noch? Ein Spritzer dies, ein Hauch das, aber das ist noch lange keine Liebe, oder? Ich finde es schwer, so zu tun, als wäre es etwas, das es in Wirklichkeit nicht ist.«

Louisa schnupperte ausgiebig an meiner Mischung, machte sich ein paar Notizen und schnipste dann mit den Fingern. »Ich verstehe«, sagte sie. »Um ehrlich zu sein, glaube ich, Sie müssen zwischen Denken und Fühlen trennen. Wissen Sie, was ich meine?«

Ich ahnte es, aber das war leichter gesagt als getan. Sie musste mir meine Zweifel angesehen haben, denn sie ergänzte: »Sie mischen Zutaten zusammen, von denen Sie *denken*, dass sie gut zusammenpassen und ausgewogen sind, aber Sie müssen ein Parfüm mischen, das ein *Gefühl* hervorruft. Benutzen Sie nicht Ihren Kopf, sondern Ihr Herz.«

Ich dachte eingehend über ihren Rat nach und glaubte tatsächlich, dass diese Sichtweise mir helfen würde. Beim Parfümieren ging es um mehr als um die Summe der Einzelteile.

Ich dachte zu eng, zu begrenzt.

Litt meine Parfümkunst darunter, dass ich meine wahren Gefühle verbarg?

Ich musste mutiger sein.

Viele neue Fragen schwirrten mir durch den Kopf, aber ich hatte das Gefühl, der Lösung dieses Rätsels, das mich schon so lange quälte, immer näher zu kommen. Wenn ich erst einmal ein mir vertrauteres Gefühl als die Liebe einfangen und ausdrücken könnte, dann hätte ich den Beweis, dass meine Schwierigkeiten nur damit zu tun hatten, dass ich etwas ausdrücken wollte, das ich noch nicht erlebt hatte.

»Danke, Louisa. Jetzt verstehe ich es besser. Glaube ich zumindest …« Es war nur wichtig, fest daran zu glauben, dass es möglich war. Ich würde als Lebenstraum nicht Liebe ausdrücken, sondern meinen Traum, in einer neuen Stadt Fuß zu fassen, mir dort ein Leben aufzubauen, die Welt um mich herum zu entdecken. An mich zu glauben.

Louisa nickte. »Mein Rat für die Zukunft lautet: Riskieren Sie alles. Das müssen Sie, wenn Sie eine große

Parfümeurin werden wollen. Sie müssen die Leidenschaft entdecken, sie aus jedem Aspekt des Lebens gewinnen, Sie müssen in vollen Zügen leben und niemals zurückblicken.«

Ich merkte, wie sich ein breites Lächeln auf meinem Gesicht ausbreitete. Niemals zurückzublicken schien mir ein guter Rat und auf jeden Fall einer, mit dem meine Nan einverstanden gewesen wäre. Ich machte mich erneut an die Arbeit und stellte mir vor, wie es sich anfühlte, im Moment zu leben, mit beiden Händen nach dem Glück zu greifen und es festzuhalten. Ich roch frisch gemähtes Gras. Sonnenschein, der auf Regen folgte. Kaffeebohnen. Zucker und Gewürze. Die Erwartung, dass der nächste Tag noch besser würde. Den süßen Duft des Erfolgs.

New York …

Meine Hände flogen nur so zwischen den Fläschchen, Töpfchen, Reagenzgläsern und Kolben hin und her, und mein Herz schlug schneller, weil ich spürte, dass ich kurz davor stand, etwas zu erreichen, das mir bisher misslungen war.

Eine halbe Stunde später reichte ich Louisa meinen Flakon. Sie schwenkte ihn unter ihrer Nase und begann zu lächeln. »Alle mal herhören, wir haben hier eine eindeutige Gewinnerin«, verkündete sie. »Del hat es geschafft, Großstadtleben heraufzubeschwören, die Eleganz von Paris! Lange, entspannte Tage, Spaziergänge auf den Boulevards, zwischendurch ein café au lait … Das hier«, fügte sie zu mir gewandt hinzu, »ist der Beginn von etwas ganz Großem.«

Moment mal … Paris?

»Eigentlich wollte ich …« Ich brach ab und überlegte. Ich hatte ein Parfüm kreieren wollen, das meinen Traum von New York wiedergab, aber irgendwie war es zu einem Parfüm über Paris geworden.

Hatten meine Träume sich verändert, ohne dass es mir bewusst gewesen war?

Louisa sah mich erwartungsvoll an, also sagte ich schnell: »Danke, Louisa.« Die Liebe auszudrücken, würde noch warten müssen – sie war für mich noch immer nicht greifbar. Jetzt musste ich mir auch erst einmal Gedanken darüber machen, warum mein Unterbewusstsein so dramatisch den Kurs gewechselt hatte. Ich vertraute der Magie der Düfte, also musste ich ergründen, was mein Duft von Paris mir sagen wollte.

Was mir mein Unterbewusstsein damit sagte.

Zum Abschluss des Nachmittags setzten wir uns noch zusammen und sprachen über unsere Hoffnungen und Träume. Irgendwie hatte Louisa es geschafft, dass die ganze Gruppe harmonischer wirkte und freundschaftlicher miteinander umging. Wir diskutierten darüber, was funktioniert hatte und was nicht, und ich war überglücklich, dass mein Parfüm zum Duft des Tages gewählt worden war. Louisa nahm mich fest in die Arme und bestärkte mich erneut darin, meinem Instinkt zu folgen. Daraus schöpfte ich ganz neue Hoffnung für die Zukunft.

Als Gewinnerin erhielt ich eine Woche lang Zutritt zu Vincents Labor. Ich vergeudete keine Zeit, schnappte mir sofort den Schlüssel und nahm dort noch einen

Hauch von Sébastiens Parfüm wahr, als wäre er gerade erst gegangen.

Der Gewinn passte zum Thema: Es war wie ein wahr gewordener Traum, Vincents persönliche Laborausstattung zu sehen und dort sitzen zu können, wo er immer gesessen hatte. Sébastien hatte die Notizbücher seines Vaters offen liegen lassen, zusammen mit einer handgeschriebenen Notiz, dass ich darin lesen dürfe. Diese Ehre würde später nur noch dem Gewinner des Wettbewerbs zuteilwerden, und ich empfand es als etwas Besonderes, dass er mir so vertraute. Mithilfe eines Wörterbuchs auf meinem Handy versuchte ich, die Worte zu entziffern, und war schon bald völlig gebannt.

Ein Satz beeindruckte mich besonders, und ich kopierte ihn in mein eigenes Notizbuch, um ihn mir später wieder in Erinnerung rufen zu können: »Komponiere den perfekten Duft, und er wird für immer weiterleben wie eine Melodie.« Der alte Mann hatte sehr poetisch geschrieben, beeindruckend offen und ehrlich, als wären dies eher seine Memoiren als nur Notizen über seine Arbeit.

Im kleinen Labor oberhalb der *Parfumerie Leclère* dachte ich über Vincent und all das nach, was er in seinem Leben erreicht hatte. Ein Mann, der von den großen Parfümeuren seiner Zeit zuerst verachtet und entmutigt worden war. Doch dann hatte er es ihnen allen gezeigt und große Erfolge errungen und war dabei außerdem bescheiden und auch ein wenig verschroben geblieben. Vincent Leclère war ein Paradebeispiel für Durchhaltevermögen, und ich schwor mir selbst, ihn mir immer als Vorbild zu nehmen. Und auch, darüber nicht die Menschen in meinem Leben zu vergessen.

Ich unterbrach die Lektüre und stellte mich ans Fenster. Bestimmt hatte Vincent das auch regelmäßig getan – nach draußen gesehen und gleichzeitig weiter einen Spritzer von diesem mit ein paar Tropfen von jenem vermengt. Die feinen Haare an meinen Armen richteten sich auf. Vielleicht weilte Vincent ja immer noch in irgendeiner Form an diesem Ort, den er so sehr geliebt hatte, in seinem Labor neben den Champs-Élysées, wo der Rummel des Großstadtlebens nur wenige Schritte entfernt lag und Essensdüfte aus den Bistros und Restaurants heraufwehten, um die Hausbewohner zu verführen. Könnte auch ich in dieser Stadt leben – der Stadt der Liebe?

Kapitel 25

Nein, wirklich?«, quietschte Jen durchs Handy. »Das klingt ja phantastisch!«

Endlich hatte ich sie mal erwischt und ihr alles über die vorangegangene Woche erzählt, über meine Zeit in Vincents Labor und seine Notizbücher und dass ich an seiner Parfümorgel schnuppern durfte. Instinktiv legte ich die Hand aufs Herz und sagte: »Ja, das war es. Ein echtes Highlight. Ich kann gar nicht beschreiben, wie sehr ich mich dort mit ihm verbunden gefühlt habe.«

»Das klingt alles ganz wunderbar. Wahrscheinlich willst du gar nicht mehr zurückkommen, hm?« Ein Teil von mir wollte diese Reise tatsächlich nie mehr beenden. Mir war bewusst, dass ich jeden Tag etwas Neues lernte und immer besser wurde.

»Ach, ich weiß nicht«, erwiderte ich. »Vielleicht ist das hier auch nur so was wie ein märchenhafter Traum, und bald geht es mit dem richtigen Leben weiter. Aber die Zeit hier hat mir die Augen geöffnet und mich erkennen lassen, dass es zu Hause gar nicht so schlecht ist. Es wird immer der Ort sein, an den ich mich zurückziehe, wenn ich Trost und Ruhe brauche. Aber um meine Träume zu verwirklichen, muss ich mutig sein und an mich glauben.«

»Du kannst alles schaffen, was du dir nur vornimmst, Del. Du denkst, du seist wie Mom und Dad, weil du auch eine Träumerin bist, aber das stimmt nicht. Du bist in gewisser Hinsicht auch eine Künstlerin und sehr ehrgeizig, und bei deinem Arbeitseifer wirst du alles erreichen, was du willst. Das passiert sicher nicht über Nacht, aber am Ende wirst du Erfolg haben. Ganz bestimmt.«

»Ich frage mich nur …« Ich zögerte. »Wirst du denn in Whispering Lakes bleiben?« Insgeheim hoffte ich, dass sie vielleicht doch noch mit mir nach New York gehen würde. Ich schämte mich ein wenig für meinen egoistischen Wunsch, aber sie fehlte mir einfach so sehr.

Jen schwieg einen Moment, und ich spürte, wie mein Herz schneller klopfte. Mit einem Mal kam mir die erschreckende Erkenntnis, dass New York niemals *ihr* Traum gewesen war, dass sie mich nur unterstützt hatte, weil sie mich liebte und mir meinen Erfolg gönnte. Ich hielt die Luft an und wartete auf ihre Bestätigung.

»Del, ich hab dich sehr lieb und würde alles für dich tun, das weißt du, oder?

Ich schloss die Augen und wappnete mich innerlich. »Ja.«

»Ich war glücklich, mehr als glücklich, dich zu unterstützen und dir beim Aufbau deines Traums zu helfen. Vielleicht auch aus dem Grund, weil ich dort sein wollte, wo du bist. Weil ich dich fast noch mehr liebe als mich selbst. Aber plötzlich hat sich einiges verändert, und ich habe erkannt, dass ich nicht einfach mit dir gehen und so tun kann, als wäre das auch mein Traum.«

»Aber ich dachte …«

»Es ist nicht wegen James, falls du das jetzt denkst. Na ja, zum Teil natürlich auch, aber das ist nicht der Hauptgrund.« Sie lachte hohl, und ich spürte, wie mir eine Träne über die Wange lief. Wieso war ich den Wünschen und Bedürfnissen meiner Schwester gegenüber so blind gewesen?

»James hat mir einen Antrag gemacht«, sagte sie nun ganz nüchtern. »Und ich habe ja gesagt. Ich wollte es dir eigentlich erst später erzählen, weil ich dich nicht von deinem Wettbewerb ablenken wollte.«

»Du bist verlobt?« So viel also dazu, dass wir alles voneinander wussten und spürten, wie es der anderen gerade ging! Ihr ganzes Leben hatte sich verändert, und ich hatte davon kaum etwas mitbekommen.

»Ja.« Diesmal schwang Freude in ihrer Stimme mit. »Er hat mich gefragt, kurz nachdem du nach Paris aufgebrochen bist. Ich hab den armen Kerl tatsächlich eine ganze Woche schmoren lassen, weil ich lange darüber nachgedacht habe, ob ich dich so hängen lassen kann und ob es die richtige Entscheidung ist. Irgendwann habe ich eingesehen, dass ich im Grunde ein Leben geplant hatte, das zu dir passt, aber nicht zu mir. Ich hoffe, du kannst das verstehen …«

Es war schwer, meine Gedanken in Worte zu fassen. Ihr Geständnis nahm mich sehr mit, und ich fühlte mich schuldig, dass ich so in ihr Leben eingegriffen hatte, wenn auch keinesfalls mit Absicht oder bösen Hintergedanken. Alle unsere Gespräche über Männer und Beziehungen gingen mir durch den Kopf. Ich dachte an ihre vielen witzigen Nachrichten über Ehe und Babys und erkannte, dass sie gar nicht witzig gemeint waren, sondern dass sie das waren, was Jen immer wollte. Nur war ich viel zu sehr auf mich fokussiert gewesen, um es zu merken. Und prompt hatte ich das Gefühl, als Zwillingsschwester versagt zu haben, weil ich das jetzt erst bemerkte.

»Alles in Ordnung?«, fragte sie leise nach.

Immer noch sprachlos, nickte ich nur, obwohl sie das nicht sehen konnte. Ich wollte ihr Sicherheit geben und Mut zusprechen, aber ich musste die Erkenntnis erst noch verarbeiten. »Das kommt jetzt sehr überraschend, Jen. Die Verlobung … alles.«

»Ich weiß, deswegen hatte ich ja auch gezögert, es dir zu sagen. Das Timing ist nicht besonders gut, und das tut mir leid. Aber irgendwie dachte ich, jede von uns muss auch für sich reifen. Wir können nicht ständig wie siamesische Zwillinge leben, so sehr wir das auch wollen. Seit Nans Tod hattest du Schwierigkeiten mit deinen Düften, aber jetzt, durch deinen Sprung ins Ungewisse, deine Reise nach Paris, hast du wieder zu dir gefunden. Verstehst du nicht, Del? Wir haben das beide gebraucht.«

Da hatte sie wohl recht. Und ich hatte es nicht erkannt. »Ja«, antwortete ich, während mir die Tränen hinter den Augen brannten. »Ich schätze, so habe ich noch gar nicht darüber nachgedacht. So schrecklich es war, dich zurückzulassen, musste es trotzdem sein. Für uns beide.«

Ich liebte sie und wollte, dass sie das Leben führte, das sie verdiente und das sie selbst gewählt hatte.

»Du kannst trotzdem nach New York gehen, Del. Ich werde dich von hier aus unterstützen, deine Buchhaltung machen und dir so viel wie möglich helfen.«

Ich wusste ihr Angebot zu schätzen, aber sie musste das tun, was sie selbst glücklich machte. »Mach dir keine Sorgen wegen New York«, sagte ich. »Außerdem müssen wir jetzt erst mal deine Hochzeit planen!« Eine Heirat erschien mir so erwachsen, während ich noch meinen Platz in der Welt suchte. Als Zwillinge hatten wir bisher jeden großen Schritt im Leben gemeinsam getan, und nun fühlte es sich komisch an, dass ihr Weg so deutlich von meinem abwich.

»Das stimmt. Und wer weiß, vielleicht verliebst du dich ja auch noch, und wir können eine Doppelhochzeit feiern?« Da waren sie wieder, die vertrauten Witze, die ich von ihr kannte.

Nach einer einstündigen Beratung über Brautjungfernkleider, Blumengestecke, Ehegelübde und alles drumherum legten wir auf. Obwohl das Gespräch mich mitgenommen hatte, hatte es dennoch gutgetan. Jetzt konnte ich meinen eigenen Weg weitergehen und wusste dabei, dass Jen ihrem Herzen folgte und ich meinem. Gott, wie ich sie vermisste! Sie hatte die ganze Zeit über gewusst, was ich brauchte, und mich in die richtige Richtung geschoben, auch um ihretwillen.

Es war wieder Zeit für die nächste Entscheidung im Wettbewerb. Wer musste uns diesmal verlassen? Immer noch benommen von meinem Gespräch mit Jen, ging ich in die Wohnung der Leclères und setzte mich ins Wohnzimmer.

Lex musste mir angemerkt haben, dass etwas nicht stimmte, denn er kam sofort zu mir. »Amerika, was ist los? Hast du Angst, dass sie dich nach Hause schicken?«

»Nein, das ist es nicht«, sagte ich. »Meine Schwester hat sich verlobt.«

»Und ist das so schrecklich?«

Ich lächelte schief. »Nein, natürlich nicht. Aber ich fühle mich irgendwie so schuldig … Ich habe sie immer gedrängt, meinen Traum mit zu verfolgen, und nie gemerkt, dass es eigentlich nicht ihrer war. Das hat mich einfach ein bisschen aus der Bahn geworfen. Sie wird heiraten!«

»Ah, euer Zwillingsding«, meinte er mitfühlend. »Aber ich wette, sie wird dich in New York besuchen kommen, so oft sie kann.«

Mit einem Mal war ich kurz davor loszuheulen – vor Freude, aber auch ein wenig vor Bitterkeit –, und es tat gut, mit Lex zu reden. Mit seiner Lebenserfahrung sah er manche Dinge einfach klarer.

»Aber ohne sie wird es in New York nicht dasselbe sein. Ich glaube, ich habe mir diese Zukunft ausgemalt wie in *Sex and the City* oder so etwas, jedenfalls hätten wir dieses tolle, aufregende Leben in der Großstadt gelebt, voller neuer Möglichkeiten und mit unzähligen Cocktails. Ich hätte gelernt, in High Heels zu gehen anstatt dauernd umzuknicken, meine kleine Parfümerie wäre allmählich zum Wahnsinnserfolg geworden, und ich wäre in ein Loft in Tribeca gezogen. All diese Songs, die man über New York hört, wären unsere Songs gewesen, und wir hätten es dort geschafft. Gegen alle Widerstände und Erwartungen hätten wir zwei Mädels aus Whispering Lakes grandiose Erfolge gefeiert … Aber das war eben nur ein Traum.«

Lex nahm mich in die Arme, und ich weinte ein paar Tränen um das, was nie geschehen würde. Es fühlte sich plötzlich ganz schön lächerlich an, dass ich mir mein Leben wie eine Fernsehserie ausgemalt hatte. Wie naiv war ich nur gewesen? Ich war überhaupt nicht bereit, eine Parfümerie zu eröffnen. Ich war noch nicht einmal bereit für New York! Ich konnte ja kaum die Champs-Élysées hinunterlaufen, ohne mich zu verirren. So viel zu meinem großen Plan.

»Aber es ist doch völlig in Ordnung, seinen Kurs zu wechseln. Du setzt die Segel, aber manchmal ändert der Wind eben die Richtung.«

Ich schniefte und versuchte, mich wieder zu fangen, da nun auch die anderen im Wohnzimmer eintrudelten und sich sicher dachten, ich würde wegen des Wettbewerbs heulen. Ich verbarg mein Gesicht in Lex' Pullover, aber früher oder später würden die anderen meine roten, verquollenen Augen ohnehin bemerken.

Ich richtete mich also wieder auf, warf Lex einen dankbaren Blick zu und wischte mir möglichst unauffällig das Gesicht trocken. »Danke, Lex. Ich bin einfach traurig, dass alles anders kommt, als ich es mir vorgestellt habe, aber im Grunde freue ich mich auch darüber. Irgendwie gehört das alles zu meiner großen Reise dazu.«

»Sei nicht zu hart mit dir selbst. Im Leben geht es nun mal auf und ab und rundherum, und manchmal muss man sich einfach dort weiterdrehen, wo es einen hinwirft.«

»Ja, es ist wohl Zeit, einen neuen Plan zu fassen. Und ein bisschen erwachsener zu werden. Auf eigenen Füßen zu stehen.«

Er rieb mir über die Arme. »Werd aber nicht zu schnell erwachsen. Sonst kann man leicht verrückt werden.«

Ich lachte und wünschte, ich hätte ein Taschentuch dabei. »Stimmt. Aber die meisten beeindruckenden Menschen sind ein bisschen verrückt, oder?«

»Richtig.«

In diesem Moment betraten Sébastien und Aurélie den Raum.

Ich atmete einige Male tief durch und schickte ein Stoßgebet zum Himmel, dass nicht ich nach Hause fahren müsste, jetzt, wo ich so vieles begriffen hatte.

»Guten Abend allerseits.«

Wir wurden still und sahen Sébastien erwartungsvoll an. Er ließ seinen Blick einmal durch den Raum schweifen, fixierte mich kurz und runzelte sorgenvoll die Stirn. Offensichtlich sah er mir meine Nervosität an und litt mit mir, was ich als tröstlich empfand. Fast unmerklich schüttelte ich den Kopf, um ihn zu beruhigen, ohne dass Clémentine und die anderen etwas mitbekamen.

»Wir hoffen, Sie haben Ihre Ausflüge in die französische Landschaft genossen«, begann Aurélie. »Es wurden Orte ausgewählt, die aus bestimmten Gründen für *Leclère* von Bedeutung sind, und Sie haben dazu passende Aufgaben erhalten. Wieder einmal waren wir äußerst beeindruckt von der hohen Qualität Ihrer Düfte und Ihrer Courage, so überraschende und vielschichtige Parfüms zu mischen. Dass das unter so viel Druck und in fremder Umgebung nicht leicht ist, war uns sehr wohl bewusst.«

Die Spannung stieg spürbar.

»Ich komme gleich zum Punkt. Auch diese Woche hat Lex mit seinem von Bordeaux inspiriertem Parfüm den ersten Platz errungen – es ist reich, sinnlich, verwegen und wirklich etwas Besonderes.«

Clémentine pfiff und applaudierte und umarmte den verblüfften Lex.

»Den zweiten Platz belegt Del.« Erleichterung durchflutete mich. »Ihr Lavendelparfüm hat dieser unscheinbaren, althergebrachten Pflanze zu neuem Glanz verholfen. Ihr Duft ist mutig und zeitgemäß und gehört eindeutig zu den besten dieser Woche. Damit bleiben noch Clémentine, Lila und Anastasia, und die Entscheidung ist uns auch diesmal sehr schwergefallen. Alle Parfüms entsprachen unseren Vorgaben, aber am meisten hat uns Lilas Ode an die Französische Riviera beeindruckt, ein komplexes aquatisches Parfüm, das den Lebensstil der Südküste wunderbar einfängt. Clémentines Parfüm erreichte eine vergleichbare Ausdruckskraft und belegt damit den vorletzten Platz. Das bedeutet leider, dass Anastasia uns heute verlassen muss.«

Einen Moment lang herrschte schockiertes Schweigen.

Dann rief Cléo unangemessen fröhlich: »Au revoir, Anastasia!«

»Cléo!«, zischte ich warnend.

»Was?«, fragte sie in gespielter Unschuld. »Stimmt es nicht, dass sie von Anfang an unfair gespielt hat?«

Das war nun wirklich lange her und musste nicht wieder aufs Tapet gebracht werden.

»Lass es einfach, Clémentine.«

»Ich finde doch nur, wir sollten keine Träne für jemanden vergießen, der rücksichtslos die Regeln bricht, um voranzukommen. So etwas ist nicht in Ordnung.« Sie beugte sich zu mir und flüsterte mir ins Ohr: »Und auch du hast die Regeln gebrochen, nicht wahr?«

Ich starrte sie überrascht an.

Sébastien bemerkte die Anspannung im Raum und klatschte ein paarmal in die Hände. »Bitte verabschieden Sie sich voneinander – den Rest des Tages haben Sie frei.«

Ich wollte nur möglichst schnell von hier verschwinden, weg von Clémentine, die jetzt offenbar ihr wahres Gesicht zeigte.

Kapitel 26

Als Aurélie am folgenden Tag nach dem Frühstück zu uns kam, war Sébastien nicht dabei.

»Meine Lieben, in dieser Woche sollen Sie einen Duft kreieren, der zeitlos ist. Wie Sie das interpretieren, bleibt Ihnen überlassen. Definieren Sie die Aufgabe, wie Sie möchten. Sie haben allerdings nur eine Stunde Zeit, Ihr Parfüm herzustellen. Ich schätze, als Sébastien und sein Vater sich diese Aufgabe ausdachten, wollten sie die Grenzen Ihrer Kreativität testen und sehen, ob Sie auch in kürzester Zeit Qualität erzeugen können. Und ich weiß, dass Sie das schaffen, also rasch an die Arbeit! Das Labor ist geöffnet, und Sie haben bis zehn Uhr Zeit, Ihre Flakons abzugeben.«

Eine Stunde! Eine Stunde war ausreichend Zeit, um mit einem Duft zu spielen, so wie ich es bei Louisa getan hatte, aber sie reichte bei weitem nicht, um ein richtiges Parfüm herzustellen, das zudem von der Jury bewertet werden sollte. Aufgeregt lief ich den anderen hinterher, während in meinem Kopf die Gedanken wirbelten und ich doch nur an eines denken konnte: den Zeitdruck und wie er mich einschränken würde.

Und plötzlich hatte ich eine Eingebung.

Mein Puls raste, als ich meinen Arbeitsplatz einrichtete.

Zeit.

Cléo frotzelte Lex wegen irgendetwas an, der sich jedoch nicht aus der Ruhe bringen ließ. »Schluss jetzt, Cléo!«, rief ich. Inzwischen hatte ich den Eindruck, als wollte sie die anderen absichtlich ablenken, damit sie Fehler machten.

Konzentrier dich jetzt auf dich, Del. Für mich bedeutete Zeit, noch einen weiteren Tag mit einem geliebten Menschen zu verbringen. Sobald dieser Mensch fort war und nie mehr wiederkehren würde, lernten wir daraus, dass wir sie jetzt, in diesem Moment, genießen und auskosten mussten – wie den Geruch nach einem Regenschauer oder die Stille kurz vor Einbruch der Dunkelheit oder das Glitzern der Sterne im nachtblauen Himmel. Was konnte eine Stunde Zeit an Bedeutung gewinnen, wenn eigentlich keine Zeit mehr übrig war.

Gestohlene Zeit.

Ich arbeitete wie eine Besessene und spürte am Prickeln in meinen Fingerspitzen, dass ich etwas Besonderem auf der Spur war. Einem persönlichen Durchbruch. Oder vielleicht war es nur der Versuch, den Menschen näher zu sein, die ich verloren hatte.

Erwartungsgemäß war die Zeit in Nullkommanichts vorbei, und Aurélie sammelte lächelnd unsere Ergebnisse ein. Für den Rest des Tages hatten wir frei. Ich räumte meinen Tisch auf und schnappte mir meine Handtasche.

»Und? Erfolgreich gewesen?«, wollte Clémentine wissen. Ich konnte mein zufriedenes Grinsen nicht verbergen, aber trotzdem dachte ich auch an die Drohung, die sie neulich ausgesprochen hatte.

»Ich hoffe es.«

Sie dagegen wirkte ziemlich geknickt.

»Was ist los?«

Sie seufzte dramatisch. »Mir hat die Zeit nicht gereicht, ich habe mich total verschnipselt.«

»Du hast was?«

»Ich habe viel zu viel herumprobiert … mich verzettelt, meinte ich.«

Ach so. »Aber du hast abgegeben, oder?«

»In letzter Sekunde. Ich glaube aber nicht, dass es gereicht hat. Aber wenn ich vor ihr …«, sie deutete mit dem Daumen auf Lila, die sich ganz bewusst von Cléo fernhielt, als wäre sie ansteckend, »… nach Hause geschickt werde, bin ich stinksauer.«

»Verschwende deine Zeit nicht mit solchem Gerede, Clémentine. Wenn du nicht ständig an Lex herumgenörgelt hättest, wärst du bestimmt rechtzeitig fertig geworden.«

Sie gab mir einen Schubs mit der Hüfte.

»Ach, das war es nicht. Ich werde eben nicht gern unter Zeitdruck gesetzt, das ist alles.«

»Das wird keiner von uns gern, aber wenn du dich auf deine Aufgabe konzentriert hättest …«

»Es haben eben nicht alle von uns einen Leclère als Mentor. Und die Sperrstunde dürfen wir auch nicht einfach ignorieren …«

»Clémentine«, sagte ich warnend und erwiderte ihren herausfordernden Blick. »Ich bin mir sicher, dass auch du hin und wieder zu spät nach Hause gekommen bist«, bluffte ich, drehte mich um und marschierte davon. Wenn sie wollte, könnte sie es mir durchaus noch schwer machen, etwa indem sie die anderen davon überzeugte, dass ich einen unfairen Vorteil hätte. Und ich hatte ja tatsächlich die offizielle Sperrstunde überzogen, allerdings empfand ich diese Regel als ziemlich unsinnig. Bisher war ich an keinem Tag zu spät zum Frühstück erschienen.

»Dann werde ich eben allein mein Elend im Wein ertränken, du Verräterin«, rief sie mir hinterher. Ich nahm mir vor, ihr in der nächsten Zeit aus dem Weg zu gehen, denn ich war sicher die Nächste, die sie auf dem Kieker haben würde.

Mit der Aussicht auf einen freien Nachmittag bei schönstem Wetter in Paris machte ich mich auf den Weg in die Wohnung, um mich umzuziehen. Doch dann lief mir Sébastien über den Weg.

»*Bonjour,* Del. Es tut mir sehr leid, dass ich die heutige Aufgabe verpasst habe. Wie ist es dir ergangen?«

Ich grinste breit.

»So gut?« Er lachte.

»Ja. Die Arbeit fühlte sich ganz natürlich an, ich musste nichts erzwingen. Jetzt kann ich wieder frei atmen. Was machst du?«

»Ich gehe das Geschäft einer Freundin besuchen. Kommst du mit?«

»Gern.« Schnell verwarf ich den Plan, ein Sommerkleid und leichte Sandaletten anzuziehen. Ich wollte nicht, dass jemand sah, wie er auf mich wartete. Meine Jeans und Turnschuhe waren zwar nicht besonders schick, für einen Spaziergang würde es aber reichen.

»Was für ein Geschäft ist das?«

»Ein kleiner Antiquitätenladen in der Nähe des Eiffelturms. Anouk, die Besitzerin, glaubt, dass sie eines der ersten Parfüms gefunden hat, die mein Vater in seiner Zeit bei Coco Chanel kreierte. Natürlich sind alle seine damaligen Düfte im Labor geblieben, denn er war ja nur ein kleiner Laborant, aber anscheinend sind seine Initialen darauf vermerkt. Wir werden sehen.«

»Das klingt ja aufregend! Meinst du, dass du seinen Stil erkennst, selbst wenn das Parfüm schon so alt ist?«

»Ja, das werde ich.«

Sébastien bog in eine kleine Seitenstraße und führte mich über kopfsteingepflasterte Wege in Richtung Eiffelturm, der immer wieder über die Dächer spitzte.

»Vielleicht finde ich in dem Laden ein Geschenk für meine Schwester. Bisher hatte ich noch keine Gelegenheit, ihr etwas zu besorgen.«

»Da müssen wir erst fragen, ob das in Ordnung ist. Aber ich denke schon.«

»Wieso fragen?« Ich war verwirrt.

»Anouk muss dir erst die Erlaubnis geben, dass du dort etwas kaufen kannst.«

Eine feine Brise wehte den Duft der Seine zu uns herüber. »Warum brauche ich eine Erlaubnis?«

Er lachte. »Das klingt vielleicht verrückt, aber Anouk ist da sehr speziell. Sie liebt Antiquitäten und verkauft nur an Menschen, bei denen sie darauf vertrauen kann, dass sie sie angemessen wertschätzen. Außerdem hat sie es lieber, wenn französische Objekte in ihrer Heimat bleiben, deshalb ist sie Touristen gegenüber besonders misstrauisch. Sie ist eben sehr eigen, aber sie trägt das Herz am rechten Fleck.«

Was für eine Geschäftsfrau verkaufte denn nur an einen ausgewählten Personenkreis? »Ich glaube dir nicht.«

Um seine Mundwinkel zuckte es. »Es stimmt aber, und sie ist deswegen fast so was wie eine Berühmtheit. Ihr Geschäft steht in vielen Reiseführern als Geheimtipp, und gerade wegen dieser gewissen Verschrobenheit sind die Leute neugierig darauf. Anouk setzt sich mit Leidenschaft dafür ein, dass Antiquitäten und ihre Geschichten erhalten bleiben. Sie steht nicht gern im Rampenlicht, aber die Leute sind von ihr fasziniert.«

So etwas hatte ich noch nie gehört. Wie konnte ihr Geschäft überleben, wenn sie Leute abwies, die etwas bei ihr kaufen wollten?

»Was muss ich tun, damit sie mir etwas verkauft?«

»Ah.« Er hob einen Finger. »Du musst von einem loyalen und vertrauenswürdigen Kunden vorgestellt werden. Dann nimmt sie dich genauestens unter die Lupe, und du darfst dich im Geschäft umsehen, aber wahrscheinlich noch nichts kaufen.«

Die Vorstellung fand ich faszinierend und wollte dort nun unbedingt etwas kaufen, obwohl ich das Geschäft noch nicht einmal gesehen hatte.

Wir gelangten zu einem Laden mit pastellrosa gestrichener Fassade. Die Tür war geschlossen, und auf einem Schild stand, es werde nur nach Vereinbarung geöffnet. Ich sah zu Sébastien. »Anscheinend haben wir Pech.«

Er schüttelte den Kopf. »Nein, das dient nur zur Ablenkung.« Er schob die Tür auf. »Sei einfach du selbst.«

Wer sollte ich denn sonst sein? War mir meine Unsicherheit anzumerken?

Eine wunderschöne Frau mit kurzen blonden Locken und leuchtend rosa geschminkten Lippen trat hinter die Theke und musterte mich eingehend. Ihre intensiven Blicke waren ein wenig unheimlich, aber ich wurde schnell von den Ausstellungsstücken abgelenkt. An den Wänden lehnten Spiegel mit verzierten Goldrahmen. Zwei antike Globen drehten sich noch im leichten Windhauch, den wir mit hereingebracht hatten. In der Ecke stand ein altes Grammophon, dessen polierter Messingtrichter im Licht glänzte. Welche Musik daraus wohl spielen würde?

Das Geschäft hatte einen ganz eigenen Geruch: nach Staub aus Jahrhunderten, dem zitronigen Aroma von Möbelpolitur, vermischt mit dem Duft blühender Rosen. Mein Blick fiel auf einen Tisch mit Nippes: goldene Brieföffner, Schmuckkästchen in poliertem Silber und ein wunderschöner antiker Parfümzerstäuber mit rubinroten Quasten. Das Fläschchen war mit Strasssteinen versehen, die im schummrigen Licht funkelten. Den musste ich haben. Noch nie hatte ich irgendeinen Gegenstand so sehr gewollt wie diesen.

»Hallo Sébastien. Wen hast du mir denn da mitgebracht?« Anouk kam hinter der Theke hervor und begrüßte Sébastien mit drei Küsschen auf die Wangen.

»*Bonjour*, Anouk. Das ist Del, eine sehr gute Freundin. Eine überaus begabte Parfümeurin.«

»*Bonjour*«, sagte ich, unsicher, was nun von mir erwartet wurde. Sollte ich sie küssen oder sollte ich ihr die Hand reichen? Anstatt irgendetwas zu unternehmen, umklammerte ich nur meine Handtasche und bemühte mich, nicht wie ein erstarrtes Reh im Scheinwerferlicht zu wirken. Diese Frau mit ihrem durchdringenden Blick war absolut einschüchternd. Ich bekam tatsächlich Angst, sie könnte mich wieder nach draußen verbannen wollen.

Während sie mich weiter anstarrte, als würde sie in den letzten Winkel meiner Seele blicken, fand ich es plötzlich ein wenig albern und hatte Mühe, nicht laut loszulachen. Diese Franzosen und ihre Eigenarten schafften es immer wieder, mich zu überraschen und in Verlegenheit zu bringen.

»*Bonjour*«, sagte sie kühl, aber nicht unfreundlich. »Der Zerstäuber gefällt Ihnen wohl.«

»Ähm, *oui.*« Ich hatte ihn nur den Bruchteil einer Sekunde angesehen, aber wahrscheinlich war es naheliegend, dass ein Parfümzerstäuber einer Parfümeurin gefiel.

»Der ist leider unverkäuflich.«

»Oh.« Ich war enttäuscht.

»Vielleicht zu einem späteren Zeitpunkt. Wer weiß?«

»Natürlich. Ich verstehe«, log ich.

Ich kam mir wie in einem Paralleluniversum vor – nichts ergab einen Sinn. Ich versuchte, nicht vor lauter Nervosität zu zappeln, und beobachtete, wie Anouk den Zerstäuber in die Hand nahm und liebevoll die Quasten ordnete. »Den hat eine Frau auf dem Montmartre gefunden. Sie hat das Lager einer Kunstgalerie ausgeräumt und dort wahre Schätze der früheren Besitzerin entdeckt. Da sie selbst Künstlerin ist, hat sie den Wert der Sachen sofort erkannt – vielleicht nicht in finanzieller, aber in emotionaler Hinsicht.«

Der Zerstäuber war leer, doch ich vernahm noch einen Hauch orientalisch anmutender Düfte.

»Er ist wunderschön«, sagte ich. »Und es war gut, dass sie ihn hergebracht hat.«

Anouk lächelte und sah sofort viel freundlicher aus. »Die ehemalige Besitzerin war in den Zwanzigern in Paris sehr umtriebig. Deshalb ist der Zerstäuber ein Teil ihrer Geschichte, so können wir uns an sie erinnern.«

Es berührte mich, dass Anouk so tief in die Geschichte ihrer Objekte und deren Besitzer eintauchte. Was hinterließ jeder von uns an Erinnerungsstücken? Und was, wenn niemand da wäre, sie zu retten? Plötzlich verstand ich, welche Bedeutung Anouks Eigenart hatte und warum sie so auf ihre Antiquitäten achtete. Sie waren mehr als nur Gegenstände – sie waren Brücken in anderes Leben, eine Verbindung zur Vergangenheit.

»Ich ergründe die Geschichte zu jedem Stück, das ich besitze«, erklärte sie. »Wie kann ich sonst den richtigen Käufer dafür finden, der ja zur weiteren Geschichte beiträgt?«

Beeindruckt sah ich mich um in dem Wissen, dass jedes einzelne Objekt seine eigene Geschichte besaß und eine Bedeutung für längst verstorbene Menschen gehabt hatte.

»Woher wissen Sie, wer der geeignete neue Besitzer ist?«

»Das spüre ich, ich sehe es in den Augen meiner Kunden, an der Art, wie sie die Hände bewegen und immer wieder zu dem Stück hinsehen. Und dann muss ich entscheiden, ob sie vertrauenswürdig sind – ob sie etwas um seiner Geschichte willen besitzen wollen oder weil es einen bestimmten finanziellen Wert hat. Normalerweise merke ich das schnell, auch wenn ich mich natürlich schon einmal geirrt habe, aber in den meisten Fällen ist es ein untrügliches Gefühl, und ich spüre genau, warum sie nach etwas Bestimmtem suchen. Für gewöhnlich geht es darum, dass diesen Menschen etwas fehlt, dass sie eine Leere füllen müssen. Aber nicht selten ist es Materialismus.«

»Können Sie auch erkennen, was mir fehlt?« Ich hatte die Worte ausgesprochen, ehe ich darüber nachdenken konnte.

Anouk legte den Kopf schief und musterte mich so intensiv, dass ich kaum zu atmen wagte.

»Sie haben das Gefühl, dass Sie durch diesen Zerstäuber mit jemandem verbunden sind. Wenn Sie ihn berühren, berühren Sie auch diese Person. Sie fehlt Ihnen sehr.«

Meine Nan. Ich stieß die angehaltene Luft aus und spürte eine Gänsehaut. Woher wusste sie das?

Anouk legte eine Hand auf meinen Arm. »Das ist gar nicht so schwer zu erkennen, wenn man sich die Zeit nimmt, einen Menschen wirklich zu betrachten.«

»Ich verstehe.« Ich lächelte. »Ich habe eine ähnliche Theorie, was Düfte betrifft. Sie können ein Heilmittel sein, wenn man spürt, was einem Menschen in einer bestimmten Situation guttun würde.«

Anouk lehnte sich über ihre Verkaufstheke. »Interessant. Und was spüren Sie bei mir?«

Ich musterte sie eine Weile. Ihre Wangen waren leicht gerötet, als wäre sie verliebt, ihre Augen funkelten vor Gesundheit und Lebensfreude, aber darunter lag noch etwas anderes … eine gewisse Sehnsucht. Aber wonach? Mein Blick fiel auf ihre Finger, die auf die Theke trommelten.

»Sie fragen sich, ob er der Richtige ist.«

»Vielleicht.«

»Wollen Sie ihm einen Antrag machen?«

Sie richtete sich wieder auf und verschränkte die Arme vor der Brust. »Dieser Gedanke mag mir tatsächlich schon durch den Kopf gegangen sein. Aber was, wenn ich mich in ihm täusche? So etwas ist mir schon einmal passiert …« Während Anouk versuchte, ihre Verletzlichkeit durch forsches Auftreten zu verbergen, konnte man gut erkennen, dass sie vor einer schweren Entscheidung stand.

»Was ist das Schlimmste, das passieren kann?«

»Ach, so vieles! Was, wenn er sich komplett verändert – oder gar nicht so ist, wie er zu sein scheint?«

»Was, wenn ich Ihnen sage, dass ich Ihnen einen Duft

mischen kann, der Ihnen hilft, einen klareren Blick auf die Dinge zu haben? Würden Sie ihn tragen?«

Misstrauisch kniff sie kurz die Augen zusammen, aber ich spürte trotzdem, dass sie es wagen würde. »Ich würde es versuchen … vielleicht.«

Ich lächelte. »Parfüms können Geist und Körper auf wundersame Weise beleben, und die richtige Mischung kann sogar unsere Zweifel ausräumen. Sie, Anouk, brauchen eine Mischung aus Gewürznelken, Orangenblüten, grünem Tee, süßem Moschus und Melone.« In gewisser Hinsicht war Anouk ebenso angreifbar und verletzlich wie ich, das spürte ich.

»Das klingt tatsächlich sehr verlockend, und ich würde es gern ausprobieren«, sagte sie. Diesmal war ihr Blick warm und anerkennend, so als hätte ich einen geheimen Test bestanden.

»Sie können gern wiederkommen, Del. Ich werde den Zerstäuber beiseitestellen – für alle Fälle …«

Ich nickte dankbar. Entweder hatte ich den Test noch nicht endgültig bestanden, oder sie konnte mir den Zerstäuber noch nicht sofort geben, weil sie ihr Gesicht wahren musste. Was auch immer der Grund war – ich fand ihre Art aufregend und faszinierend.

»Ich werde bald wiederkommen. *Merci.*«

Vom Antiquitätenladen aus gingen wir in Richtung Seine. Das Parfüm, das Anouk für Sébastien gefunden hatte, war tatsächlich eine frühe Kreation seines Vaters, und sie hatte sich strikt geweigert, Geld dafür zu nehmen. Sie behauptete, er sei der rechtmäßige Eigentümer, dem der Flakon ohnehin zustünde. Sébastien wirkte glücklich. Er hatte etwas erhalten, das ihn aufs Neue mit seinem Vater verband, und ich sah und spürte seine innere Rührung.

Außerdem nahm ich die Veränderung in seinem Duft wahr, der sich mit den feinen Lindenblüten am Seineufer vermischte.

Vielleicht half ihm dieses kostbare Relikt aus der Vergangenheit, in seiner Trauer eine Stufe weiterzugehen. Fast war es, als hätte ihm sein Vater eine Botschaft geschickt: *Mach weiter, ich bin immer bei dir*. So wollte ich es zumindest interpretieren.

Wortlos legte ich ihm eine Hand auf den Rücken, als Zeichen, dass ich ihn verstand und ahnte, was in ihm vorging.

Es klopfte an der Tür. Clémentine vergrub sich tiefer in ihr Bett, aber als notorische Frühaufsteherin war ich sowieso schon eine Weile wach. Als ich öffnete, stand Aurélie vor mir.

»Guten Morgen! Ich habe heute eine Überraschungsaufgabe für Sie«, sagte sie.

»Was ist es denn?«

»Sie und Clémentine gehen jetzt für eine Stunde in die *Parfumerie Leclère*. Wer weiß, was Sie dort erwartet ...« Sie lächelte mich verschmitzt an.

»Na gut. Sollen wir ...?«

Sie schüttelte den Kopf und legte einen Finger auf die Lippen. »Ich sage nichts mehr. Gehen Sie rüber, dann werden Sie schon sehen.« Damit machte sie auf dem Absatz kehrt.

»Cléo!«, rief ich und zog ihr die Bettdecke weg. »Wir müssen sofort los! Hast du Aurélie gehört?«

Clémentine grunzte und zog fröstelnd die Knie hoch. »Hmm, ja … Dann beeile ich mich wohl besser. Warum haben sie uns das nicht früher gesagt?«

»Schnell«, drängte ich. »Wir gehen zusammen.« Noch immer hoffte ich, dass Cléo auch eine gute Seite hatte, und wollte weiter freundschaftlich mit ihr umgehen.

Und tatsächlich beeilte sie sich mit rekordverdächtiger Schnelligkeit, so dass wir nur wenig später das Parfümeriegeschäft betraten.

Die Angestellten tuschelten miteinander, bevor sie grinsend auf uns zukamen. O je, was hatten sie sich für uns ausgedacht?

Eine junge Frau mit großen braunen Augen und glänzenden Haaren sagte: »Wir sollen Ihnen ab jetzt das Geschäft überlassen, und wir machen solange eine Pause. Der Kunde ist natürlich König, also bemühen Sie sich bitte, alle Wünsche zu erfüllen. *D'accord?*«

»Einverstanden.« Ich sah mich um und versuchte, mich mit all den Parfüms und dem Sortiment vertraut zu machen. Wie sollte ich mit der Computerkasse zurechtkommen – und vor allem mit den französischen Zahlen? Ich wusste nicht, ob Cléo und ich als Team oder Konkurrentinnen arbeiten sollten, aber ich ging davon aus, dass sie sich ohnehin in erster Linie um sich selbst kümmern würde.

»Was ist mit …?«

»Wir sind bald zurück«, flötete die Verkäuferin, schnappte sich ihre Handtasche und ging Richtung Tür. »Behandeln Sie unsere Kunden gut, ja?«

»Natürlich«, sagte ich, aber dann fiel mir wieder ein, dass ich mit Clémentine hier war, womit alles unberechenbar wurde. Mir gegenüber verhielt sie sich in letzter Zeit wortkarg und ungeduldig, doch ich ließ ihre Launen an mir abprallen.

Jetzt gähnte sie erst einmal ausgiebig, dann besprühte sie sich mit mehreren Parfüms.

»Was glaubst du, was das hier soll?«, fragte ich sie. »Bestimmt geht es doch nicht nur darum, dass wir die Kunden bedienen. Keine unserer bisherigen Aufgaben war so leicht.«

Sie zuckte die Achseln. »Keine Ahnung.«

Ich ging durch den Verkaufsraum und freute mich, jede Flasche in aller Ruhe in die Hand nehmen und die Geschichte zu ihrem Duft lesen zu können. Wenn ich die Augen schloss, fühlte ich mich jeweils an einen anderen Ort versetzt – ein sommerlicher Duft, salzig und sandig, entführte mich an den Strand; ein Duft nach Gras und würzigem Thymian ließ mich gedanklich durch den wilden Norden Frankreichs wandern. Mein Lieblingsduft allerdings roch nach reifen Zitronen in der Sonne – so überzeugend, dass ich ihren Geschmack auf der Zunge hatte.

Es war jedoch nicht genug Zeit, um alle Düfte zu testen, denn nun kamen die ersten Kunden. Schon bald plauderte ich mit Menschen aus aller Welt über die angebotenen Parfüms, Cremes und Lotionen. Sie staunten, als ich ihnen ein Duft-Rad erklärte, auf dem gut zu erkennen war, welche Düfte sich ähnelten und wie man sie bezeichnete.

Plötzlich tippte mir jemand auf die Schulter, und als ich mich umdrehte, stand eine Frau mit ernstem Gesicht und verunsichertem Blick vor mir.

»Kann ich Ihnen helfen?«, erkundigte ich mich.

»Ich brauche ein Parfüm.«

»Da sind Sie hier genau richtig.«

»*Non.*« Sie schüttelte den Kopf. »Ich brauche einen Duft, den Sie mir erst zusammenmischen müssen. Jetzt sofort. Ich möchte etwas, das sonst niemand hat.«

Nachdenklich runzelte ich die Stirn. Gab es hier überhaupt passende Zutaten? *Leclère* stellte meines Wissens nach keine individuell gemischten Düfte her. Das war eher meine Spezialität ... und plötzlich ahnte ich, dass dies der Test war. Würde ich es schaffen, auf die Schnelle etwas anzufertigen, mit dem die Kundin vollauf zufrieden war?

»Aber natürlich, gern«, sagte ich also und bat sie, mir in ein kleines Hinterzimmer hinter der Theke zu folgen. Dort stand auf dem Tisch eine Kiste, die ich vorher nicht bemerkt hatte – und natürlich war sie mit allem bestückt, was ich brauchte, um ein Parfüm herzustellen.

Über die Schulter blickte ich zurück in den Verkaufsraum. Clémentine redete an der Tür mit einigen Kundinnen. Sie warf mir einen fragenden Blick zu, doch ich zuckte nur mit den Schultern und widmete mich meiner Aufgabe.

»Erzählen Sie mir, was Sie möchten«, forderte ich meine Kundin auf.

»Sagen Sie es mir.«

Ich musterte sie freundlich. Auf den ersten Blick verriet mir ihr unbewegtes Gesicht nichts, aber als ich genauer hinsah, bemerkte ich einige Hinweise. Ihre Augen flackerten unruhig, und sie hatte Schwierigkeiten stillzusitzen. Vermutlich führte sie ein geschäftiges Leben und hatte Mühe, Schritt zu halten. Sie wirkte erschöpft.

»Sie brauchen einen aufmunternden, fröhlichen Duft, der Sie belebt ... wie ein Sonnenaufgang. Orangenaroma für die Energie. Ingwer für Klarheit, Jasmin für Beständigkeit. Gurke und Grapefruit für Aufmerksamkeit. Was meinen Sie?«

Sie lächelte, und ihr Gesicht wirkte sofort entspannter und offener, was sie viel jünger und auf elegante Weise hübsch erscheinen ließ. »*Merci*«, sagte sie. »Genau das brauche ich.«

Ich nickte und machte mich daran, die einzelnen Komponenten zusammenzumischen und auszubalancieren. Das Parfüm würde ihr Kraft und Schwung verleihen. Genau das liebte ich am Parfümieren, dass allein ein Duft einen Menschen befreien und seinen Geist auf Reisen schicken konnte.

Als ich eine Stunde später fertig war, erschien wie zufällig Aurélie und nahm mir das Parfüm ab. Ihre Anwesenheit war wie immer etwas einschüchternd, und ich hoffte, dass ich die Kundin gut eingeschätzt und die richtigen Aromen gewählt hatte. Aurélie nahm die Frau beiseite und sprach leise mit ihr.

Etwas perplex kam nun Clémentine zu mir. »Ich soll ein individuelles Parfüm herstellen? Wie das denn?«

»Im Nebenzimmer steht eine Kiste mit allem Nötigen.«

Sie verschränkte die Arme, während die Kundin hinter ihr sie irritiert ansah. »Na schön, aber wie soll das hier drin gehen? Das ist doch kein Ort, um ein Parfüm herzustellen.«

Ich fasste sie am Arm und zog sie näher an mich heran. »Clémentine, lass deine Kundin nicht so hilflos herumstehen. Benutz deinen Charme und finde heraus, was sie will. Mit anderen Worten: Mach deine Arbeit.«

Sie schnaubte. »Folgen Sie mir«, forderte sie die Frau dann auf, die ihrem Gesichtsausdruck nach zu urteilen über Clémentines Kundenservice nicht allzu glücklich war.

Sollte ich ihr helfen und mich um die unzufriedene Kundin kümmern? Clémentine würde das für niemanden tun.

Jetzt betrat Sébastien das Geschäft, sprach kurz mit seiner Mutter und kam zu mir. Meine Kundin winkte mir noch dankend zu und ging. »Verstehst du, was das hier für dich bedeutet, Del?«, flüsterte er.

»Was denn?«

Er sah mich lange an, so dass mir vor lauter Intensität ein wenig schwummerig wurde.

»Du brauchst niemanden.«

»Na ja, ich sehne mich schon …«

Er rettete mich vor einer peinlichen Äußerung, indem er weiter ausführte: »Bei deiner Karriere als Parfümeurin, meine ich. Du bist in kurzer Zeit ungemein weit gekommen. Manche Parfümeure arbeiten am besten allein, und du scheinst dazuzugehören. Das beeindruckend komplexe Duftöl für Madame Loire ist der Beweis. Natürlich wird die Jury auch noch ein Wörtchen mitreden wollen, aber ich an deiner Stelle würde mich schon mal mit dem Gedanken auseinandersetzen, dass du diesen Wettbewerb gewinnen könntest.«

Mein Herz begann heftig zu klopfen. Sollte ich tatsächlich gewinnen, würde ich noch ein paar Monate in Paris bleiben und eine exklusive Duftserie für *Leclère* entwerfen dürfen. Das, zusammen mit dem Preisgeld, würde mir einen Neustart in New York ermöglichen. Aber auf einmal war ich hin- und hergerissen. Hatte ich mich in Paris verliebt, oder lag das nur an der Aufregung und all den neuen Eindrücken?

Ich wollte im Grunde nichts anderes, als Menschen ihre eigenen Düfte zu kreieren, Düfte, die ihnen guttaten, sie heilten, sie trösteten, sie weiterbrachten – die eine Lücke in ihrem Leben zumindest vorübergehend schließen konnten. Düfte, die sie zum Lächeln brachten, Erinnerungen hervorriefen und ihre Tage schöner und lebendiger machten.

»Jetzt spielst du deine Rolle aber herunter, Sébastien. Ohne dich wäre ich heute doch gar nicht hier.« Er hatte mir geholfen, meinen Weg ohne Nan zu finden – es war das größte Geschenk, das er mir hatte machen können.

»Und ich glaube, du bist genau dort, wo du hingehörst.«

Kapitel 27

Die Entscheidung, wer die letzte Aufgabe gewonnen hatte, stand bevor, und wie immer unternahm ich vorher einen langen Spaziergang, um meine Nerven zu beruhigen und einen klaren Kopf zu bekommen.

Paris gab einem die Möglichkeit, in der Menge unterzutauchen, einer von vielen zu sein, die einfach ihrem Tagesgeschäft nachgingen – ganz anders als zu Hause. Das erleichterte es mir, meine Gedanken zu sortieren, die sich viel zu oft um Sébastien drehten. Mit jedem Tag fiel es mir schwerer, mich selbst zu belügen. Ich war dabei, mich in diesen Mann zu verlieben, und das war eigentlich unmöglich. Er gab mir keine Hinweise, dass er meine Gefühle erwiderte, also versuchte ich, die Verirrung meines Herzens einfach zu ignorieren, so gut es eben ging.

An diesem Morgen war mir leichter zumute als vor den früheren Entscheidungen, was wahrscheinlich daran lag, dass ich von meinem Duft für Madame Loire überzeugt war. Auch wenn ich nicht gewönne, wusste ich doch, dass ich einen großen Schritt gemacht hatte, und darauf war ich stolz.

In der Wohnung suchte ich mir einen Sitzplatz und wartete auf die anderen. Lex kam sofort zu mir. »Amerika! Deine strahlenden Augen lassen darauf schließen, dass du glücklich bist.«

»Ja, Paris macht das mit mir. Als würde ich in einem Traum leben. Aber was ist mit dir? Bist du zuversichtlich, was dein Parfüm betrifft?«

Er errötete etwas. Lex war viel zu bescheiden, als dass er sich vor uns offen auf die Schulter klopfen würde. »Na ja, mir gefällt schon, was ich gemacht habe. Das alles in einer Stunde hinzubekommen, war definitiv eine Herausforderung.« Wieder einmal wirkte er irgendwie bedrückt, als hätten seine Sorgen ihn lange wach gehalten und zum Alkohol greifen lassen. Den einen Tag konnte er die Treppen zum Montmartre wie ein Teenager hinaufsprinten, den anderen Tag sah er aus, als hätte er sich die ganze Nacht schlaflos im Bett gewälzt. Ich holte ein kleines Fläschchen mit Lavendelduft aus meiner Tasche. Es war eine Mischung, die die Sorgen vertreiben sollte, die beim Einschlafen half und den Schlaf vertiefte.

»Das habe ich für dich gemacht.«

»Oh! Was verschafft mir denn die Ehre?«

»Nennen wir es einfach ein natürliches Schlafmittel. Die Flasche, zu der du greifen solltest, wenn du um Mitternacht wach wirst.«

Er sah mich mit hochgezogenen Brauen an, zog den Stöpsel ab und schnupperte. »Da spüre ich gleich diesen kurzen Moment, unmittelbar bevor man einschläft … wenn alle Sorgen davontreiben.«

Ich musste schmunzeln. Lex wirkte so sensibel. Ich wusste immer noch nicht, was in seiner Vergangenheit passiert war, aber ich merkte, dass er darunter litt. »Wirst du es benutzen?«

»Aber natürlich. Mit Stolz.«

»Gib mir eine Rückmeldung, ob es wirkt, okay?«

»Klar, mach ich. Und vielen Dank!«

Sébastien und Aurélie betraten den Raum, gefolgt von Lila und Clémentine, die wohl verschlafen hatte. Sie versuchte, meinen Blick einzufangen, doch ich ignorierte sie und musterte stattdessen meine Fingernägel. Es wurde still.

»In der letzten Woche sollten Sie ein Parfüm unter dem Aspekt Zeit kreieren«, begann Aurélie. »Sie hatten eine Stunde, um ein Parfüm herzustellen – eine schwierige Aufgabe, aber wir wollten sehen, wie Sie unter Druck arbeiten.«

Mein Blick fiel auf Sébastien und blieb ungewollt dort hängen. Gedankenverloren studierte ich jedes Detail: die perfekte Symmetrie seines Gesichts, seine Lachfältchen, das außergewöhnliche Grün seiner Augen, den Schwung seiner Lippen, die zum Küssen einluden … doch dann sah er in meine Richtung, und ich wandte schnell den Blick ab und wurde rot. *Konzentrier dich, Del!*

»Die Jury war von einigen Ihrer Ergebnisse überaus beeindruckt und noch mehr davon, was Zeit für Sie bedeutet«, fuhr Aurélie fort.

Man hörte leises Gemurmel, dann sagte sie: »Unsere Gewinnerin in dieser Woche ist Del mit ihrem Parfüm ›Gestohlene Zeit‹ – es beschwört die Hoffnung auf eine Verzögerung, auf einen weiteren Tag, eine letzte Umarmung.« Aurélies Stimme brach, und sie brauchte einen Moment, um sich wieder zu fassen. »Es geht um eine weitere Chance, jemandem seine Liebe zu erklären. Ein wirklich außergewöhnliches Parfüm, das tatsächlich für einen Augenblick die Zeit anhält. Herzlichen Glückwunsch, Del.«

Alle sahen mich an, und Hitze stieg in meine Wangen. Es war mir gelungen, ein Gefühl in einem Duft einzufangen, und es war so überzeugend, dass Aurélie bei der Erinnerung daran den Tränen nahe gewesen war. Lex klopfte mir auf die Schulter, und Clémentine lächelte verkniffen. Lila beugte sich zu mir und sagte: »Gut gemacht, Del.«

Ich bedankte mich mit einem Nicken, denn sprechen konnte ich in diesem Moment nicht. Wie den Hauch eines Flüsterns spürte ich Nans Anwesenheit, als säße sie direkt neben mir. Eine Sekunde lang fühlte ich mich von ihrer Liebe und ihrem Stolz eingehüllt. Vielleicht war es ihr möglich, durch die Zeit hindurchzugreifen? Vielleicht hatte ich sie herbeigerufen? Bei dem Gedanken musste ich lächeln.

»Auf dem zweiten Platz ist Lex mit seinem Parfüm ›Zukunft‹ – ein sehr ungewöhnlicher und fast apokalyptischer Duft, wie ich ihn noch nie erlebt habe: explosiv, feurig, rauchig, gewittrig. Ein Duft, den man tragen könnte, wenn man in den Kampf zieht – im übertragenen Sinn.«

Ich erwiderte sein Schulterklopfen und konnte mir nun mein Grinsen nicht verkneifen. Selbst wenn ich nächste Woche nach Hause geschickt werden würde, bliebe mir dieser Moment für immer. Und ihn mit Lex zu teilen, war noch das Sahnehäubchen obendrauf. Natürlich wollte ich den Wettbewerb gewinnen, doch ich gönnte auch Lex seinen Erfolg von Herzen. Aber er lief vor irgendetwas davon, das spürte ich so deutlich, wie ich aufziehenden Regen spürte. Worum ging es dabei, und warum hatte er seine Leidenschaft fürs Parfümieren nicht schon früher weiterverfolgt, wenn er so talentiert war?

Meine Gedanken wurden von der nächsten Ankündigung unterbrochen. »Lila mit ihrem Duft ›Once Upon a Time‹ sehen wir auf dem dritten Platz, sie hat ein Parfüm für Buchliebhaber geschaffen.« Offenbar hatte sie die kleine Buchhandlung am Ufer der Seine besucht und war dort ebenso inspiriert worden wie ich.

»Damit bleiben nur noch Clémentine und ihr Parfüm ›Auszeit‹, mit dem sie die kleinen täglichen Pausen hervorheben möchte. Es tut mir sehr leid, Clémentine, aber für Sie ist der Wettbewerb vorbei.«

»Was?« Sie sprang auf, stemmte die Hände in die Hüften und sah Sébastien eiskalt an. »Sind Sie verrückt? Also ehrlich, ich soll gehen, aber Del verdient es zu bleiben?«

Mir blieb vor Schreck der Mund offen stehen.

»Sie hat einige Male den Zapfenstreich nicht eingehalten, und ich halte das für Schummeln. Denn das sind schließlich die Regeln, oder? Wir alle müssen vor Mitternacht zu Hause sein, und ich habe es mir jedes Mal notiert, wenn sie später gekommen ist und mich geweckt hat!«

Aurélie runzelte die Stirn. »Stimmt das, Del?«

Verdammt! »Nun ja, es kann sein, dass ich mal ein paar Minuten zu spät gekommen bin, aber ich habe Clémentine weder aufgeweckt noch abgelenkt …«

Cléo fuhr dazwischen: »Ach nein? Woher weiß ich denn dann, dass du zu spät gekommen bist?«

Ich kniff die Augen zusammen und sah sie böse an, doch da räusperte sich Sébastien und sagte: »Es tut mir leid, das hätte ich schon früher erwähnen sollen. Aber durch meine vielen Termine waren wir gezwungen, einige unserer Mentorentreffen spät am Abend abzuhalten. Mit mir als Mentor war Del eindeutig benachteiligt, weil ich einige Male überhaupt nicht zur Verfügung stand, etwa während der Zeit in der Provence, in der ich sie allein lassen musste. Das wiegt sogar noch schwerer als die Tatsache, dass sie ein paarmal zu spät nach Hause gehen konnte.«

Aurélie lächelte. »Damit ist dieses Missverständnis ja geklärt.«

Clémentine warf mir einen vernichtenden Blick zu. »Soll das heißen, nur weil sie einen Leclère an ihrer Seite hat, gelten für sie andere Regeln?«

Sébastien sah sie durchdringend an. »Ja, genau das soll es heißen.«

Daraufhin stürmte sie ohne ein weiteres Wort hinaus, und ich hoffte inständig, dass ich sie das letzte Mal gesehen hatte.

Am nächsten Tag stand ich gerade in der Gemeinschaftsküche, als Lex zu mir kam. »Hey, Amerika. Jetzt ist es hier aber verdammt ruhig.«

Ich lächelte etwas nostalgisch. Die ganze Situation des Wettbewerbs veränderte sich laufend. »Das stimmt.«

Lex schnaubte. »Ich glaube, Clémentine ging es eigentlich gar nicht ums Parfümieren.«

»Tja, vielleicht hast du recht. Sie war viel zu sehr damit beschäftigt, Unruhe zu stiften. Aber ich bin mir sicher, sie wird irgendwo wieder auftauchen.« Die Welt der Parfümerie war klein – hatte er mir das nicht schon am ersten Tag selbst gesagt?

»O ja, in meinen Alpträumen«, meinte er grinsend. »Apropos … Die letzte Nacht habe ich so gut geschlafen wie schon lange nicht mehr.«

»Dann hat das Lavendelöl gewirkt?«

»Wie durch Zauberei.«

»Das freut mich.« Aber da war mehr, das spürte ich. Ihn beschäftigte noch ein anderes Problem.

»Hat sie dir das Herz gebrochen?« Ich erinnerte mich an die Frau unter den Palmen. Vermutlich war Lex aus Liebeskummer hierher geflohen und nun selbst überrascht davon, dass er seine Liebe zur Parfümerie wiederentdeckte. Aber auch er musste lernen, sich mit der Vergangenheit noch zu versöhnen.

Er zog eine Augenbraue hoch. »Warum auf einmal so schüchtern, Amerika – frag mich gern direkt.«

Ich lachte. »Dann sag's mir einfach. Habe ich recht? Wer war sie?«

Er verdrehte die Augen. »Na, schön. Sie hieß Arunya. Ich habe Thailand verlassen, weil ich von ihr wegwollte.«

»Was ist passiert?«

Sein Blick verlor sich in der Ferne. »Sie hatte einen kleinen Obststand am Strand, hat Mangos verkauft, Bananen, Rambutans. Noch nie zuvor hatte ich eine so schöne Frau getroffen, ihr langes schwarzes Haar wehte im Wind, ihr lautes Lachen … Sie hielt sich dabei immer eine Hand vor den Mund und zog die Schultern etwas hoch. Aber sie war auch stark und zäh – das einfache Leben hat sie abgehärtet, ein bisschen wie bei mir. Und ich wollte sie beschützen, sie retten, dabei war sie glücklich, so wie sie lebte, mit ihrem kleinen Verdienst und dem stundenlangen Sitzen an ihrem Verkaufsstand. Sie *musste* nicht gerettet werden.«

Ich stellte mir Lex am Strand vor, in der Luft der Duft exotischer Früchte und der salzigen Brise des Ozeans.

»Ich habe den klassischen Fehler aller Westeuropäer gemacht: Ich war überzeugt, ich hätte für alles eine Lösung und könnte sie retten. Eigentlich hasse ich solche Leute, und ich hätte es besser wissen müssen. Aber bei Arunya war ich blind vor Liebe, hatte den typischen Tunnelblick. Obwohl ich sie vor Schmerz und Leid bewahren wollte, fügte ich ihr genau das zu, weil ich ihr einreden wollte, sie müsse ihr Leben ändern, obwohl das gar nicht nötig war. Sie war glücklich mit ihrem Leben – wer war ich, ihr zu sagen, das sei nicht gut genug?«

»Dann hast du einen Fehler gemacht, aber doch nur

in guter Absicht. Konnte sie dir nicht noch eine Chance geben?«

»Nein, es ist aus und vorbei. Sie hat mich so enttäuscht angesehen … als wäre es ein Fehler gewesen, mir überhaupt zu vertrauen – und das war dann endgültig das Ende. Sie hat nie wieder mit mir gesprochen und ihren Stand ein Stück weiter unten am Strand aufgebaut, nicht mehr neben meiner Unterkunft. Es hat mir das Herz gebrochen, dass diese Liebe so plötzlich endete – eine Liebe, von der ich dachte, sie halte für immer …«

»Hast du denn später mal versucht, es zu bereinigen? Du hast ja nun nichts Furchtbares verbrochen, du hast es nur zu gut gemeint.«

»Das habe ich versucht, mehrere Male. Irgendwann meinte sie, die ganze Sache mit uns wäre von Anfang an ein Fehler gewesen. Danach habe ich mich zurückgezogen. Vielleicht ist es für sie nie Liebe gewesen, das muss ich respektieren. Dann hörte ich über einen Freund von diesem Wettbewerb und nutzte die Chance, mich abzulenken und meine Wunden zu lecken. Ich hätte nie gedacht, dass es mir so viel Spaß machen und meine Leidenschaft für das Zusammenmischen von Düften neu entfachen würde. Jetzt muss ich daran arbeiten, Arunya zu vergessen.«

»Ach, Lex. Du bist dir selbst gegenüber unglaublich hart.« Ich konnte mir nicht vorstellen, dass er sich so geirrt hatte – er war sensibel und einfühlsam und einer der warmherzigsten Menschen, die ich kannte, und ich war mir sicher, dass er niemals jemanden absichtlich verletzen würde.

»Das geschieht mir recht.«

»Nein, auf keinen Fall. Vielleicht war sie nicht die Richtige für dich, aber das heißt doch nicht, dass du die Liebe ganz aufgeben musst.«

Er zog die Schultern hoch, als würde er das Gewicht der Welt stemmen. »Für die Liebe bin ich doch sowieso schon zu alt.«

»Pah«, entfuhr es mir, und ich klang dabei wie Clémentine, und dann mussten wir doch lachen.

❀

Ich rief Jen an, und sie klang fröhlich. Fast eine halbe Stunde lang erzählte ich ihr die Neuigkeiten, und sie kommentierte alles mit Stöhnen, Seufzen und Lachen. Als ich fertig war, sagte sie: »Was für eine aufregende Zeit du gerade hast! Was, glaubst du, wird mit dir und Sébastien passieren?«

Ich wartete noch auf irgendwelche Witzchen übers Heiraten und Kinderkriegen, aber sie verkniff sich ihre üblichen Scherze.

»Nichts«, antwortete ich. »Er trauert noch immer um seinen Vater und sucht neuen Halt und muss dabei noch ständig diesen ganzen Druck und sein schlechtes Gewissen ertragen. Es ist einfach nicht der richtige Augenblick.«

»Du kannst dich auch für die Liebe statt für Parfüms entscheiden, das weißt du, oder?«

»Jen, das ist keine Liebe …«

Sie seufzte lang und dramatisch, um zu zeigen, dass

sie mir nicht glaubte. »Aber du hast doch selbst gesagt, du hättest ihn geküsst.«

»Und nach dem Kuss in der Provence konnte er nicht schnell genug nach Paris zurückfahren.«

»Del, also ehrlich … Warum kannst du nicht einfach zugeben, dass du Hals über Kopf in diesen Kerl verliebt bist?«

»Weil das nicht stimmt! Ja, da ist was zwischen uns, eine gewisse Anziehung, aber es hätte doch gar keinen Sinn, das weiterzuverfolgen. Ich habe hier diese eine große Chance, und die will ich nicht vermasseln. Nach dem Tod seines Vaters wäre ich vielleicht ein kleiner Trost für ihn, aber nichts Ernsthaftes, oder? Er muss erst mal herausfinden, was er selbst eigentlich von seinem Leben will.«

Sie schnalzte tadelnd mit der Zunge. »Warum bleibst du nicht einfach in Paris? Warum gibst du deinen Plan nicht auf und wartest ab, was passiert? Ich verspreche dir hoch und heilig, dass du nicht eines Morgens aufwachen wirst und wie unsere Mutter bist.«

Ich seufzte. *Meinen Plan einfach aufgeben?* »Auf keinen Fall.«

Sie schnaubte. »Du liebst jede einzelne Sekunde dort, warum also solltest du jetzt weggehen, wo du Beziehungen aufgebaut hast, wo du neue Möglichkeiten und Freunde hast?«

»Ich ändere meine Pläne nicht einfach aus einer Laune heraus.« Wenn ich das zuließe, würde ich zuerst meine großen Ziele vernachlässigen und dann nach und nach alle kleinen, und dann bestünde mein Leben nur noch aus einer Reihe von Ereignissen, die sich meiner Kontrolle entzögen. Ich musste mir Ziele setzen und sie verfolgen, sonst würde ich auf ewig in Whispering Lakes festhängen. Und so schön es dort auch war – ich wollte mehr.

Kapitel 28

Ich schenkte mir noch einen Kaffee ein und überlegte, welche Aufgabe uns diese Woche wohl erwartete.

»Stell dir vor, wie es wäre, zu gewinnen«, sagte ich kopfschüttelnd. Vincents Notizbücher in allen Einzelheiten studieren zu können, einen Monat lang Seite an Seite mit Sébastien Parfüms zu kreieren, das Preisgeld zu erhalten, mit dem ich auf eigenen Beinen stehen könnte … Es war mehr, als ich mir jemals hätte erträumen können.

»Mach dir mal keine allzu großen Hoffnungen«, sagte Lila gespielt zickig und hob ihre Augenbrauen, »denn *ich* habe vor, mir den Preis zu schnappen.«

Wir lachten. Mein Wunsch, mich mit Lila anzufreunden, hatte sich erfüllt, und egal, wie das Ganze hier enden würde – wir würden einander weiterhin unterstützen.

Ich dachte an Lex. Auch wir würden nach dem Wettbewerb sicher noch in Verbindung bleiben, aber ich würde seine ruhige bedächtige Art und sein Einfühlungsvermögen vermissen. In den letzten Tagen war er sichtbar fröhlicher geworden, er lächelte mehr und schaute hin und wieder versunken ins Leere, als würde er sich an etwas Schönes erinnern. Ob der Duft, den ich ihm gemischt hatte, etwas damit zu tun hatte? Jedenfalls schien die Last, die ihn so beschwert hatte, sich zu verkleinern. Ich hatte schon eine Weile keinen Alkohol mehr an ihm gerochen, und er wirkte auch nicht mehr so verknittert wie zu Anfang. Seine Kleidung war gebügelt, seine gerötete Haut hatte eine gesündere Farbe angenommen.

»Erst müssen wir das Halbfinale hinter uns bringen. Ich will aber nicht, dass irgendeiner von uns dreien ausscheidet«, sagte Lila und senkte den Blick.

Lex stieß dazu, mit frisch zurückgekämmtem Haar und strahlenden Augen. »Ach, kommt schon. Wir machen das ganz fair. Wer das beste Parfüm kreiert, möge gewinnen. Und ehrlich gesagt hoffe ich, dass es eine von euch ist.« Ich glaubte ihm, dass er es genau so meinte.

»Dein Wort in Gottes Ohr.«

»Komm mit, Amerika.« Er bot mir seinen Arm, und wir machten uns auf den Weg zu unserem Treffpunkt.

Sébastien und Aurélie erwarteten uns schon.

»Willkommen zu unserer letzten Aufgabe vor dem großen Finale in der nächsten Woche«, sagte Sébastien mit einem Lächeln.

Wir klatschten.

»Sie müssen der Jury nun zeigen, wie sehr Sie den Wettbewerb wirklich gewinnen wollen.«

Ich spürte meine Nervosität.

»Ab heute werden Sie Ihr letztes Parfüm in diesem Wettbewerb kreieren, und Sie haben die ganze Woche dafür Zeit. Es gibt keine Regeln, keine Einschränkungen, kein spezielles Thema – erschaffen Sie einfach ein

Parfüm, das die Zeiten überdauert und die Menschen anspricht.«

Das die Menschen anspricht … Wofür interessierte sich die Mehrheit der Welt?

»Das war's«, beendete Sébastien kurzangebunden seine Ansprache. »Gehen Sie ins Labor, sobald Sie bereit sind.«

Wir liefen los, denn wir würden jede Sekunde brauchen. Fieberhaft dachte ich über verschiedene Duftwelten nach. Freiheit: Sonne, Sand, Himmel. Aber das gab es bereits millionenfach. Wonach sehnte sich jeder Mensch? Was wollte, brauchte, begehrte er?

Liebe! Abrupt blieb ich stehen. Nun, das hatte ich schließlich schon versucht. Ich fürchtete mich davor, die ganze Woche für die Suche nach der letzten Zutat zu verschwenden und sie am Ende doch nicht zu finden. Diesmal durfte ich nicht versagen. Für Irrtümer war keine Zeit. Konnte ich auf meine Fähigkeiten und auf alles, was ich hier gelernt hatte, schon so sehr vertrauen, dass es funktionieren würde?

Daran, dass Liebe für den größten Teil der Menschheit wichtig war, bestand kein Zweifel. Aber Liebe in flüssiger Form herzustellen, war eine ganz andere Geschichte. Trotzdem, ich musste es versuchen.

Ich machte mich daran, meine Gefühle zum Thema Liebe zu ergründen, ließ sie aus tiefster Seele sprechen, fühlte mich forsch und mutig, bereit, allen mein Herz zu offenbaren.

Zweieinhalb Tage später, zur Halbzeit, war ich völlig am Ende. Es hatte nicht funktioniert. Ich hatte mich selbst in die Ecke gedrängt und konnte beim besten Willen nicht erkennen, wo etwas schiefgelaufen war. Und das zu einem Zeitpunkt, an dem ich mehr an mein Talent geglaubt hatte als je zuvor. Alles, was ich hatte, war ein Fläschchen jugendlicher Schwärmerei. Die Art von Parfüm, die man dem zwölfjährigen Nachbarsmädchen schenken würde.

Lila am Tisch neben mir legte ihre Arbeit beiseite und kam herüber, als sie merkte, wie niedergeschlagen ich war. »Was ist los?«

»Es funktioniert nicht. Ich dachte wirklich, ich könnte ein Gefühl einfangen, aber es gelingt mir nicht. Nicht so, wie ich will. Ich habe höchstens Teenagerliebe abgefüllt.« Ich konnte meine Panik kaum verbergen. Mir blieben nur noch zwei Tage, um eine Lösung zu finden, oder ich müsste von vorn anfangen, und den zufriedenen Seufzern und gelegentlichen Freudentänzen der anderen nach zu urteilen, kamen Lex und Lila anscheinend gut voran.

Lila nahm mein Parfüm, schnupperte, wollte etwas sagen, zögerte aber.

»Du kannst es ruhig sagen, ich bin nicht beleidigt«, forderte ich sie auf.

»Wenn ich an Liebe denke, ans Sich-Verlieben, vor allem beim ersten Mal, dann ist das explosiv, wie ein Feuerwerk. Es ist leidenschaftlich und romantisch, aber auch dornig. Bei dir fehlt die Intensität, dieses überwältigende Gefühl, das man am Anfang hat – als wäre man der einzige Mensch auf der Welt, der je so gefühlt hat.«

Natürlich: Wie sollte ich einen Duft über ein alles verzehrendes Gefühl erschaffen, das ich selbst noch nicht erlebt hatte? Aber … eigentlich hatte ich es doch erlebt – auch wenn es unerwidert geblieben war … oder nicht?

»Explosiv … ja. Mir fehlt tatsächlich der besondere Kick.« Sie hatte es genau erkannt. Ich hatte wieder einmal auf Sicherheit gespielt und ein Fläschchen mit unreifer, kindlicher Schmuseliebe erstellt, wo ich doch eigentlich etwas Reifes und Erwachsenes hatte erschaffen wollen.

»Ich habe keine Zeit, um noch mal von vorn anzufangen«, sagte ich und ließ die Schultern hängen.

»Aber du hättest doch immer noch das hier als Reserve«, sagte sie und deutete auf mein Schmuseparfüm, »falls das andere nicht gelingt.«

Ich überlegte. »Also gut. Feuerwerk, dornige Rosen …«

Und dann traf es mich wie ein Schlag.

»Danke, Lila!«

»Ich war dir doch sowieso noch was schuldig.«

Nur weil ich Sébastien meine Liebe nicht gestanden hatte, hieß das ja nicht, dass ich sie nicht spürte. Oder unzählige Male von ihr träumte. Ich nahm Stift und Notizbuch und schrieb meine Ideen auf. Liebe war … Mondschein, süßer matter Schlaf nach der Begierde. Herzklopfen. Stöhnen.

Aber woraus bestand das Gefühl noch? Wie war die Stimmung beschaffen – das Gefühl an sich?

Wir alle wollten lieben und geliebt werden, aber man konnte nicht einfach mit den Fingern schnipsen und sich etwas wünschen. Den einen »Richtigen« gab es nirgends zu bestellen, und bis er kam, brauchte man Vertrauen … das fast unbeschreibliche Wissen, dass die wahre Liebe einen finden würde. Liebe war mehr als Worte, sie war der Wunsch, immer noch einen weiteren Tag mit einer bestimmten Person zu verbringen. Küsse und Frühstück am Abend. Aber wie sollte ich das in einen Duft übertragen? War es überhaupt möglich? Die Sprache der Liebe war so viel komplexer als ein Aneinanderreihen von Wörtern. Während ich mich an die Arbeit machte, kribbelte es in meinen Fingerspitzen.

Mit der Abgabe unserer Parfüms wurde uns immer mehr bewusst, dass unsere Tage in Paris gezählt waren. Sébastien vermied Blickkontakt, als ich meinen Flakon abgab, so dass ich mich beim Verlassen des Büros unwohl fühlte. Aber was hatte ich erwartet?

Lila bemerkte mein enttäuschtes Gesicht. »Du siehst aus, als würdest du jetzt gern eine riesige Tafel Schokolade essen.«

»Damit könntest du recht haben …«

Wir spazierten die Champs-Élysées entlang, bogen an der Place de la Concorde in Richtung La Madeleine links ab und kamen zu *Les Chocolats Yves Thouriès*. Der vollmundige Duft dunkler Schokolade wehte uns entgegen, und sofort lief mir das Wasser im Mund zusammen.

»Wir sollten hier und jetzt schwören, dass wir das Abendessen ausfallen lassen«, sagte ich zu Lila.

»Na klar«, erwiderte sie.

Ich wandte mich an den Mann hinter der Verkaufstheke. »*Bonjour*. Ich hätte gern die …«, ich versuchte, die französischen Namen zu lesen, »… Bouchon Pralinés Noir. Und eine Schachtel Truffelines Croquants.« Er packte die Köstlichkeiten für mich ein. »Und einen Becher Fondue au Chocolat.« Ich wusste nicht, was das war, aber es sah wie ein Topf halbflüssiger Schokolade aus. »Und …« Lila knuffte mich in die Seite. »Das sollte reichen. Ich kann ja noch mal wiederkommen.«

Lila musste lachen. »Wir können jeden Tag herkommen, bis wir nach Hause fahren.«

»Und für Sie?«, fragte der Verkäufer.

»Ich nehme das gleiche.«

Die süßen Köstlichkeiten im Gepäck, spazierten wir durch die Tuilerien und fanden ein nettes Plätzchen auf dem Gras. Leute um uns herum lasen, spielten mit Kindern, aßen Eis oder ruhten einfach ihre Beine aus.

»Und?« Lila sah mich fragend an. »Wie ist es dir mit deinem Parfüm noch ergangen?«

Ich begutachtete einen der mit Kakao bestäubten Trüffel. »Gut, wirklich gut … dank deiner Hilfe. Ohne deinen Impuls hätte ich elendig versagt.«

»Tja, ich bin überhaupt nur noch hier, weil du mir in der ersten Woche geholfen hast.«

Lächelnd biss ich in den Trüffel. »Mmmhhh. Ich muss mal eben unterbrechen, um dem Schöpfer dieser Praline ein paar Gedenksekunden zu widmen.«

Lila lachte, und wir aßen, bis wir nicht mehr konnten. »Ich glaube, ich habe zu viel gekauft.«

»Definitiv.« Sie legte sich auf den Rücken und schirmte ihr Gesicht vor der Sonne ab. »Das waren aufregende Wochen, oder?«

»Ich wünschte, wir könnten noch länger bleiben.«

»Paris hat dich ganz schön um den Finger gewickelt, wie?«

Ich legte mich neben sie und schloss vor der hellen Sonne die Augen. »Ich weiß nicht, ob es Paris ist oder die Parfümerie, aber ich hätte nie erwartet, dass ich mich hier so lebendig fühle, so unabhängig. Traurig, oder? Ich bin fast dreißig, und das ist das erste Mal, dass ich meinen Heimatort verlassen habe. Und plötzlich habe ich das Gefühl, endlich irgendwo hinzugehören. Dabei weiß ich nicht mal, warum, ich habe hier doch nichts.«

»Man kann sich ja auch in einen Ort verlieben. Wie geht es eigentlich bei dir weiter, wenn das hier vorbei ist?«

»Ich wollte nach New York ziehen«, antwortete ich, aber selbst in meinen Ohren klang es nicht überzeugend. »Aber jetzt bin ich mir nicht mehr so sicher. Was ist mit dir?«

»Slowakei. Zurück zu meinen Eltern, die mein Leben kontrollieren.«

Obwohl meine Eltern der Inbegriff der Unzuverlässigkeit waren, hatten sie mich zumindest in all meinen Vorhaben ermutigt. Es tat mir leid für Lila, dass sie auf eine solche Unterstützung verzichten musste.

»Warum weigerst du dich nicht?«

»Sie sind sehr streng, wollen alles überwachen. Es fällt mir schwer, mich zu widersetzen.«

»*Musst* du denn wieder nach Hause fahren? Warum bleibst du nicht hier?«

»Ach.« Sie rollte sich auf die Seite, um mich anzusehen. »In einer perfekten Welt würde ich natürlich in Paris bleiben, meine eigene Parfümerie eröffnen, jeden Tag Schokolade zum Frühstück essen, einen Hund aus dem Tierheim adoptieren, falls ich mich einsam fühlen würde, mich abends mit einer Flasche Wein und Käse vor den Eiffelturm setzen und auf meine Freunde warten, die ich irgendwann hoffentlich gefunden haben werde.«

Ich schmunzelte. »Das klingt doch nach einem verdammt guten Leben, Lila. Was hält dich davon ab?«

»Geld, was sonst?«

Mir wurde schlagartig bewusst, dass ich nicht die Einzige war, deren Träume vom Preisgeld dieses Wettbewerbs abhingen. Ich wünschte Lila einerseits, sie möge gewinnen, um ihre Wünsche zu verwirklichen. Ihr Leben nach ihren eigenen Vorstellungen zu leben. Aber wenn sie gewann, würde es das Ende *meiner* Träume bedeuten.

»Und wenn du gewinnst … würdest du dann hierbleiben?«, hakte ich nach.

Ihr lief eine Träne über das Gesicht. »O ja, das würde ich.«

Am Abend traf ich Sébastien im Esszimmer der Leclères, wo er gedankenverloren vor sich hin starrte. Ich rang mit mir, ob ich ihn ansprechen oder mich zurückziehen sollte, aber er hatte mich schon bemerkt.

»Komm her und setz dich zu mir.«

»Wo sind die anderen?«

»Laufen durch Paris, nehme ich mal an. Vielleicht sind sie wegen der bevorstehenden Entscheidung nervös.«

»Ja, es ist schon sehr spannend.«

»Und dann haben wir nur noch eine Woche …«

»Komisch, ich habe das Gefühl, als wäre ich schon jahrelang in Paris. Ich kann mir gar nicht vorstellen, wieder abzureisen. Aber ich wette, du bist froh, wenn du dann wieder deine Ruhe hast. Dann kannst du endlich wegfahren und alles hinter dir lassen.«

Er schnitt eine Grimasse. »Um ehrlich zu sein, bin ich mir da nicht mehr so sicher. Vielleicht ist Paris gar nicht so schlimm, wie ich dachte.«

»Vielleicht kannst du einfach das Beste aus beiden Welten herauspicken.«

»*Oui.*«

»Wen hätte dein Vater wohl ausgewählt? Nicht nur wegen der Parfümerie, sondern wegen seiner Persönlichkeit …« Ich wollte so gern mehr über Vincent erfahren, über seine Gedanken und zu welchen Menschen er sich hingezogen gefühlt hatte.

»Das ist eine gute Frage. Ich denke, er hätte Lila gemocht – ihre Zurückhaltung, ihre Art, sich zu konzentrieren und ein Parfüm zum Leben zu erwecken. Dich aber hätte er geliebt, Del. Er hätte dich ständig mit Beschlag belegt und bis ins Letzte ausgefragt. Und Lex –

in gewisser Weise erinnert Lex mich manchmal sogar an meinen Vater. Dieser Drang, sich hin und wieder zurückzuziehen. Die Fähigkeit, einen geliebten Menschen gehen zu lassen, auch wenn man das eigentlich nicht will.«

»Du weißt über Lex Bescheid?«

»Es ist doch kaum zu übersehen. Ich habe dieselbe Ausstrahlung über Jahrzehnte an meinem Vater wahrgenommen.«

»Allerdings war Lex heute ganz anders. Ich bin ihm am Nachmittag über den Weg gelaufen, und er kam mir völlig verändert vor.«

»Und was glaubst du, woher das kommt? Ich habe so ein Gefühl, dass er sich nicht nur in diese Stadt verliebt hat …« Sébastien lächelte, und seine Augen leuchteten geheimnisvoll.

Ich schlug eine Hand vor den Mund. »Oh.« Ich rief mir ein paar vergangene Situationen in Erinnerung, in denen Lex mir verändert vorkam.

»Deine Mutter?«, fragte ich leise. »Weiß sie es?«

Sébastien schüttelte den Kopf. »Ich glaube nicht.«

Das ergab Sinn. Lex hatte aufgehört zu trinken, womit er wahrscheinlich nur angefangen hatte, um sein gebrochenes Herz zu betäuben. »Dieser Duft, den ich plötzlich an ihm wahrgenommen habe … er roch genau wie der, den ich vor langer Zeit mit meiner Nan zusammen erschaffen wollte.« Er ließ sich nicht beschreiben, sondern war mehr eine spürbare Stimmung, ein Gefühl selbst. Müsste ich die Zutaten angeben, könnte ich es jetzt: Bergamotte, Rosa Pfeffer, Rose, Moschus und mehr. Aber darum ging es nicht, es ging darum, etwas zu erschaffen, das man begriffen hatte, das man am eigenen Leib spürte und das man selbst ausstrahlte, so dass man es wieder in seine Arbeit einfließen lassen konnte. Ich gestand mir endlich ein, dass auch ich verliebt war, und erst in diesem Moment erkannte ich die gesamte Duftpalette der Liebe.

Meine Nan hatte recht gehabt. Hatte sie nicht gesagt, ich würde die Liebe erst dann richtig spüren, wenn ich …

»*Je t'aime. Ti amo. Ich liebe dich.*«

»Hast du gerade in drei verschiedenen Sprachen ›Ich liebe dich‹ gesagt?«

Als mir klar wurde, dass ich die Liebesbekundung tatsächlich ausgesprochen hatte, wurde ich rot.

Mir fehlten die Worte, ich konnte nicht mehr klar denken, weil Sébastien mir so nah war. In seiner Gegenwart schien mein Gehirn sich aufzulösen, und mein Mund plapperte einfach drauflos. Wie sollte ich mich da jetzt wieder herauswinden?

Gerade, als ich etwas sagen wollte, küsste er mich, und ich war zu nichts anderem fähig, als den Kuss zu erwidern, mit all der Liebe, die ich in meinem Herzen trug.

Zögernd lösten wir uns wieder voneinander und sahen uns an. Ich erkannte, dass ich wohl schon mein ganzes Leben nach Sébastien gesucht hatte. Ich hatte es nur nicht gewusst.

Der Bann brach, als Lila das Zimmer betrat. Sie hatte Kopfhörer im Ohr und starrte auf das Display ihres Handys. Wir rückten voneinander ab. Mein Gesicht fühlte sich warm an, und ich fummelte an meinen Ohrringen herum, Sébastien schob irgendetwas auf dem Tisch zurecht.

»Oh, hi«, sagte Lila und zog die Kopfhörer heraus. »Gibt es bald Essen?« Essen? Nach all der Schokolade?

»Ja«, sagte ich und lächelte unbeholfen. »Ich denke schon.«

Mit voller Wucht stürzte die Realität auf mich ein. Was, um alles in der Welt, hatte ich mir nur gedacht? Schon wieder hatten wir uns geküsst! Und Liebe, was wusste ich schon von Liebe? Das war einfach lächerlich. Und doch … Verstohlen berührte ich meine Unterlippe. Es hatte sich so berauschend angefühlt, dass ich mehr wollte.

Aber war ich jemand, der seine Pläne über Bord warf und seine Zukunft aus einer spontanen Laune heraus aufs Spiel setzte?

Kapitel 29

Eine nervöse Stimmung lag in der Luft, als wir im Wohnzimmer auf die Verkündung der Ergebnisse warteten. Einer von uns würde vor dem großen Finale ausscheiden müssen.

Lex lächelte vor sich hin wie ein liebeskranker Teenager, und ich musste mir ein Schmunzeln verkneifen. Er wusste nicht, dass mir sein Interesse an Aurélie aufgefallen war. Ich hoffte sehr für ihn, dass er der Liebe noch eine Chance geben würde – wenn einer sie verdient hatte, dann Lex. Ob sie sich auch für ihn interessierte, würde er hoffentlich bald herausfinden. Lila saß mit großen Augen da und knabberte an ihren Fingernägeln.

»Guten Morgen«, begrüßte uns Aurélie. »Heute ist wieder ein trauriger Tag für Leclère, weil wir uns vor dem großen Finale von einem von Ihnen verabschieden müssen. Ich weiß, dass Sie nervös sind, also werde ich Sie nicht mit langen Vorreden auf die Folter spannen. Gewinnerin dieser Woche ist Del mit ihrem Parfüm ›Liebestaumel‹, einem transzendenten Duft, den wir bestimmt nie vergessen werden.« Ich biss mir auf die Lippen, um meine Erleichterung im Zaum zu halten.

Aber endlich, endlich hatte ich das Rätsel um das Liebes-Parfüm gelöst, das Nan und mich vor so vielen Jahren schon beschäftigt hatte. Mir war, als spürte ich ihre Nähe und ihren Stolz, weil ich endlich an mich geglaubt hatte.

»Als Nächste haben wir Lila mit ›Sweet‹, einem Duft, der einem die Gefühle auslöst, die man hat, wenn man in eine zarte schokoladige Praline beißt.«

Ich fasste Lex' Hand und drückte sie fest, während ich die Tränen in meinen Augen spürte. Lila schluchzte leise auf.

Lex war draußen.

»Ach, Mädchen!« Er umarmte uns. »Es ging mir nie ums Gewinnen, sondern nur darum, meinen Weg zu finden. Dass ich überhaupt so weit gekommen bin, ist schon phantastisch. Und jetzt kann ich in Ruhe zusehen, wie eine von euch gewinnt.«

»Ich bin überzeugt, dass es für dich jetzt bergauf geht«, sagte ich, denn ich wusste, dass er in Paris tatsächlich das gefunden hatte, was er brauchte.

»Wir sind im Finale«, rief Lila und wischte sich eine Träne aus dem Augenwinkel.

»Ja, verrückt, oder?« Das bewies, dass den anderen alle Intrigen doch nicht geholfen hatten. »Was werden wir am Ende wohl für eine Aufgabe bekommen?«

»Tja, wer weiß?«, meinte sie nur.

Nun meldete sich Sébastien zu Wort. »Das große Finale wird bereits morgen stattfinden. Punkt neun Uhr erwarten wir Sie im Labor, und am Abend krönen wir die Gewinnerin.«

Was? Morgen Abend schon? Ich hatte mich auf mindestens noch eine weitere Woche in Paris eingestellt. Das war viel zu früh. Warum jetzt diese Eile?

»Wow, jetzt verlieren Sie aber keine Zeit mehr, wie?«, kommentierte Lex.

Sébastien lächelte schwach. »Wir wollen es nicht länger hinauszögern.«

Wollte er danach auch sofort packen und abreisen? In die lavendelduftenden Hügel der Provence?

Lex hüstelte und sah zu Boden. »Ja, also, ich werde mein Zimmer in der Wohnung natürlich räumen, aber ich hatte vor, noch etwas in Paris zu bleiben …«

Ich spielte die Ahnungslose. »Du bleibst noch hier? Gibt es einen besonderen Grund?« Ich sah ihn mit großen Augen an und hoffte, er würde es mir verraten.

»Nein … Ich habe einfach noch nicht genug gesehen.«

»Ach ja?« Ich kniff die Augen zusammen. »Ich glaube, es steckt noch etwas anderes dahinter.«

Er schnitt eine Grimasse. »Sei still, Amerika … Du Parfümflüsterin!«

Sébastien lächelte. »Genießen Sie heute auf jeden Fall einen ruhigen Tag und sparen Sie Ihre Energie für morgen auf.«

Wir gingen auseinander, und ich versprach Lex und Lila, mich später mit ihnen zu treffen. Zunächst mussten wir jedoch unsere Sachen packen, damit wir am nächsten Tag die Zimmer räumen könnten. Die Gewinnerin würde in eine andere Wohnung ziehen und dann an der Parfümserie für *Leclère* arbeiten.

Nachdem ich alles zusammengepackt hatte, setzte ich mich auf den Bettrand und atmete tief ein und aus. Ein Wust an Gefühlen überrollte mich. Einsamkeit, Widerstreben, Sorge, Aufregung. Ich dachte an die anderen Teilnehmerinnen und wie weit wir gekommen waren. Lila brauchte das Preisgeld dringend, um in Paris bleiben zu können, sonst müsste sie in ein Leben zurückkehren, das von ihren Eltern bestimmt wurde. Lex würde sich auch mit seinen fünfundfünfzig Jahren noch einen Namen in der Parfümwelt machen und damit endlich seiner Leidenschaft nachgeben. Und dabei vielleicht auch eine neue Liebe finden.

Und wo stand ich? Je mehr Zeit ich in Paris verbrachte, desto verschwommener wurde mein Traum von New York. Konnte ich ohne festen Plan weitermachen? Ich war nicht der Typ, der sorglos in den Tag hinein lebte. Ich musste wissen, wo ich in fünf Jahren stehen würde, denn wie sollte ich sonst erkennen, ob ich auf dem richtigen Weg war?

Ich rief Jen an und hoffte, sie würde ans Telefon gehen, obwohl sie sicherlich gerade im Bett lag. Sie gähnte zwar tief und laut, aber sie meldete sich. »Hallo?«

»Tut mir leid, wenn ich dich geweckt habe.«

»Schon gut … Ist alles in Ordnung bei dir?«

»Na ja …«

»Das heißt nein. Was ist los?«

»Ich bin im großen Finale.«

»Was!«, schrie sie auf. »O mein Gott, Del! Du hast es ins Finale geschafft! Ich wusste es, ich wusste, dass du es schaffen würdest!«

»Ja, es ist verrückt. Aber ich weiß im Moment überhaupt nicht, wie mein Leben weitergehen soll. Was will ich überhaupt? Die Dinge haben sich geändert, *ich* habe mich geändert …«

»Du machst es dir selbst zu schwer. Kannst du nicht einfach abwarten, was passiert? Den Rest des Sommers in Paris bleiben, ob du nun gewinnst oder verlierst?«

Ich seufzte. »Das könnte ich, aber wozu?«

»Um herauszufinden, was du willst. Denk daran, dass du aus deiner Komfortzone ausbrechen wolltest, aber es kommt mir so vor, als würdest du gleich wieder in sie zurückspringen wollen. New York war ein ehrgeiziges Vorhaben, aber wie du schon sagtest, haben sich die Dinge geändert. Vielleicht ist es einfach nicht die richtige Zeit. Vielleicht ist sie das in fünf Jahren, wenn du dir einen Namen als Parfümeurin gemacht hast. Dann kannst du immer noch nach New York gehen und an der Fifth Avenue einen Laden eröffnen anstatt in einer kleinen dunklen Nebenstraße, die du dir jetzt nur mit Mühe und Not leisten könntest.«

»Ich verstehe, was du meinst, aber so ganz ohne Plan fühle ich mich einfach haltlos. Was, wenn ich irgendwann den ganzen Tag nur noch im Bett liege und Schokolade futtere und französische Filme mit Untertitel sehe und fett und faul werde?«

»Na und? Genieß doch einfach einen einzigen Sommer in Paris und lass es dir gutgehen.«

»Ja, vielleicht …« Vielleicht auch nicht.

»Und Sébastien? Was ist mit dem?«

»Nichts.«

»Und damit bist du glücklich?«

»Na ja, eigentlich nicht …« Ich wollte mir jetzt keine Gedanken über ihn machen, vor allem nicht so kurz vor dem großen Finale. »Vergiss ihn jetzt mal, jetzt geht es um den Wettbewerb. Wenn ich gewinne, dann bekommt Lila kein Geld und kann sich ihren Traum nicht erfüllen.«

»Ich hätte wissen müssen, dass so was passiert. Das ist ein Wettbewerb! Du verdienst ebenso zu gewinnen wie sie. Was ist mit *deinen* Träumen?« Ihre Stimme wurde weich. »Del, gewinn einfach, okay? Gewinn für Nan, gewinn für deine Zukunft, gewinne, weil du Parfüm liebst und weil du es verdient hast.«

Ich atmete tief durch und tat das, was Schwestern am besten können: Ich wechselte das Thema. »Und wie geht es James? Was machen die Hochzeitspläne?«

»Puh«, stöhnte sie. »Ich glaube, wir brennen einfach durch. Mom faselt irgendwas von einer ›Flussgöttinnenhochzeit‹, was auch immer das bedeuten soll, und Dad will die Trauung selbst vornehmen …« Und dann erzählte sie ausgiebig von allen Verrücktheiten unserer Familie.

Nach dem Telefonat starrte ich eine Weile auf Clémentines Bett. Ohne sie war es sehr friedlich, aber irgendwie auch einsam.

Ich zog mich für das Mittagessen um – und für einen letzten langen Spaziergang durch Paris mit Lex und Lila.

Kapitel 30

Ich war bereit und hatte mich damit arrangiert, dass bald alles vorbei sein würde. Ungeduldig warteten wir im Labor auf Aurélie und Sébastien, damit sie uns die letzte Aufgabe stellten. Lila wirkte in sich gekehrt. Lex war zur moralischen Unterstützung gekommen, saß im Schneidersitz auf einer Fensterbank und sah gedankenverloren nach draußen. Ich wippte auf den Füßen vor und zurück und spielte mit meinen Armreifen, deren Klappern Clémentine so laut gefunden hatte – ausgerechnet sie!

Als Aurélie und Sébastien schließlich kamen, wurden wir vor Aufregung ganz starr.

»Da waren's nur noch zwei«, versuchte Sébastien, die Stimmung aufzulockern, aber wir sahen ihn nur stumm und voller Spannung an. »Als Parfümeurinnen müssen Sie sich auf Ihren Geruchssinn verlassen können. Was sollten wir also intensiver testen als Ihre ›Nasen‹, Ihre Gabe, die Sie ja letztlich hierhergeführt hat?«

Das klang nicht allzu schwierig, also musste es einen Haken geben.

»Unsere Mitarbeiter bringen gleich eine Auswahl an Ingredienzen, von exotisch bis gewöhnlich. Es bleibt Ihnen überlassen, welche Sie auswählen. Diejenige, die als Erste falsch liegt, ist leider draußen.«

Das klang viel zu einfach. Wir würden das meiste doch allein schon am Aussehen erkennen. Aber ich schwieg.

»Um es ein wenig schwieriger zu machen, wird jeder Duft unter einer blickdichten Glasglocke verborgen sein, und ich werde Ihnen die Augen verbinden.«

»Wer also als Erste einen Duft falsch rät, ist draußen?«, fragte ich nach. Wir hatten keinen gesammelten Punktestand als Puffer? Nichts, das einen kleinen Irrtum verzeihen würde?

»Korrekt. Damit es fair zugeht, werden wir Strohhalme darum ziehen, wer anfängt. Wer den kürzeren zieht, sucht als Erste aus, und dann geht es immer abwechselnd.«

Lila und ich tauschten Blicke.

»Bereit?«, fragte Sébastien.

Mein Puls begann zu rasen, meine Handflächen wurden feucht. In nur wenigen Minuten konnte alles vorbei sein.

Aurélie hielt die Strohhalme, und ich zog den kürzeren. Also war ich als Erste dran. Sehr riskant …

Sébastien verband mir die Augen, und für den Bruchteil einer Sekunde schoss mir eine Phantasie über andere Spiele durch den Kopf, doch die Realität holte mich sofort wieder ein.

Er führte mich an den Tisch. »Welche Nummer soll es sein?«

»Nummer zehn.«

Er hob die Glasglocke an, und ich wusste sofort, was es war. Trotzdem griff ich nach dem Fläschchen und schnupperte von Nahem daran, um sicherzugehen. »Tigerlilie.«

»*Oui*, sehr gut.«

Nun war Lila dran. »Lavendel.«

»Stimmt.«

Ich wählte die nächste Nummer, und Sébastien hob die Abdeckung. Auch das war einfach. »Orange.«

»Richtig. Lila?«

Lila schimpfte flüsternd vor sich hin, als ihr der nächste Duft in die Nase stieg. »Das ist ja furchtbar. Dimethylsulfid.«

Dimethylsulfid roch nach Schwefel und Zwiebeln und war in seiner reinen Form gesundheitsschädlich.

Nun war ich wieder dran und erkannte auch diesen Duft sofort. »Phenol.« Es roch stark nach Kunststoff und Reinigungsmittel.

»Richtig.«

Ich hielt den Atem an, als Lila dran war. Sie brauchte lange, um sich zu entscheiden, dann sagte sie triumphierend: »Ist das etwa Schießpulver?«

Sébastien lachte. »Das stimmt, eine sehr spezielle Zutat.«

Heutzutage wurden die meisten Ingredienzen synthetisch hergestellt, aber noch vor nicht allzu langer Zeit benutzte man jede Menge Stoffe, die zuerst einmal eklig klangen. In der fertigen Mischung waren solche Komponenten nicht mehr einzeln erkennbar – sie dienten nur einer ausgewogenen, perfekten Balance.

Ich war wieder an der Reihe und hatte das schlechte Gefühl, dass mir der nächste Schritt schwerfallen würde.

Sébastien führte mich ein letztes Mal an den Tisch und hob die Glocke an. Im Bewusstsein, dass dies den Lauf meines Lebens ändern würde, hielt ich noch einen Moment inne. Ich hatte den Geruch sofort erkannt. Adlerholz.

»Guajakholz«, sagte ich laut und vernehmlich und wartete. Ich hoffte, dass ich die richtige Entscheidung getroffen hatte. Ich war meinem Herzen gefolgt und nicht meinem Verstand.

Im Labor herrschte absolute Stille, nur mein Herzschlag pochte mir in den Ohren. Konnten auch die anderen ihn hören?

»Tut mir leid, Del«, sagte Sébastien. »Aber es ist Adlerholz.« In seiner Stimme nahm ich Enttäuschung wahr.

Ich tat überrascht.

»Damit steht unsere Gewinnerin fest: Lila.«

Lila quietschte vor Freude auf, und Lex lief zu ihr, nahm sie in die Arme und wirbelte sie herum. Nachdem er sie wieder abgesetzt hatte, umarmte ich sie ganz fest.

»Herzlichen Glückwunsch, Lila. Du schlaues Mädchen!«

»Ich kann es gar nicht glauben! Das wird mein Leben für immer verändern. Aber für dich tut es mir unendlich leid ...«

»Das muss es nicht, Lila. Du hast ganz fair gewonnen.« Ich verkniff mir mein Schmunzeln und wusste, dass die Entscheidung richtig gewesen war.

❀

Unsere Taschen standen aufgereiht nebeneinander. Lex zog in ein Appartement im Marais-Viertel, und ich wartete auf Jean Marc, der mich später zum Flughafen Charles de Gaulle bringen würde. Lila, Lex, die Leclères und ich hatten am Abend noch ausgiebig gefeiert, und ich hatte Mühe, meine Tränen zurückzuhalten.

Ich war Teil von etwas so Außergewöhnlichem und Besonderem gewesen, dass ich es nie vergessen würde. Ich hatte einen Blick in die geheime Welt der Leclères werfen dürfen und eine magische Reise durch die Welt der Parfümerie erlebt.

Wie würde sich das alles auf meine eigene Karriere auswirken? Was ich hier in Paris erlebt hatte, ließ sich nicht wiederholen und würde für immer Teil von mir bleiben. Aber eine Sache war da noch, die ich unbedingt erledigen musste.

»Aurélie«, sagte ich, als ich sie im Büro fand. »Würden Sie mich anrufen, wenn Jean Marc kommt? Ich wollte eben noch …«

Sie sah mich an und lächelte. So entspannt wie jetzt hatte ich sie wohl noch nie gesehen. Ihre Augen leuchteten, ihre Haut schien zu strahlen. Sie sah aus wie eine Frau, die für eine neue Liebe bereit war. Ich fragte mich, ob Lex wohl schon mit ihr gesprochen hatte.

»Natürlich«, sagte sie auf ihre charmante französische Art. »Lassen Sie sich Zeit.«

Ich ging zu Fuß zu dem Ort, an dem alles begonnen hatte.

Der Nullpunkt.

Der Ort der Wünsche. Ich betrachtete die unauffällige kleine Plakette auf dem Boden und sah mich kurz um, bevor ich mich mitten darauf stellte. Es fühlte sich ziemlich verrückt an und musste auch so aussehen, aber das war mir in diesem Moment egal: Ich lachte und drehte mich mit geschlossenen Augen dreimal um mich selbst mit dem Wunsch, dass die wahre Liebe mich finden möge.

Ich öffnete die Augen und sah nur die neugierigen Blicke von Touristen. Nun ja, was hatte ich erwartet? Eine Brieftaube mit einer Liebesbotschaft? Ich machte auf dem Absatz kehrt, um vor der belustigten Menge zu fliehen, und stieß gegen die breite Brust eines Mannes. »Tut mir leid, ich bin ein bisschen …«

»Was hast du dir gewünscht?«, fragte er leise.

»Dich.« Ich wurde rot. »Ich meine …«

»Und hier bin ich«, sagte er, legte eine Hand in meinen Nacken und presste seine Lippen auf meine. Ich schlang die Arme um seinen Hals und zog ihn an mich, während ich wie aus weiter Ferne wahrnahm, dass ein paar Passanten applaudierten.

»Dass es so schnell wirkt, hätte ich nicht gedacht«, sagte ich atemlos und starrte in seine strahlenden grünen Augen.

»Dein Wunsch ist mir Befehl.« Er grinste und nahm

meine Hand. In der Nähe drängelten sich die Menschen darum, sich als Nächstes auf den Nullpunkt zu stellen, verblüfft darüber, dass sich hier anscheinend ein wahrhaftiges Wunder zugetragen hatte. Wer war ich, ihnen den Spaß zu verderben?

Lachend machten wir ihnen Platz.

»Ich weiß, dass du den Wettbewerb absichtlich verloren hast«, sagte er.

»Wirklich?« Hatten mein gesenkter Blick und die hängenden Schultern nicht überzeugend genug gewirkt?

»*Oui*. Warum hast du das gemacht?«

»Es fühlte sich richtig an.«

»Bleib trotzdem hier, Del. Bleib in Paris.«

»Warum?«

»Weil ich es mir wünsche.«

Ich hatte dem Mann in drei Sprachen gesagt, dass ich ihn liebe. Bedeutete das, meine Träume aufzugeben oder neue zu schaffen?

»Das hier habe ich für dich gemacht.« Ich holte ein Parfümfläschchen aus meiner Handtasche.

Er lachte. »Und ich habe das hier für dich gemacht«, sagte er und zog ebenfalls einen rosa Flakon aus der Tasche.

Wir entfernten die Verschlüsse und hielten die Düfte unter die Nase. Das Parfüm, das er für mich gemischt hatte, roch nach Feuerwerk, innigen Küssen, Liebe im Mondlicht. Das süße Verzücken befreiter Leidenschaft. Es war sein Versprechen, dass er nun bereit war, aus dem Schatten der Trauer zu treten und zu lieben.

Sébastien sprach zuerst. »Ich rieche ein Bündel Liebesbriefe, eine Rose kurz vor der Blüte, noch warme Bettwäsche, sommerliche Sonne und eine Einladung in dein Herz.«

Alles fühlte sich plötzlich so harmonisch zwischen uns an.

Und zum ersten Mal in meinem Leben würde ich meinem Herzen folgen, genau wie Lila es mit ihrem Gewinn unbedingt tun musste.

»Wirst du bleiben?«, fragte er mit rauer Stimme.

»Na ja, Paris ist immerhin die Welthauptstadt der Düfte.«

»Ich habe etwas von dir.« Er zog das Halstuch aus der Tasche, das ich an meinem ersten Tag verloren hatte.

»Du hast es aufbewahrt?«

»Das war der Moment, in dem ich mich in dich verliebt habe …«

Es hatte so kommen müssen – bestimmt hatte es schon immer in den Sternen gestanden. Und den Duft dazu hielt ich in meiner Hand.

Wie fielen uns in die Arme, und ich wünschte, die Zeit würde stehenbleiben, damit ich für immer dort mit ihm verweilen könnte. Wahre Liebe findet immer einen Weg …

WIDMUNG

Gerade, als ich das Manuskript zur letzten Überprüfung zurückbekam, verloren wir unseren besten Freund. Ich war tief erschüttert, wie sehr die Worte, die ich gerade geschrieben hatte, zu meiner aktuellen Situation passten. Schmerz und Trauer spielen in dieser Geschichte eine große Rolle, und ich hoffe, ich konnte meine Überzeugung vermitteln, dass Menschen, die wir lieben, immer bei uns sind, auch über ihren Tod hinaus. Sie sind da, wenn die Sonne mit bernsteinfarbenem Leuchten hinter den Horizont sinkt. Sie sind der Geruch nach dem Sommerregen. Sie sind in unseren Träumen und uns oft noch beim Erwachen ganz nah. Sie sind der Grund dafür, dass wir Risiken eingehen. Ihr Tod macht uns kühn und mutig und erinnert uns daran, dass wir im Hier und Jetzt leben sollen. Und vor allem daran, dass wir lieben sollen, denn ohne Liebe ist alles nichts.

Dieses Buch ist für dich, Jeff. Danke für die Liebe, die du unserer Familie geschenkt hast.

LESEPROBE

REBECCA RAISIN
ROMAN
Mein
wundervoller
Antikladen im
Schatten
des Eiffelturms
RL

Kapitel 1

Der Duft von Vergissmeinnicht wehte mir in die Nase, als ein Windstoß durch meine Zeitung fuhr und die Seiten umknickte, so dass ich die Schlagzeile, die mir eben aufgefallen war, nicht weiterlesen konnte. Vom Balkon über mir rieselten ein paar himmelblaue Blüten aus den Blumenkästen. Ungeduldig schlug ich die Seiten aus, um das Papier wieder zu straffen, und hoffte, ich hätte mich verlesen, denn sonst wären es überaus schlechte Nachrichten.

»Was ist denn?«, fragte Madame Dupont, während sie eine Mokkatasse mit schwarzem Kaffee an ihre scharlachrot geschminkten Lippen hob. »Wenn Sie nicht aufpassen, färbt die Druckerschwärze ab, und dann laufen Sie den ganzen Tag mit einem spiegelverkehrten Artikel des *French Enquirer* im Gesicht herum.«

Amüsiert schüttelte ich den Kopf. So etwas konnte nur Madame Dupont einfallen. Sie war eine lebenslustige Mittsiebzigerin, die sich immer noch ausgiebig schminkte und so viel Rouge auftrug, dass ihre Wangen fast lila glänzten. Ihre dunkelbraunen Augen waren dick mit Kajal umrandet und von falschen Wimpern gesäumt, die wie schwarze Fächer auf und zu klappten. Dem Strahlen in ihren Augen nach wirkte sie jedoch nur halb so alt, und mit ihrer Energie und Dynamik war nur schwer mitzuhalten. Feine Rauchschwaden wirbelten um ihr sorgsam frisiertes graues Haar, das sie absichtlich nicht färbte, weil sie der Meinung war, die silberfarbenen Strähnen schmeichelten ihrem

Teint. Man sah sie nie ohne eine Zigarette, die sie stets in einer Spitze aus Elfenbein hielt, dem Relikt aus einer anderen Ära. Ich hatte das gute Stück auf einem der Flohmärkte am Seineufer gefunden, und Madame hielt es in Ehren.

Wenn ich sie wegen ihrer Zigarettensucht tadelte, lachte sie nur und erklärte, ihre Laster hielten sie jung. Madame Dupont genoss das Leben in vollen Zügen, sprühte nur so vor Charme und Esprit. Sie war früher eine berühmte Chansonnette gewesen, hatte mit Künstlern aus der ganzen Welt verkehrt, und dieser Glanz haftete ihr noch immer an. Männer wie Frauen suchten ihre Gesellschaft und brannten darauf, ihre Geheimnisse zu ergründen. Ich fand es immer höchst amüsant, wie die Leute um ihre Aufmerksamkeit buhlten. Unsere morgendlichen Treffen hingegen fanden in einer ruhigen Pariser Seitenstraße statt, so dass wir uns ungestört austauschen konnten.

Die schwarz-weißen Zeitungsseiten raschelten im Wind, als wollten sie mich an den Artikel mit seiner beunruhigenden Überschrift erinnern. »Es hat eine Einbruchserie in Sorrent gegeben, in Italien«, sagte ich und reichte Madame Dupont die Zeitung. »Die Auktionshäuser *Dolce* und *Rocher* sind betroffen.«

»Was? Aber wir sind doch gerade erst dort gewesen!« Madame Dupont schob sich die diamantbesetzte Lesebrille auf die Nase und überflog den Artikel.

»*Oui*«, sagte ich. »Können Sie sich das vorstellen?« Über unsere italienischen Kollegen mit ihrem Angebot an Antiquitäten waren wir gut informiert. Ich begleitete Madame Dupont häufig auf Geschäftsreisen, denn dem Erlebnis, fremden Boden zu betreten, andere Luft zu atmen und den Sternenhimmel aus neuer Perspektive zu sehen, konnte ich einfach nicht widerstehen. Als Inhaberin des *Time Emporium* handelte Madame Dupont mit Uhren und suchte an allen Enden der Welt nach einzigartigen Exemplaren.

Ich war auf französische Antiquitäten spezialisiert und bot bei Auktionen nur auf Stücke aus meinem Heimatland. Durch Nachlassverkäufe, Flohmärkte und andere Quellen hatte ich in Paris ausreichend zu tun, aber wenn mich die Abenteuerlust packte, zog es mich hin und wieder auch in die Ferne.

Madame Dupont hatte mich auf eine zweitägige Reise nach Sorrent, südlich von Neapel, mitgenommen. Ihre Ausdauer und Unternehmungslust waren zwar beeindruckend, aber so strapazierend, dass ich mir nachmittags lieber eine Auszeit genommen und Siesta gehalten hatte, um für den Abend wieder bei Kräften zu sein. Vormittags hatten wir die Antiquitäten in den erwähnten Auktionshäusern bewundert, und Madame Dupont hatte erfolgreich auf ein paar der wunderbaren Uhren geboten. Französische Antiquitäten waren nicht dabei gewesen, so dass ich nur herumgestöbert und mein Einkaufsbudget nicht strapaziert hatte.

Nun runzelte sie besorgt die Stirn. »O nein«, sagte sie und bewegte beim Weiterlesen stumm die Lippen. »Wie schrecklich, dass sie die Sammlungen *L'amore di uno* und *L'arte di romanticismo* verloren haben!« Die kostbaren Juwelen waren unter Händlern gut bekannt – bei den rosafarbenen Diamanten dachte jeder sofort an Coco Salvatore, die bekannte Sopranistin, die bis zu ihrem Tod vor einigen Jahren das Haus nie ohne eines dieser Schmuckstücke verlassen hatte.

Als wir die Juwelen in Sorrent dann mit eigenen Augen sahen, stockte uns fast der Atem. Sie schienen regelrecht zu pulsieren, als hätten sie einen Teil der Kraft und der Stimme der Sängerin in sich aufgenommen.

Madame Dupont legte sich eine Hand auf die Brust. »Schockierend! Was, wenn der Dieb direkt an uns vorbeigelaufen ist, ohne dass wir ihn bemerkt haben?«

Ich nickte und trank einen Schluck Café au lait. »Das wäre durchaus vorstellbar. Und wir hatten keine Ahnung.«

Madame Dupont strich ihren Rock glatt und schwieg einen Moment. Dann sagte sie: »Aber wie diese Diebe die Technik überlisten konnten, die doch beim feinsten Flüstern anschlägt, ist mir ein Rätsel. Sie müssen sich ausgezeichnet mit den heutigen Sicherheitssystemen auskennen. Da ich gerade mal in der Lage bin, eine E-Mail zu verschicken, empfinde ich beinahe Respekt vor dieser Leistung.«

»Madame Dupont! Sie dürfen doch keinen Respekt vor Dieben haben!« Ein Auto, das in eine winzige Parklücke manövrierte, zog unsere Aufmerksamkeit auf sich. Minis wie diesen gab es in Paris zuhauf, und geübte Fahrer schafften es in jeden noch so kleinen Zwischenraum.

»Warum nicht? Immerhin ist er ein Dieb mit sehr viel Intelligenz.«

»Er?«, fragte ich nach.

Sie verdrehte die Augen. »Natürlich ist es ein Er. Oder vielleicht ein Team von Ers. Frauen schätzen Diamanten viel zu sehr, als dass sie sie stehlen würden. Nun gut, einfacher wäre es natürlich, wenn der Täter nur eine Person wäre. Je mehr Menschen an einem Geheimnis teilhaben, umso größer ist die Wahrscheinlichkeit, dass sie geschnappt werden.«

Ich zog die Augenbrauen hoch. »Sie klingen ja, als sprächen Sie aus Erfahrung, Madame.«

Ich musste sie einfach ein wenig aufziehen. Madames Vergangenheit strotzte nur so von wilden Episoden, auch wenn sie selbst darüber Stillschweigen bewahrte. Um ihre glorreichen Tage rankten sich die abenteuerlichsten Geschichten. Die berüchtigste war, sie sei in den Sechzigern die Geliebte des umschwärmten Marquis Laurent gewesen, eines Mannes mit flamboyantem Lebensstil, fast unanständigem Reichtum und engen Verbindungen zu den höchsten europäischen Adelshäusern. Eine Affäre wäre aus diversen Gründen skandalös gewesen, noch skandalöser jedoch war das Gerücht um ihre Trennung – angeblich war Madame die erste Frau, die je sein Herz gebrochen hatte. Niemand trennte sich vom Marquis, wenn er es nicht wollte, aber Madame Dupont hatte es getan, weil sie keine Lust hatte, sich fest zu binden. Sie hatte es damals nicht gewollt und wollte es heute genauso wenig. Sie liebte ihre Freiheit und Unabhängigkeit, ob nun von Männern, Kindern oder anderen Verwandten.

»Wollen Sie damit andeuten, ich könnte im Laufe meines langen und erfüllten Lebens jemals auf irgendeine Weise kriminell gewesen sein?« Sie kicherte wie ein junges Mädchen.

»Ich traue Ihnen sogar das zu, auch wenn Sie es natürlich niemals eingestehen würden.« So war das nämlich mit ihrer Vergangenheit: Madame selbst schwieg wie ein Grab.

»*Oui*, meine Geheimnisse sind sicher verwahrt.« Sie schmunzelte. Ihr Blick schweifte in die Ferne, als würde sie überlegen. »Aber haben Sie schon einmal darüber nachgedacht, Anouk, was für Aufgaben ein Krimineller heute bewältigen muss? Allein, was man können muss, um irgendwo nur hinein- und wieder herauszugelangen, ist unvorstellbar. Und erst der Verkauf! Diese Juwelen kann niemals jemand tragen, weil man sie sofort wiedererkennen würde.«

Ich brach ein Stück von meinem Croissant ab. Auf dem Tisch verteilten sich Krümel von Blätterteig. »Eine Schande, dass diese wunderbaren Schmuckstücke verschwunden sind. Es geht nicht nur um ihren materiellen Wert – es hängen so viele Geschichten an ihnen, die nun für immer verloren sind. Und wozu? Damit sie von der Öffentlichkeit ungesehen in irgendeinem Tresor verstauben.« Ich kaute bedächtig, lehnte mich auf meinem Stuhl zurück und warf einen Blick auf den Eiffelturm, der von der *Boulangerie Fret-Co* abseits der Avenue de la Bourdonnais zu sehen war. Schon seit Jahren gingen Madame Dupont und ich hier gemeinsam frühstücken.

Hier änderte sich nichts: Stammgäste betraten die Bäckerei und kamen mit frischen Baguettes unter dem Arm wieder heraus. Der Kaffee war immer stark und gut, die Croissants weich und buttrig und die Sicht auf den Eiffelturm wunderschön und heute teils vom Blätterdach der Bäume verdeckt, das immer wieder aufriss, wenn der Wind hineinfuhr. Am Morgen war es hier zumeist ruhig, nur der bucklige Mann von nebenan schob pfeifend seine Postkartenständer herum und staubte sie gelegentlich ab.

Madame Dupont wohnte eine Straße weiter in einem Penthouse-Apartment an der Avenue Élisée-Reclus, nur einen Katzensprung vom Eiffelturm entfernt. Auch mein kleines Antiquitätengeschäft lag ganz in der Nähe, etwas dichter noch an der Avenue Gustave Eiffel, umgeben von Bäumen und Blumenbeeten, die je nach Jahreszeit hübsch bepflanzt wurden.

»Die reine Gier ist es«, schimpfte Madame Dupont. »Das allein treibt diese Schwarzmarktkäufer an. Die Juwelen werden aber nicht für immer verloren sein – ich bin sicher, die Carabinieri fangen den oder die Täter. Schließlich sind auch die heutzutage technisch bestens ausgestattet – irgendwer beobachtet immer alles.« Ihre Worte sollten mich beruhigen, doch der zwitschernde Tonfall ihrer sonst eher tiefen Stimme verriet ihre eigene Unsicherheit. Sie wusste ebenso gut wie ich, dass die Juwelen, falls sie das Land verlassen hatten, nie wieder auftauchen würden.

»Vielleicht«, sagte ich, wenig überzeugt. Allmählich erwachte die kleine Straße zum Leben: Autos hupten, neugierige Touristen spazierten auf der Suche nach einem

Café umher – der übliche Hintergrund unserer morgendlichen Treffen und ein Signal, mit der Arbeit anzufangen.

Ich trank meinen Milchkaffee aus. »Seien wir auf jeden Fall dankbar, dass nicht Paris das Ziel dieser Diebe war.«

Kapitel 2

Kurz nach Mittag fiel der Schatten des Eiffelturms auf das Fenster meines kleinen Antiquitätengeschäfts und tauchte seine Schätze in sepiafarbenes Licht, so dass sie wie auf alten ausgebleichten Fotografien wirkten. Der ganze Raum erschien auf einmal wie aus einer anderen Welt, als wäre man wahrhaftig in der Zeit zurückgereist.

Allerdings hatte ich keine Zeit für nostalgische Träumereien, denn ich hatte Kundschaft.

»Du hast mein Wort, Anouk«, sagte Océane und sah mich mit ihren chinablauen Augen durchdringend an. Flüsternd fügte sie hinzu: »Ich kenne Agnes schon seit Ewigkeiten. Sie ist vertrauenswürdig, das kann ich versprechen.« Mit einer Kopfbewegung deutete sie auf die schlanke Frau mit tiefschwarzem Haar, die ein paar Schritte weiter hinten stand und unter meinem prüfenden Blick errötete. Nervös spielte sie mit den Quasten ihrer Handtasche und senkte den Kopf.

»Ist sie Französin?«, flüsterte ich zurück, immer noch nicht überzeugt. Ich verkaufte prinzipiell nur an Leute, die mir von geschätzten Kunden persönlich vorgestellt wurden. Vielleicht eine Marotte, aber eine, die ich nicht ändern würde. Wenn ich einfach an jeden verkaufte, wer konnte dann wissen, was mit unserem Erbe geschah? Selbst in finanziell schwierigen Zeiten vergewisserte ich mich immer, dass meine Kunden vertrauenswürdig waren.

Hin und wieder verlor Agnes ihre sorgsam aufgesetzte

Haltung und begutachtete meine antiken Schmuckstücke mit fast gierigem Blick. Solche Leute lehnte ich normalerweise direkt ab, weil ich ihren Motiven nicht traute. Möglicherweise waren sie nicht auf der Suche nach einem Stück Geschichte, einem Erbstück, das sie wertschätzen würden, sondern sie sammelten Dinge ohne Respekt vor deren Vergangenheit. Ich war jedoch der Meinung, dass gewisse Stücke mit sentimentalem oder historischem Wert geschützt werden mussten.

Wie auch immer: Océane von *Once Upon A Time*, dem kleinen Buchladen am Ufer der Seine, war eine treue und vertrauenswürdige Kundin und würde mir nur jemanden empfehlen, der ebenfalls verlässlich wäre. Es war lediglich der seltsame Blick dieser Agnes, der mich zögern ließ. Aber vielleicht hatte mich der Bericht über die Diebstähle in Italien übertrieben misstrauisch gemacht.

Fest stand dennoch, dass Antiquitäten angemessene Anerkennung erfahren sollten und ich stets bestrebt war, für meine Schätze die passenden Käufer zu finden. Ich bedauerte sehr, dass diese Tradition mehr und mehr verloren ging, weil die Menschen lieber an die Zukunft dachten als an die Vergangenheit. Technikbesessenheit und der Drang, sich alle Wünsche sofort zu erfüllen, überlagerten alte Werte. Allein bei diesem Gedanken wurde ich schon ganz deprimiert.

»Natürlich ist sie Französin«, sagte Océane jetzt. »Ihrer Familie gehört die Boulangerie an der Rue Saint-Antoine. Sie sucht einen kleinen Rubinanhänger für ihre Mutter. Ihre Eltern feiern bald ihren vierzigsten Hochzeitstag. Ich verspreche dir hoch und heilig, dass sie deine Kriterien erfüllt.«

Als Océane den Hochzeitstag der Eltern erwähnte, änderte sich die Haltung der fremden Frau sofort. Sie lächelte zaghaft, ihr Gesichtsausdruck entspannte sich, und sie blickte wie durch mich hindurch, als würde sie an ihre Eltern und alles Schöne denken, was sie in ihrer Ehe lebten. Ihr schien überhaupt nicht aufzufallen, dass ich sie beobachtete, da sie offenbar in Erinnerungen schwelgte.

Ich bekam eine leichte Gänsehaut, was ein sicheres Zeichen war, dass ich ihr meinen außergewöhnlichen Schmuck präsentieren konnte. Auf dieses Zeichen meines Körpers verließ ich mich oft mehr als auf andere Zeichen.

Agnes' Blick fiel auf einen schlichten Rubinanhänger in meiner Auslage und verharrte dort. Sie war nicht gierig, sie wollte nicht alle, sondern nur ein perfektes Stück – das konnte man nun klar und deutlich an ihrem Gesicht ablesen.

Selbst im mittlerweile leicht trüben Licht des Nachmittags glitzerte das Schmuckstück aufreizend. Agnes spielte mit dem Saum ihrer Bluse, als wollte sie ihre Hände davon abhalten, nach dem Rubin zu greifen. Sie hatte eine gute Wahl getroffen. Klassisch, zeitlos und zauberhaft. Und von einem so tiefen Rot, dass man sich darin verlieren konnte.

Ich war stolz darauf, von jedem meiner Objekte die Herkunft ergründet zu haben, ohne die eine Antiquität meiner Meinung nach keinen speziellen Reiz ausstrahlen konnte.

»Treten Sie näher.« Ich winkte Agnes heran. »Diesen Anhänger habe ich vor ein paar Jahren bei einem Nachlassverkauf in der Provence erstanden. Würden Sie gern mehr über seine Herkunft erfahren?«

Sie nickte. »Sehr gern. Ich habe noch nie zuvor etwas gesehen, von dem ich auf Anhieb so überzeugt war, dass es zu meiner Maman passt. Alle anderen Schmuckstücke verblassen neben diesem.«

Es war der richtige Anhänger für die Mutter, dessen war auch ich sicher. Mit gedämpfter Stimme erzählte ich: »Als ich dort war, kam eine Nachbarin, um die Versteigerung des Nachlasses ihrer Freundin zu verfolgen, und ich fragte sie, was sie über diesen Anhänger wisse, welche Bedeutung er für seine Vorbesitzerin gehabt habe. So, wie es jetzt Ihnen ergeht, hat auch mich dieses eine Stück mehr als alle anderen der Auktion angesprochen. Die Nachbarin erzählte mir, die Frau habe schon als junges Mädchen die Liebe gefunden, die dann ein Leben lang gehalten hatte.«

Agnes lächelte. Vielleicht entsprach dies auch der Geschichte ihrer Eltern.

»Ihr Mann schenkte ihr den Rubin auf der Hochzeitsreise«, fuhr ich fort, »und sie berührte ihn ständig, wie um sicherzugehen, dass er noch da wäre. Von allen Dingen, die sie besaß, war dieser Anhänger der Gegenstand, der ihre Liebe und deren Unvergänglichkeit am besten repräsentierte.«

Agnes neigte den Kopf zur Seite. »Hatte sie ein gutes und langes Leben?« Wenn ein Kunde etwas so Besonderes wie den Rubinanhänger kaufte, setzte er die Geschichte seiner Vorbesitzerin auf gewisse Weise fort. Der Rubin nahm Anteile von Herz und Seele all seiner Besitzer aus Vergangenheit und Gegenwart in sich auf, die somit auf ewig Teil von ihm wurden.

Ich lächelte. »Das hatte sie. Beide wurden über achtzig Jahre alt; sie starb nicht lange nach ihm. Die Nachbarin sagte, es sei bei ihnen keinesfalls immer alles eitel Sonnenschein gewesen – sie hätten oft und laut über seine Arbeit gestritten, wegen der er im ganzen Land herumreisen musste, während sie allein zu Hause blieb. Sie stritten über ihr Haar: Er mochte es lang, also ließ sie es kurz schneiden. Einmal warf sie alle seine Kleider vom Balkon, und er lachte nur, was sie noch wütender machte. Aber sie hielten durch alle Höhen und Tiefen zusammen, wie Pech und Schwefel, und liebten einander voller Leidenschaft.« Ich unterbrach kurz und sah ein Leuchten in Agnes' Augen. Das war das Schönste an meiner Arbeit: wenn ich überzeugt war, dass ein Stück nicht nur um seiner Schönheit, sondern auch um seiner Geschichte willen in Ehren gehalten würde.

»Sie waren zweiundsechzig Jahre verheiratet, als er starb«, fuhr ich fort. »Es heißt, sie hätte ihm danach jeden Tag einen Liebesbrief geschrieben, bis auch für sie die Zeit gekommen war. Ich wollte den Rubin schon für mich selbst behalten, so angetan war ich von seiner Geschichte.« An jenem Tag hatte es noch wertvollere und sicher leichter verkäufliche Schmuckstücke gegeben, aber ich war von diesem Rubin fasziniert gewesen und hatte ihn unbedingt haben wollen. Und jetzt wusste ich auch warum: für Agnes' Mutter.

Wenn ich die Augen schloss, sah ich die Kette und den Anhänger dort, wo sie einst gewesen waren: auf einem gebräunten Dekolletee, in nach Lavendel duftender Luft, mit einem nahe gelegenen Olivenhain.

Agnes lächelte mich an. »Meine Eltern gehen immer noch Hand in Hand zur Arbeit. Sie streiten, wessen Baguette-Rezept das bessere ist, und ich meine damit richtig französisches Streiten, mit Händen auf den Hüften, roten Gesichtern und knurrigen Schimpfwörtern, bis jemand die beiden beschwichtigt, dass jedes ihrer Rezepte auf eigene Weise hervorragend wäre. Maman nennt ihn einen Esel, und er sagt, sie wäre eine Ziege, und sie ahmen Tiergeräusche nach, bis einer von ihnen lauthals loslacht und die Kunden erschreckt. An manchen Abenden reden sie nicht miteinander, weil sie den ganzen Tag über mit Kunden geredet haben und ihnen die Worte ausgegangen sind. An anderen Tagen legt sie den Kopf an seine Schulter, und er flüstert ihr etwas zu, als wären sie die einzigen Menschen auf der Welt. Ihre Liebe glüht noch immer …«

»… und jetzt strahlt sie ganz besonders«, fügte ich hinzu und lächelte.

Behutsam hob ich den Anhänger aus dem Schaukasten.

Er glitzerte im Licht, als würde er uns zublinzeln und »ja« sagen. »Für Ihre Mutter«, sagte ich und ließ sie ihn genauer betrachten.

Mit leicht zitternder Hand nahm sie das Stück entgegen und flüsterte: »Er ist perfekt.« Als sie den Preis sah, wurde sie kurz blass, fing sich jedoch gleich wieder. Ein so einzigartiges und besonderes Geschenk war jeden Cent wert, und ich hasste es, darum zu feilschen. Zum Glück schwieg sie und akzeptierte den Wert, wie alle meine geschätzten Kunden es taten. »Darf ich ihn mitnehmen?«

Ich nickte. »Ich werde ihn noch einpacken.«

Océane nickte mir dankbar zu, während Agnes beobachtete, wie ich den Anhänger polierte, in eine mit Satin ausgeschlagene Schachtel legte, einwickelte und zum Schluss mit einem antiken Spitzenband verschnürte.

»Ich hoffe, Ihre Eltern haben noch viele weitere Hochzeitstage, die so schön werden wie dieser«, sagte ich. Agnes reichte mir einen Stapel Scheine und strahlte wie ein Kind am Weihnachtsabend. In Momenten wie diesem spürte ich deutlich, wie sehr ich meinen kleinen Laden liebte und dass ich einem Stück Vergangenheit eine passende Zukunft beschert hatte. Ich wusste, Agnes würde ihren Eltern die Geschichte der Vorbesitzerin erzählen, und dann wüssten auch sie, dass es um mehr ging als nur ein Schmuckstück. Und wenn sie es wiederum weitergaben, würde auch ihre Liebesgeschichte ein Teil des Rubinanhängers sein.

»*Merci.*« Agnes hielt die Schachtel so vorsichtig in der Hand, als wäre sie ein Vogelbaby.

In diesem Moment ging eine lärmende Touristengruppe am Fenster vorbei, und ich erstarrte.

»*Mince alors!* Davon kommen immer mehr«, meinte Océane und sah ebenfalls zur Gruppe hinaus, die der Stadtführer bestimmt absichtlich hierher gebracht hatte, weil er wusste, dass ich sie wieder verjagen würde.

»Schon wieder ein Andenken an diesen unsäglichen Joshua, den Amerikaner«, kommentierte Océane. Erst vor kurzem hatte ich ihr die Geschichte meines Exfreundes Joshua erzählt, der auf denkbar niederträchtige Weise den Herausgeber des Reisebuchverlags *Solitary World* über mein kleines Antiquitätengeschäft mit dem »geheimen Hinterzimmer« informiert hatte. Seitdem wurde ich ständig von Menschen belästigt, die hier Fotos machen und einen der Geheimtipps von Paris abhaken wollten.

Natürlich waren diese Leute enttäuscht, wenn sie dann von mir hören mussten, dass sie dieses Geheimnis nicht zu sehen bekämen. Aber mir war es eben wichtig, die wertvollen Stücke in meiner Obhut zu beschützen. Würde ich jedem einfach so die Türen öffnen, würden immer mehr Leute herbeiströmen und anders mit meinen Stücken umgehen, als ich es mir wünschte. Oder schlimmer noch: sie stehlen, und das wollte ich nie wieder erleben. Den Rest der bitteren Trennungsgeschichte hatte ich Océane nämlich nicht erzählt, weil ich nicht noch mehr Mitleid wollte, aber Joshuas Redseligkeit war noch das Geringste, womit er mir weh getan hatte.

»Willst du, dass ich den Stadtführer verjage?«, schlug Océane vor und starrte die Leute, die ihre Nasen gegen die Fensterscheibe drückten, böse an.

»Nein, ist schon gut. Der weiß ganz genau, dass er nicht willkommen ist, aber er macht das zu ihrer Unterhaltung. *Die Pariser Ladenbesitzerin, die die Leute nicht bei sich kaufen lässt*, ruft er immer, als wäre es etwas Einzigartiges. Wahrscheinlich ist das für diese Leute eine lustige Anekdote, die sie später zu Hause erzählen können.«

Ich ging zur Tür, drehte das Schild auf *Geschlossen*, ignorierte die Beschwerderufe und bedachte den Fremdenführer mit einem eisigen Blick.

»Aber was ist mit dem Geheimzimmer?«, rief jemand aus der Gruppe.

Das Hinterzimmer war eben genau das: geheim – und dort sollte kein klebriger Touristenfinger auf den kostbaren Sachen herumtatschen oder für ein »witziges« Foto den Auslöser drücken.

Der Touristenführer gestikulierte wild und zog für die Gruppe eine Show ab. »Um hier zu kaufen, muss man den geheimen Handschlag kennen«, behauptete er und sah mich durch die Scheibe grinsend an. »Anouk ist sehr unkonventionell – genau wie die Staubfänger, die sie in ihrem Laden sammelt. Eine Pariser Ladenbesitzerin, die die Leute nicht bei sich kaufen lässt.«

»Siehst du?«, sagte ich zu Océane. »Es ist so vorhersehbar.«

»Was für ein Idiot«, kommentierte sie.

Die Gruppe freute sich über dieses Kuriosum und beobachtete mich durch die Glastür hindurch. Ich tat mein Bestes, den Fremdenführer zu ignorieren, weil ich wusste, dass es ihm irgendwann langweilig werden würde. Jegliche Reaktion provozierte nur sein Wiederkommen.

Stattdessen ging ich zu Agnes, die immer noch wie verzaubert auf die Geschenkschachtel starrte und gar nicht mitbekam, was um sie herum vorging.

»Das nächste Mal«, sagte ich und fasste sie leicht am Arm, »dürfen Sie auch ohne Begleitung zu mir kommen.«

Sie machte große Augen. »*Merci!*«